David Machado

ÍNDICE MÉDIO DE FELICIDADE

David Machado

ÍNDICE MÉDIO DE FELICIDADE

Romance

D.QUIXOTE

Título: *Índice Médio de Felicidade*
© 2013, David Machado e Publicações Dom Quixote
Edição: Maria do Rosário Pedreira

Este livro foi composto em Rongel,
fonte tipográfica desenhada por Mário Feliciano

Capa: Rui Garrido
Fotografia do autor: © Joana Machado
Paginação: LeYa
Impressão e acabamento: Guide – Artes Gráficas, L.da

1.ª edição: Agosto de 2013
3.ª edição: Julho de 2017
Depósito legal n.º 428 721/17
ISBN: 978-972-20-5276-4
Reservados todos os direitos

Publicações Dom Quixote
Uma editora do Grupo Leya
Rua Cidade de Córdova, n.º 2
2610-038 Alfragide · Portugal
www.dquixote.pt
www.leya.com

O autor escreve de acordo com a antiga ortografia.

À Maria e ao Martim, o futuro

For the ones who had a notion
A notion deep inside
That it ain't no sin to be glad you're alive
I wanna find one face that ain't looking through me
I wanna find one place
I wanna spit in the face of these badlands

BRUCE SPRINGSTEEN

8,0. Suíça

Antes de mais, repara, Almodôvar, tu não estavas cá.

As coisas ficaram muito difíceis muito depressa. Ou talvez tenha sido sempre assim, talvez o mundo tenha sido sempre um lugar complicado. Não creio que tenha começado quando foste preso, ainda que, de alguma forma, isso me pareça o início de tudo. E a tua ausência reforçou as nossas dores, a tua decisão de não quereres ver ninguém teve consequências. O que é o mesmo que dizer: não estávamos preparados para não te ter aqui. Deixaste demasiado espaço vazio e nenhum de nós sabia muito bem mover-se na amplitude desse abandono. Mas tu não estavas cá, nós não podíamos fazer mais do que tentar. Ainda não sei se falhámos. Sei apenas isto: não serás tu a decidir sobre os nossos fracassos. Em algum momento da história, a coerência do teu silêncio tornou-se uma condição.

Imagino-te aí dentro. Um lugar que não é teu, no qual tiveste de aprender a encaixar o corpo e entender leis que estão escritas apenas nos olhos dos homens à tua volta. Foi difícil? Doeu-te a força das paredes em redor? Sentiste o terror de encarar o olhar armado dos teus novos companheiros? Cá fora, todos crêem que sim. Na primeira semana que passaste aí, a Clara ligava-me todas as noites, depois do jantar, a chorar, a respiração destravada, quase a sufocar, a chamar-te «coitadinho» como

11

se estivesse a falar de uma criança ainda leve de culpas, como se tivesse enviuvado cedo demais, a suspirar «o meu amor», a perguntar-me «e se lhe fazem mal?». O teu filho, o pequeno Vasco que já é mais alto do que eu, chegava a casa da escola e trancava-se no quarto a tocar violino, as pautas espalhadas pelo chão, o vibrar agudo das cordas a subir pelas paredes do prédio. E o Xavier a estudar os códigos penais na Internet, à procura de uma cláusula qualquer que te tirasse daí, a repetir «o gajo não aguenta, Daniel, o Almodôvar não foi feito para estar atrás das grades». Os teus amigos reunidos à mesa em cafés, restaurantes, cozinhas, a chocarem os copos com entusiasmo em tua honra para disfarçarem o pressentimento de que alguma coisa má te estava para acontecer. Ninguém entendia nada. Como é que aquilo podia ser? Um homem bom, sorriso honesto, palavras sempre justas. Marido. Pai. Amigo. Qualquer explicação parecia uma fantasia. E eu passava a vida a desculpar-te diante de todos, a dizer «ele teve os seus motivos, nós conhecemo-lo, ele não é outra pessoa por estar numa prisão». Nessa altura eu ainda não estava zangado contigo.

Mas agora imagino-te aí dentro. Imagino a tua cara e os teus gestos. Os pensamentos que te enchem as horas. E não acredito que te sintas apavorado. Também não acredito que te façam mal. Acho que estás bem aí dentro. Encontraste uma toca para te esconderes, para esperares que esta época negra da nossa história passe, este Inverno tão demorado. Estás a hibernar, é isso, o teu ritmo cardíaco sumido até ao limite, três refeições por dia, o conforto dos muros que te cercam, a tua existência quase anulada. Cá fora a vida pode gelar, mas aí dentro o teu corpo mantém-se morno e, melhor ainda, o teu espírito também. És um cobarde de merda, Almodôvar. Quando é que o teu mundo se complicou mais do que o nosso para ganhares o direito de fazeres isto? Eu sei que havia muita gente que contava contigo, que dependia de ti. De certa forma, eras responsável por essas pessoas. Foi demasiado peso sobre o teu coração?

Eu teria percebido. Se me tivesses recebido quando te fui visitar, se tivesses atendido os meus telefonemas, teríamos falado, ter-me-ias explicado tudo e eu teria compreendido, Almodôvar, ter-te-ia poupado aos relatos sobre a realidade cá fora, o teu filho, a Clara, o Xavier, eu, as angústias de pessoas de quem gostas, este país deitado por terra, o mundo inteiro a ruir, não diria nada até te encontrar preparado para ouvires tudo, para saberes e sentires tudo. Teria esperado para te contar que, três meses depois de seres preso, fiquei sem emprego, que pouco depois disso a Marta, desempregada há quase meio ano, se foi embora com os miúdos para Viana do Castelo trabalhar no café do pai dela, que eu fiquei porque ainda acreditava. Embora as coisas estivessem a ficar complicadas muito depressa, eu continuava a acreditar. Falar contigo teria sido bom para mim, teria talvez ajudado, e eu teria esperado o tempo que fosse preciso.

És um cobarde de merda, Almodôvar.

Seja como for, não tenho outra forma de falar contigo. E, quando achar conveniente, terás o direito de resposta possível nestas circunstâncias; talvez cheguemos a entabular uma conversa, será (quase) como nos velhos tempos. De modo que aqui vai.

A manhã em que o Xavier saiu de casa: podemos começar por aí. Aquela manhã era importante. No mês anterior eu tinha arranjado trabalho a vender aspiradores. Era um negócio enviesado logo à partida e eu sabia disso quando me meti nele. Mas não havia mais nada. Em meio ano concorri a vinte e seis empregos e não aconteceu nada. O subsídio de desemprego ia pingar mais três ou quatro meses e depois havia apenas um abismo preto. Tinha trinta e sete anos e, no entanto, era como se a minha vida estivesse no fim. Estava assustado. Claro que estava assustado. Descobri o anúncio a pedir vendedores num *site* de emprego, preenchi um formulário e, no dia seguinte, recebi um *e-mail* dizendo que fora seleccionado.

Assim, sem nenhuma entrevista, sem prestar provas da minha capacidade para executar aquele trabalho. Na sessão de formação explicaram-nos que se tratava de aspiradores. Quase me ri. Almodôvar, eu até vendia terrenos em Marte se fosse preciso.

O Xavier saiu de casa?

Não, Almodôvar, ainda não é a tua vez de falar. Além disso, este relato terá a ordem que eu ditar.

O esquema dos aspiradores era o seguinte: a empresa que os vendia – chamava-se W.R.U., mas nunca soube o que essas letras representavam – alugava os aparelhos aos colaboradores – eu e os outros seleccionados –, alugava-os à semana para que pudéssemos fazer demonstrações; nós mesmos teríamos de arranjar essas demonstrações, embora, tornando-se necessário, a empresa oferecesse apoio logístico – que eu nunca soube o que significava; não havia um escritório, apenas um armazém onde ia buscar os aspiradores, e qualquer assunto era tratado por telefone; não havia um contrato – o que me permitiu continuar a receber o subsídio de desemprego; ganhava uma comissão, variável entre 7% e 11%, por cada aspirador vendido, depois de descontado o aluguer do equipamento. Por outras palavras: tinha de pagar para trabalhar. Aceitei imediatamente.

Percorria a cidade a fazer demonstrações. Tinha o discurso todo gravado na cabeça, conhecia bem os modelos do catálogo, andava sempre com dois ou três aparelhos na mala do carro. Mas não era fácil convencer as pessoas a receberem-me, passavam muitos dias sem acontecer nada, como se o mundo estivesse a parar devagar. De vez em quando, alguém abria a porta, deixava-me aspirar-lhe a casa inteira, chão, paredes, tectos, tapetes, cortinados, sofás, e no fim explicava-me que não estava interessado. (As coisas não se complicaram apenas para ti e para mim, toda a gente foi parar ao mesmo buraco.) Corri a minha rede de contactos. As amigas da minha mãe. As minhas ex-colegas da agência. Amigas de liceu que não via há mais de uma década. Amigos homens também. A Marta ajudou-me.

Mesmo longe, fez alguns telefonemas, pediu às amigas que me recebessem.

Um dia, a Clara ligou-me, tinham-lhe dito que eu precisava de ajuda para vender aspiradores, ofereceu-se para organizar uma demonstração na vossa casa em troca de uma comissão de 10% sobre tudo o que eu ganhasse. Aceitei. Foi uma boa tarde, vendi dois aparelhos. No final, a Clara falou de ti durante uns minutos, da tua ausência; estava preocupada com o Vasco, ele não reagia, como se ainda não tivesse percebido que não estavas cá. Pediu-me que fosse falar com ele. Eu fui, achei que podia fazer isso para lhe agradecer. O Vasco estava no quarto a rabiscar palavras por cima das notas de uma pauta, qualquer coisa sobre a morte de um cão. Conversámos durante dez minutos, a voz dele tão parecida com a tua quando tinhas quinze anos, as mesmas pausas demoradas entre as frases. Falámos sobretudo de música, ele gosta de *rock* dos anos 70, The Who, Led Zeppelin, Rolling Stones. Sorriu duas ou três vezes, parecia bem, em paz. E eu tive de receio de lhe estragar isso, de forma que não fiz perguntas sobre a vida dele, a escola, namoradas, amigos. E também não fiz perguntas sobre ti.

Importa isto: eu acreditava na possibilidade de refazer tudo, agarrar de novo as partes da minha vida que se tinham soltado, ajustá-las mais e melhor ao meu corpo. E não estava zangado. Nessa altura ainda não estava zangado. Tudo o que tinha de fazer era manter-me atento às coisas essenciais e seguir atrás delas, não parar para olhar para trás, calcular bem cada passo. Eu acreditava que, se fizesse tudo certo, a vida não voltaria a atravessar-se no meu caminho.

Mas depois o cabrão do Xavier, que estava há doze anos trancado em casa, sentado à frente do computador, a pensar na tristeza profunda de que é feita a vida, decidiu sair no mesmo dia em que eu ia fazer uma demonstração num hotel em Cascais. Repara: podia vender dez ou quinze aspiradores de uma vez, ganhar algum dinheiro, mudar tudo.

O Xavier saiu de casa?

O primeiro gajo que o viu foi o Tuga, pouco depois das seis da manhã, perto do Centro; na mensagem que me enviou afirmava não ter a certeza, até porque era muito improvável, mas que parecia mesmo o Xavier, de fato de treino azul-escuro, chinelos de enfiar no dedo a estalarem nos calcanhares, o cabelo branco de sempre. Depois disso, mais cinco pessoas o viram passar. Todas me enviaram mensagens. Como se eu fosse pai do Xavier. Ou como se eu fosse tu. Também havia uma chamada do Xavier, às 5:42, que não tinha atendido porque à noite tiro o som do telemóvel.

Liguei ao Xavier. Deixei tocar durante muito tempo. Ele não respondeu. De modo que meti o material no carro, seis caixas com modelos novos, aspiradores que te podem sugar os pensamentos, caros como se tivessem sido desenvolvidos pela NASA, meti tudo no carro e fui procurá-lo. Embora tivesse de estar às nove no tal hotel, andei às voltas pelo bairro, passei por todas as ruas onde imaginei que ele pudesse estar, voltei aos lugares onde ele costumava parar antes de se tornar um ermita de merda, fiz uns telefonemas, perguntei se... Espera, não é verdade. Não foi isso que aconteceu. Estou a falar como se não quisesse desiludir-te, como se para mim a tua opinião ainda contasse. Meti-me no carro, é verdade. Mas não fui logo procurá-lo. Enquanto saía de Lisboa em direcção a Cascais, lembro-me de ter pensado: Se era para se matar, já teve mais do que tempo para o fazer.

Repara, Almodôvar, não tenho de me defender, este relato não é um julgamento. Vou apenas dizer o seguinte: naquela manhã, quando recebi a notícia de que o Xavier tinha saído de casa, a única coisa em que pensava era: tenho de vender estes aspiradores. Mesmo sabendo que as probabilidades de o gajo se atirar de uma ponte eram elevadas. Mesmo sabendo que, de alguma forma, tu contavas comigo para olhar por ele. Só que eu não sou como tu – isso é uma evidência antiga. E, além do mais, não sou amigo dele como tu. Para falar verdade, eu nem sei se sou amigo dele. Há muito tempo, fomos amigos. Depois o gajo embrulhou-se numa sombra preta, todas as palavras dele assumiram uma angústia sobrenatural. E eu lembro-me de olhar para ele, um puto com dezasseis ou dezassete anos no meio de outros putos com dezasseis ou dezassete anos, e pensar: Isto não tem explicação, as leis da vida como nós a conhecemos não justificam a existência de uma pessoa assim. A depressão do Xavier veio de lado nenhum. Como se ele a tivesse inventado. Nunca te disse isto, mas acho que ele inventou esta personagem – o miúdo triste de cabelo grisalho, olhar vago e cigarro a arder entre os dedos, os desenhos tão lúgubres nos cadernos, uma desesperança eterna em tudo à sua volta, um ar de suicida iminente –, eu acho que ele não se sentiu seguro da sua identidade e assumiu essa personagem negra e depois gostou, ou habituou-se, ou perdeu-se nela. Não interessa. O gajo tornou-se aquilo, Almodôvar. Dias seguidos deitado na cama a olhar para o vazio entre ele e o tecto. Magro como se estivesse em greve de fome. As tatuagens de números nos braços, nas costas e no peito, algumas desenhadas por ele mesmo. Os comprimidos. A obsessão com as estatísticas. As equações matemáticas nas paredes do quarto. Os clientes que ele recebe a qualquer hora do dia ou da noite para lhes tatuar aranhas – e eu nunca percebi porquê só aranhas – a troco de misérias que mal lhe permitem sobreviver. E a ausência de qualquer noção de futuro.

Foi isso, essa falta de futuro, que me assustou. Como é que ele consegue não pensar no futuro? Como é que amanhã, ou no mês que vem, ou daqui a dez anos, não lhe pesa no espírito? Como é que uma pessoa pode acordar todas as manhãs e não sentir qualquer esperança ou receio daquilo que está para acontecer? Eu não sabia falar com uma pessoa assim. E, olhando para trás, o que aconteceu foi isto: tu foste sempre imune à infelicidade do Xavier, a tua capacidade para lhe suportares o discurso cínico e a indiferença absoluta nos silêncios era quase assustadora, e continuaste amigo dele; eu continuei com vocês porque nunca estive disposto a abandonar aquilo que já fôramos. Criar novas amizades estava fora de questão, eu não sou esse tipo de pessoa.

E tu querias salvá-lo. Dizias: O Xavier é um artista e os artistas são assim: andam às voltas com a morte e com o sofrimento. Falámos tanto sobre a inevitabilidade do suicídio do Xavier que, a partir de certa altura, passei a pensar nisso como se já tivesse acontecido há muitos anos, e não como algo que está para suceder. E ainda assim querias salvá-lo, ninguém podia falar de infelicidades à frente dele, não podíamos deixá-lo sozinho, querias estar lá para o impedir. Como se ele já não fosse capaz de decidir sobre a sua própria vida.

Agora isso mudou: aí dentro não podes salvar ninguém.

É verdade. Mas tu podes.

Estás enganado. Não fiquei aqui para ocupar o teu lugar. Além disso, ao contrário de ti, nunca me senti responsável pela sobrevivência do Xavier.

E se ele der um tiro na cabeça?

Almodôvar, a pergunta certa é: E quando ele der um tiro na cabeça?

E quando ele der um tiro na cabeça?

O Xavier é uma parte importante de nós. No dia em que ele der um tiro na cabeça, surgirá um vazio que nunca saberemos preencher. Sei do que estou a falar. A morte faz isso aos que ficam vivos. Por outro lado, também haverá um intenso alívio, quase paz. Só que isso nem sequer é o fundamental. O fundamental é isto: no dia em que ele der um tiro na cabeça, nenhum de nós estará lá para o evitar.

Ele saiu de casa pela primeira vez em doze anos e tu foste vender aspiradores para Cascais. És um egoísta do caralho, Daniel.

Calma, porque o egoísta aqui és tu, cabrão.

A tristeza do Xavier incomoda-te, por isso deixas que ele se afaste para um canto escuro e ponha fim à vida. E então tens finalmente descanso,

18

ou alívio, ou quase paz. Foda-se, se toda a gente pensasse assim, este planeta era um deserto.

O Xavier, como qualquer outra pessoa, merece o nosso respeito pela sua vontade.

A vida dele merece o nosso respeito. E isso exige um esforço que tu não queres fazer.

Cabrão, tu não podes falar de esforço quando te recusas a ver-nos há quase dois anos. E eu fiz um esforço. Eu não fui vender os aspiradores.

Não foste?

Não. Cheguei à auto-estrada. Conduzi oito quilómetros. Depois saí, fiz inversão de marcha e regressei a Lisboa.

Porquê?

Quase dois meses antes tinha estado em casa dele. Ele tinha-me pedido que fosse lá. A conversa que tivemos não acabou bem.

Ele estava deitado na cama com o computador sobre a barriga, os dedos a passearem no teclado. Eram umas quatro da tarde, mas o quarto parecia uma gruta, as persianas corridas, um candeeiro aceso no chão coberto com uma camisola, as paredes desaparecidas no escuro, uma fumarada densa a pairar junto ao tecto. E, apesar do calor, ele tinha metade do corpo debaixo do edredão. Havia uma música a tocar muito baixinho, uma música estranha, como uma baleia a chorar, tu sabes como é. Pressentiu-me a entrar mas não se moveu e não levantou os olhos para me encarar. Eu disse olá. Ele não respondeu, apenas ergueu uma mão, um cigarro aceso pendurado entre os dedos. Sentei-me na ponta da cama e fiquei à espera. Não sei se alguma vez te aperceberte disto: no quarto do Xavier o tempo abranda, as coisas acontecem mais lentamente, como se os nossos corpos se tivessem tornado mais densos, como se nada, nenhum gesto, nenhuma frase, nenhum silêncio, tivesse realmente fim. Depois de uns três minutos, falou.

19

Fizemos alguma coisa mal, disse.

O que é que fizemos mal?

O *site*, disse ele. O *site* não está a resultar.

Acreditas? O gajo continuava às voltas com o *site*. Tu já não andavas por cá há cerca de meio ano e o Xavier continuava preocupado com a merda do *site*. Porque tu lhe meteste isso na cabeça. Não te calaste com a história do *site* durante meses, era uma ideia infalível, íamos vender o negócio um ano depois com 10 000% de lucro, pagávamos as prestações ao banco, a educação dos filhos, uma vida mais desafogada, o filme todo; e íamos estar a fazer uma coisa boa, íamos ajudar as pessoas. Ouvi-te falar daquilo tantas vezes. Eu próprio comecei a acreditar também. Parecia uma grande ideia. Para ser sincero, ainda me parece uma grande ideia. Mas a verdade é que eu e tu metemos lá dinheiro, dinheiro que agora me faz falta, dinheiro que talvez te tivesse impedido de fazeres o que fizeste, e nunca mais vimos esse dinheiro. E o Xavier teve aquele trabalho todo a programar o *site*, semanas sem dormir, e quando finalmente ficou pronto não aconteceu nada, os meses passaram e continuava sem acontecer nada. Ele tinha razão: o *site* não estava a resultar. Só que, enquanto para mim há muito tempo isso deixara de ser importante, quase um ano depois o Xavier continuava às voltas com aquilo.

Eu não queria ter aquela conversa inútil, mas procurei ser paciente.

O que é que queres fazer?, perguntei-lhe. Não podemos meter mais dinheiro.

Ele fechou um pouco o ecrã do portátil e a sua cara encheu-se de sombras. Disse:

Há pessoas a usarem o *site*. O problema é que nenhuma dessas pessoas precisa de ajuda.

Resumindo, o enunciado do problema era este: nós criámos uma rede social através da qual pessoas que precisam de ajuda e pessoas que estão dispostas a ajudar podem encontrar-se; durante os primeiros onze meses em que o *site* esteve no ar, inscreveram-se vinte e seis pessoas; dessas vinte e seis, há catorze que nunca escreveram nada, quatro que escrevem regularmente explicando que precisam de ajuda para bater punhetas, limpar o cu, cortar as unhas dos pés, etc., três que usam o *site* para se manterem em contacto entre elas sem nunca terem trocado qualquer pedido de ajuda; uma que, ocasionalmente, se anuncia disponível para ajudar quem quer que seja naquilo que for necessário, em qualquer local e a qualquer hora, e que para isso dispõe de uma carrinha de 9 lugares.

Para mim, a questão mais pertinente é: Quem são estas pessoas? O Xavier levantou-se da cama, pareceu-me que o seu corpo, magro e tão alto, bamboleou, como se houvesse vento a soprar no quarto, acendeu outro cigarro e apontou para a janela fechada. Perguntou:

Lá fora, as pessoas ainda são como antes?

As pessoas são sempre as pessoas, respondi-lhe.

Ainda há pessoas que precisam de ajuda?

Toda a gente precisa de ajuda.

Porque é que não pedem?

Não sei. Se calhar, não conhecem o *site*.

Ele deu dois passos curtos e sentou-se ao meu lado na cama. A cara dele apareceu na franja da luz diáfana do candeeiro, os olhos sacudidos por lágrimas que cairiam a qualquer momento. No entanto, quando falou, a voz era firme, como se a tempestade estivesse toda dentro dele.

Tenho medo do que poderá acontecer se alguém pedir ajuda.

Mas não parecia estar com medo. Eu disse:

Pelo menos haverá sempre uma carrinha de 9 lugares.

Ele agitou a mão que segurava o cigarro e o fumo estendeu-se no escuro em todas as direcções. Não se riu.

Temos de escrever a pedir ajuda, disse ele.

Repara: neste momento, eu podia ter-me levantado e saído. Mas ainda assim fiquei – porque tu, no meu lugar, terias ficado – e ouvi a ideia do Xavier.

Ele queria criar uma conta no *site*, uma identidade falsa, e depois escrever a pedir ajuda, qualquer coisa simples, calafetar uma janela, levar o cão ao veterinário, só para ter a certeza de que alguém responderia.

E se aparece mesmo alguém a oferecer ajuda?, perguntei.

Falas com a pessoa e aceitas a ajuda.

Eu?

Tu não precisas de ajuda para nada?

Não.

Acabaste de dizer que toda a gente precisa de ajuda.

Ninguém vai acreditar que eu preciso de ajuda.

Se disseres a verdade, porque não?

Porque é que não pedes tu ajuda?

Eu não posso sair de casa.

Podes pedir que te venham ajudar aqui a casa. Dizes que não podes sair, que precisas que te tragam as compras do supermercado.

A minha mãe traz-me as compras do supermercado.

Pedes outra coisa qualquer. Frangos assados. O jornal. Uma peruca.

Ele ficou calado muito tempo, a mexer os lábios como se estivesse a resolver um cálculo difícil na cabeça. Depois disse:

Se alguém vier ajudar-me, podes cá estar?

Foda-se, Xavier, isso é absurdo.

Não é.

Esquece o *site*.

Eu esqueço. Fazemos isto, só para sabermos se alguém responde. E depois eu esqueço.

Pensei no assunto durante uns segundos. Era uma ideia disparatada e eu não queria fazê-lo. Tu e eu passámos dois terços da nossa vida a satisfazer as vontades mais absurdas daquele cabrão, só por termos medo do que pudesse acontecer caso recusássemos. Mas a verdade é que o Xavier já é crescido para ouvir um «não» de vez em quando.

Está bem, disse-lhe. Eu estou cá quando vierem ajudar-te.

E obriguei-me a recordar aquele instante, a importância daquela promessa.

O Xavier suspirou, como se eu tivesse acabado de lhe salvar a vida.

Eu levantei-me, a cabeça cheia de chumbo. Acontece-me sempre que o visito: entro levado por um alento ingénuo, acredito que vai ser bom vê-lo, que vamos conversar durante horas como quando éramos miúdos, e depois, em poucos minutos, sinto a tristeza que paira no ar do quarto misturada com o fumo e as sombras e só penso em sair dali o mais depressa possível. O Xavier aprendeu a pressentir estes impulsos, como se ali dentro tivesse o poder de ver para lá daquilo que se vê. Disse:

Podes acender a luz.

Eu não respondi. Caminhei até à secretária. Os papéis estavam ordenados em cinco ou seis pilhas: equações escritas à mão, gráficos, números soltos, o costume. Havia uma folha com uma tabela que ocupava toda a página. Não era uma coisa invulgar naquele quarto, mesmo nas paredes havia tabelas coladas com fita-cola. Mas, repara, o título desta tabela era: Índice de Felicidade.

O que é isto?

Ele apenas respondeu:

Estatísticas.

Peguei na folha e voltei-a. A tabela continuava do outro lado. Era uma lista de países, 149 países, ordenados pelo Índice Médio de Felicidade. O primeiro da lista era a Costa Rica, o último o Togo. As linhas 127, 128, 129 e 130 da tabela – Bulgária, Burkina Faso, Congo e Costa do Marfim, respectivamente – tinham sido sublinhadas com um marcador verde.

O que é o Índice de Felicidade?, perguntei.

O Xavier deixou-se cair para trás e ficou deitado sobre o edredão, a mão que segurava o cigarro pendurada para fora da cama. Fechou os olhos.

Não é uma estatística muito interessante, uma vez que carece de objectividade, respondeu. Mas é o melhor que temos. Na verdade, baseia-se num questionário com uma única pergunta: Numa escala de 0 a 10, quão satisfeito se sente com a vida no seu todo? Deu uma passa no cigarro. O fumo saiu-lhe devagar pelo nariz. Depois acrescentou: Suspeito de que a maior parte das pessoas responde ao questionário levianamente, até porque a maior parte das pessoas não percebe nada de felicidade.

Acreditas nisto, Almodôvar? O cabrão do Xavier, o gajo mais infeliz desta cidade, o homem da alma negra, armado em guru da felicidade? Tu sabes: naquele momento, podia ter arrasado o gajo com três ou quatro frases. No entanto, em vez disso, perguntei:

O que é que se passa na Bulgária, no Burkina Faso, no Congo e na Costa do Marfim?

Nesses países o Índice Médio de Felicidade é igual à minha resposta ao questionário.

Tu respondeste ao questionário?

Claro.

Ele continuava deitado na cama, imóvel, o cigarro vertical preso entre os lábios. Abriu os olhos. Depois fechou-os outra vez. Eu fiz a única pergunta que tinha na cabeça:

Porquê?

Porque gosto de quantificar as coisas da vida e do mundo. Tu conheces-me.

Não tens medo daquilo que este valor possa significar?

Tenho mais medo de não conhecer o valor.

...

...

E agora?

E agora o quê?

E agora: o teu grau de satisfação com a vida é 4,4 em 10. O que é que isso quer dizer?

24

Para ser mais exacto, a minha resposta é: 4,43672. E, entre outras coisas, quer dizer que eu devia mudar-me para a Bulgária ou para o Burkina Faso ou para o Congo ou para a Costa do Marfim.

Porquê?

O Xavier rolou na cama, esticou-se e apagou o cigarro num pires cheio de beatas que estava na mesa-de-cabeceira.

Tenho uma teoria, disse.

Conta.

E, repara, era verdade. Há muito tempo que não sucedia, mas, de repente, naquele momento, eu estava verdadeiramente interessado naquilo que o Xavier tinha para dizer.

Um homem muda-se para o país onde o Índice de Felicidade humano é igual ao seu, começou ele. Encontrando-se rodeado por outras pessoas que são, pelo menos em média, felizes na mesma medida que ele, o homem sentir-se-á mais integrado nessa nova comunidade, mais realizado com aquilo que é. Por outras palavras: mais feliz. Ou seja: o seu Índice de Felicidade humano aumenta, torna-se mais elevado do que o índice médio daquele país e idêntico ao de um outro país qualquer mais acima na tabela. O homem deve então mudar-se para este novo país, nem que seja porque já não se sente tão integrado na população do país onde está. No novo país, o homem volta a sentir-se absolutamente integrado, o que faz aumentar de novo o seu Índice de Felicidade humano, obrigando-o a mudar-se de novo para um país mais acima na tabela. E assim sucessivamente. Por fim, o homem acabará a viver no país no topo da tabela e será tão feliz quanto é fisicamente possível neste planeta.

Existiu um silêncio.

Acreditas nisso?, perguntei por fim.

É uma teoria. Até eu sei que as coisas não são assim tão simples.

Então não te vais mudar para o Burkina Faso?

Provavelmente, não.

Não queres subir na tabela?

Claro que quero. Não é isso que todos queremos? Só que primeiro teria de sair deste quarto. E isso provocaria uma descida imediata no meu Índice de Felicidade humano. Fez uma pausa e olhou para mim. Depois acrescentou: 4,4 já é bastante baixo. Se esse valor cair ainda mais, pode ser perigoso.

Disse aquilo com a voz insuflada de sarcasmo. No entanto, soou como uma constatação matemática universal. Eu disse:

Quero responder ao questionário.

Força, desafiou o Xavier. E acendeu outro cigarro.

Como é que é a pergunta?

Numa escala de 0 a 10, quão satisfeito se sente com a vida no seu todo? Depois acrescentou: Não sejas precipitado a responder, Daniel.

Eu tentei pensar em tudo: a Marta e os miúdos, o meu desemprego, o dinheiro que se acabava, o meu Plano, a minha imagem reflectida no espelho nessa manhã. Por fim, disse: 8.

O Xavier olhou para mim surpreendido. Perguntou:

O que é isso?

A minha resposta. **8,0**.

Eu disse para não te precipitares.

Não me precipitei.

Estiveste calado três minutos e depois disparaste um número que, supostamente, representa o teu grau de satisfação com a vida.

É o meu número.

E, em três minutos, passaste em revista toda a tua existência, contabilizaste tudo, ponderaste todas as variáveis?

Sim. Acho que sim. Quanto tempo é que tu demoraste?

Foda-se, Daniel, eu estou nisto há duas semanas e mesmo assim ainda sinto que não estou a pensar em tudo.

Duas semanas, Xavier? Isto não é um problema de matemática.

Na verdade, até é. Mas, antes disso, é a tua vida. Não podes resolvê-la em três minutos. Repito: a maior parte das pessoas não percebe nada de felicidade.

A tua resposta é 4,4 e eu é que não percebo nada de felicidade.

Estás a interpretar-me mal. Eu não disse que não sentias felicidade. Sentes. Apenas não a percebes.

E tu percebes?

Eu percebo da minha felicidade. É uma equação como outra qualquer que tive de preencher com variáveis e constantes e ponderadores e depois ligar tudo com os sinais certos.

Variáveis? Quais variáveis?

Amigos. Amor. Tempo. Sonhos. Sede. Dores de barriga. Esperança. Inveja. O sabor da comida. Esse género de merdas.

Eu ri-me.

Não podes quantificar isso, disse-lhe.

Se podes quantificar a felicidade, podes muito bem quantificar as saudades que tens de teres oito anos ou o medo de beijares alguém. Claro que algumas dessas variáveis só poderão ser encontradas resolvendo outras equações primeiro. É um sistema, na verdade. É complicado. Mas a vida é complicada, Daniel.

A sério, Almodôvar, a lata daquele cabrão.

E é isso que fazes o dia todo aqui fechado? Sentas-te no escuro e atribuis valores às coisas da vida?

Ele não respondeu. Ficou a olhar para mim durante algum tempo. Depois, surpreendido, disse:

Estás zangado. Porque é que estás zangado?

Não respondi. Olhei para a folha de papel na minha mão. Percorri as linhas à procura. Depois encontrei o que procurava: Suíça, o quarto país na tabela. O índice médio de felicidade na Suíça era 8, como a minha resposta. Eu não quero viver na Suíça, pensei. Depois olhei outra vez para o Xavier e perguntei:

O que é que tens para contabilizar? Estás aqui fechado há doze anos, o que é que ainda te resta para contabilizar?

27

Disse isto e ao mesmo tempo percebi a insustentabilidade do meu argumento. Ele tinha tanto para contabilizar.

O Xavier sentou-se de novo na cama com os pés de fora e olhou o chão durante muito tempo à procura das palavras que justificassem a sua existência.

Eu sei, disse por fim. Não é muito. Mas, mesmo assim, é uma vida. Enquanto o meu coração bater, é uma vida. É a minha vida. E parece-me importante saber exactamente quanto vale. Pelo menos, não vivo numa ilusão.

E eu, vivo numa ilusão?

A boca do Xavier tremeu ligeiramente e depois ele respondeu:

Sim.

Vai-te foder, cabrão. Não sou o Almodôvar, não tenho de aturar as tuas merdas.

Se quiseres, ajudo-te a resolver a tua equação.

Qual equação, Xavier? Não há nenhuma fórmula para a felicidade.

O gajo acenou com a cabeça mas não disse nada, um silêncio agitado, difícil de explicar.

Tenho de ir, disse-lhe.

E saí.

Não voltei lá. Habituámo-nos a falar com ele como se fosse de vidro, como se palavras com arestas mais afiadas pudessem abrir lascas no seu corpo ou até quebrá-lo. Imaginei-o desfeito em cacos sobre a cama. Imaginei a mãe a encontrá-lo partido sobre a cama, a tentar colar os bocadinhos, a tentar refazer o filho, sabendo que seria apenas uma questão de tempo até ele se partir outra vez. Mas não fui lá. Não telefonei. Ele deixou de me enviar mensagens para o telemóvel. Quase um mês depois, recebi um *e-mail* dele, um relatório sobre o *site*. Tinha criado uma conta de utilizador com um nome falso e deixado um pedido de ajuda para mudar um fusível no quadro eléctrico. Ninguém respondera. As semanas passaram. Os gozões que frequentavam o *site* não encontraram propósito para escrever fosse o que fosse. A pessoa que disponibilizara a sua carrinha de 9 lugares não deu qualquer sinal de vida. Talvez já não estivesse disposta a ajudar, talvez não soubesse mudar um fusível. No final do *e-mail*, o Xavier escreveu: Desisto. Assumi que estivesse a falar do *site*, mas a verdade é que podia muito bem estar a referir-se a tudo. Mesmo assim, não fui vê-lo.

É verdade que estava cansado das merdas do Xavier. Mas não foi por isso que não fui vê-lo. Percebe uma coisa: eu andava ocupado a tentar reconstruir a minha vida. Embora as coisas continuassem a ruir. O dinheiro que fazia com os aspiradores não dava para resolver todas as despesas, mesmo depois de ter começado a fumar metade dos cigarros que fumava, mesmo depois de cancelar os contratos da televisão por cabo e do telefone e o seguro de saúde, mesmo depois de deixar de comer fora, de comprar roupa, de ir ao cinema, de sair à noite para beber uma cerveja, mesmo depois de encurtar as compras no supermercado para uma lista de produtos básicos e elementares. Tentei renegociar com o banco a prestação da casa, mas isso revelou-se impraticável. Estavam todos a fazer o mesmo, ricos e pobres.

Mas não era só dinheiro. A Marta fazia-me falta, o peso dela à noite no outro lado do colchão, os olhos dela a ouvirem-me depois de deitarmos os miúdos, a certeza das suas frases. Quando falávamos, quando nos víamos, esforçava-me por lhe mostrar que estava tudo bem, que a distância não nos afectava, que os nossos problemas de dinheiro e a minha situação eram passageiros, uma espécie de férias. Ela fazia a mesma coisa. E, durante esses primeiros meses, parecia mesmo estar tudo bem. Mas é possível que não estivesse. E os meus filhos. As saudades dos meus filhos eram pedras geladas que tinha dentro do peito, como se de repente já não pudesse respirar.

Todos os meses me metia no carro e ia vê-los a Viana. Os meus sogros são donos de dois pequenos apartamentos no mesmo prédio no centro da cidade, viviam no do rés-do-chão e, no segundo andar, que estava por alugar havia mais de um ano, vivia a Marta com os miúdos. Passeávamos na praia enfrentando o vendaval, almoçávamos em restaurantes panorâmicos, à noite eles vinham deitar-se na nossa cama entre mim e a Marta, um bicho de quatro cabeças debaixo do edredão. E depois regressava a Lisboa e falávamos todos os dias na Internet, às vezes com imagem e tudo, quase como se estivéssemos mesmo juntos. Mas não era suficiente, a vontade de os cheirar persistia. E havia um fosso a crescer entre mim e eles, uma evidência aterradora. Eles não diziam nada, entendiam a situação, nunca senti que me culpassem por aquela separação. Mas a verdade é que alguma coisa mudara. Sobretudo com a Flor: ela não olhava para a câmara quando falávamos e escrevia com aquelas abreviaturas, as palavras cheias de kk, termos em inglês, bonecos no meio das frases cujos significados não entendo absolutamente. Tentei lembrar-me de como foi ter treze anos. Era parecido com ela? Não sei, as memórias que tenho são demasiado contraditórias para confiar nelas. Com o Mateus era mais fácil: falávamos pouco, mas jogávamos jogos *on-line*, trocávamos vídeos, era uma forma de comunicação. E, ainda que breves, as nossas conversas assumiam uma franqueza que não parecia possível naquela situação, as palavras do meu filho de nove anos, tão reais e cheias de significado, por vezes demasiado certeiras.

Um dia interrompi um jogo com o Mateus (estávamos a atirar tartes à cara da Madonna) e escrevi: Numa escala de 0 a 10, quão satisfeito te sentes com a tua vida no seu todo? Ele esteve calado muito tempo, pensei que estivesse a teclar qualquer coisa extensa. Por fim, escreveu: Pergunta difícil, amanhã digo-te. No entanto, só me deu a reposta quatro dias mais tarde: 6,8 ☺. O que queria dizer que eu – desempregado, separado da família, um amigo na prisão, outro à beira de encerrar a vida – era mais feliz do que o meu filho. E, ainda assim, ele estava contente com o seu número – o Mateus não usava as caras sorridentes sem critério como a irmã. Essa ideia fez tremer o meu 8,0. Apercebi-me de que para encontrar esse número não tinha ponderado a felicidade dos meus filhos. Por um instante, tentei lembrar-me de outras coisas que talvez tivesse deixado de fora da equação – para usar o termo do Xavier. Pensei: as insónias; se contabilizasse as insónias, o meu número cairia pelo menos duas ou três décimas. Esforcei-me por encontrar algo que fizesse subir de novo o meu índice de felicidade. Pensei: a minha condição cardiovascular – o último exame que fizera descobrira dentro de mim o coração de um homem seis anos mais novo que eu. Pareceu-me suficiente.

Adiante. Isto tudo para dizer que, na manhã em que o Xavier saiu de casa, tive medo daquilo que as coisas que lhe disse naquela conversa pudessem provocar. Almodôvar, se ele quiser matar-se, não vou impedi-lo. Mas também não quero ser responsável por esse acontecimento. Foi por isso que voltei para trás.

Daniel, retiro o que disse. Não és um egoísta do caralho. És um egocêntrico de merda.

Regressemos ao dia em que o Xavier saiu de casa. Cheguei ao bairro outra vez pouco depois das 9:30. Parei o carro. Liguei-lhe para o telemóvel. Atendeu a mãe. Estava em casa dele, alguém lhe contara que o filho saíra e ela tinha corrido para ali. Ele continuava sem aparecer. Ninguém sabia onde estava, saíra sem o telemóvel. Ela estava a chorar. Não perguntei porque é que estava a chorar. Apenas lhe disse:

Tenha calma. Vou encontrá-lo.

Imaginei como é ser o Xavier, arrastar os pensamentos que ele arrasta, sentir o coração disparar ao mínimo distúrbio na realidade em redor. Imaginei viver doze anos fechado numa casa, por medo, ou aversão, ou simples desinteresse – nós não sabemos ao certo, pois não? Imaginei sair à rua depois de todo

31

esse tempo de reclusão, o espanto, a força do mundo nos olhos, no peito.

Para onde é que eu ia?

Só que essa não era a pergunta certa. A verdadeira questão era: para onde é que eu ia se quisesse matar-me?

Não tive de pensar muito na resposta. Apareceu-me na cabeça quase ao mesmo tempo que formulei a pergunta. A linha de comboio.

Lembras-te, Almodôvar? Aqueles suicídios todos quando éramos putos. Eu lembro-me. Não me incomodam à noite. Mas lembro-me. E, se eu me lembro, o Xavier também se deve lembrar.

Liguei outra vez o carro. E conduzi, depressa.

Como é que nunca pensámos nisto? A linha do comboio. E nós tínhamos a lição toda guardada algures no subconsciente. Casos práticos. A teoria toda espalhada pelos jornais que comprávamos. Conhecíamos os melhores locais, os mais eficazes. Lembras-te? Era só uma brincadeira, um passatempo. Éramos putos e aquelas pessoas estavam muito longe de nós, como num filme. Achas que já nesse tempo o Xavier olhava para aquelas notícias e imaginava fazer o mesmo? Eu sei que ele só ficou assim, de espírito meio desfeito, mais tarde, nessa época ele ainda era feliz. Mesmo assim.

Comecei pela estação. Havia muitas pessoas concentradas nos próprios pés, como se tivessem medo de ficar sem chão. Saí do carro e espreitei as linhas através das grades. Não vi nenhum corpo. Depois apercebi-me de que, se um homem se tivesse atirado à linha no momento em que um comboio fosse a passar, toda a gente iria ver, haveria gritos, alguém teria chamado uma ambulância.

Meti-me outra vez no carro. Conduzi ao longo da linha, procurei uma ambulância, um ajuntamento de pessoas. E, sempre que encontrava espaço, olhava para a linha. Talvez ninguém tivesse visto nada. Talvez o próprio maquinista não tivesse sentido mais do que um leve tremor no momento em que a locomotiva tivesse embatido no corpo do Xavier.

Tentei calcular quantas décimas teria caído o valor da felicidade do Xavier depois da nossa conversa. Duas décimas? Cinco? Um ponto inteiro? Talvez eu não fosse assim tão importante. Talvez não tivesse nada a ver comigo. Talvez apenas tivesse chegado o dia de ele sair de casa para se atirar à linha. Essa possibilidade doeu-me algures. Apesar de tudo, quero ser importante para o Xavier.

És...

Eu sei. Sou um egoísta de merda. Vai-te foder, Almodôvar.

Conduzi doze quilómetros ao lado da linha. Não vi nada. Parei outra vez o carro. Procurei no telemóvel as mensagens sobre o Xavier. Para além do Tuga, o Cabral e o Rosas diziam tê-lo avistado perto do Centro. De modo que voltei para trás.

Àquela hora da manhã, as ruas à volta do Centro estavam calmas. Se o Xavier passasse, seria fácil descobri-lo. Conduzi em círculos, passei várias vezes nas mesmas ruas, primeiro num sentido, depois noutro. A certa altura, um bando de miúdos de quinze anos, uns oito ou dez, passou a correr como se fugisse de alguém. Parei o carro e saí. Olhei para ver o que estava acontecer. Não vi nada, o resto da rua não se mexia, parecia apenas cenário. E os miúdos desapareceram na rampa que dava acesso ao parque de estacionamento do Centro. Meti-me outra vez no carro. Conduzi mais cem metros e estacionei.

Liguei outra vez para casa do Xavier. A mãe atendeu. Já não estava a chorar. Mas ele ainda não tinha aparecido. Desliguei e entrei no Centro. Percorri os corredores. Subi nas escadas rolantes. Olhei para dentro das lojas através das montras. O mundo parecia tão normal ali, tudo no seu lugar, a arrumação tão proporcionada, a ausência de sombras e o rosto diligente das pessoas atrás dos balcões. Talvez o Xavier tivesse saído de casa precisamente à procura daquilo. Talvez não houvesse razão para alarme. Procurei um mapa do Centro para me orientar. Tinha passado revista a tudo menos às casas de banho. Repara, Almodôvar, não me fui embora. Voltei a atravessar os corredores, passei de uns andares para os outros e entrei nas casas de banho todas, mesmo nas das mulheres. O Xavier não estava lá.

Quando saí do Centro, estava a chover. Havia um vento que não soprava de direcção nenhuma e que mantinha a chuva a rodopiar no ar sem nunca chegar a cair no chão. Corri para o carro. Liguei o motor, mas não arranquei logo. Pensei durante um minuto: todos os lugares aonde o Xavier poderia ter ido depois de doze anos fechado em casa. Todos os lugares do mundo inteiro me pareceram possíveis. Pensei naqueles quatro países: Burkina Faso, Bulgária, Costa do Marfim, Congo. Talvez fosse essa a solução. Talvez não voltássemos a vê-lo. Apenas saberíamos que estava entre os seus pares de felicidade. Teríamos de encontrar uma forma qualquer de ficarmos contentes por ele.

Olhei para o relógio: 12:08. Tinham passado seis horas desde que ele saíra de casa. Era tempo suficiente para se ter matado de vinte maneiras diferentes. Era tempo suficiente para qualquer coisa. Considerei que, tendo sucedido algo grave, já teríamos sabido, as notícias más são as mais rápidas, o ser humano não descansa enquanto não partilha o relato de uma tragédia. Mas não era uma certeza. Podiam passar muitos dias, ou mesmo semanas, até alguém dar com o cadáver dele tombado num terreiro qualquer. Se se atirou ao rio, pensei, será levado pelas correntes, desaguará no Atlântico, dará várias voltas ao Planeta saltando entre oceanos antes de dar à costa numa praia qualquer, já tão estragado que não será possível reconhecer o homem que existia dentro daquela carcaça.

Depois a porta do carro abriu-se, a porta do lado do passageiro. O Xavier entrou e voltou a fechar a porta com força. Assim, com toda a calma, sem nenhum aparato, como se tivéssemos combinado ali àquela hora. Estava encharcado e passou as mãos pela cara e depois pelo cabelo. Por fim olhou para mim, um alívio profundo na sua expressão. Era evidente que as últimas horas tinham sido complicadas. Não disse nada e voltou a cabeça para a rua, a boca contraída, os olhos irrequietos, como se não acreditasse na realidade à nossa volta.

Onde é que estiveste, Xavier?, perguntei.

Ele não respondeu.

Xavier.

Olhou para mim outra vez. Sorriu. Mas no mesmo instante algumas lágrimas caíram-lhe pela cara. Disse:

O que é que estás aqui a fazer?

Estava preocupado contigo. Toda a gente está. Tu saíste.

Sim.

Ia dizer mais alguma coisa, no entanto, ficou calado. Olhou para as mãos pousadas no colo, os dedos enlaçados numa espécie de luta.

Ias fazer uma asneira, Xavier?

Ele olhou para mim com um trejeito de espanto.

O quê?

Estavas a pensar fazer uma asneira?

Qual asneira, Daniel?

Eu não queria ter aquela conversa. Por isso bati com uma mão no volante e exclamei, cheio de indignação:

Ando à tua procura há horas. Já estive em todo o lado. Foda-se, Xavier.

Ele ficou em silêncio durante uns segundos, o seu peito a subir e a descer. Depois, numa voz muito serena, disse:

Não é muito fácil estar aqui dentro deste carro com esta chuva. Os teus gritos não ajudam.

Isso mesmo: o cabrão armado em vítima. Eu pensei pela primeira vez nos aspiradores que tinha na mala e no banco traseiro do carro. Podia deixar o gajo em casa e seguir para Cascais, arranjar uma justificação qualquer para não ter aparecido de manhã. O mundo continuava a girar, cada minuto passado era um minuto perdido.

O que é que andas aqui a fazer, Xavier?

Tu pensaste que eu ia matar-me.

O meu coração parou por dois segundos.

Não digas disparates, Xavier.

Tu pensaste que a única razão que eu tinha para sair de casa era encontrar uma ponte e saltar.

Ele disse isto e esboçou um meio-sorriso. Repara, Almodôvar, ele não estava zangado. Pelo contrário. A boca dele endireitou-se outra vez e ele continuou:

Não faz mal. Eu teria pensado o mesmo. Olha para mim. O facto de eu continuar a respirar é um atentado à teoria das probabilidades. Podia ganhar o Euromilhões mas, em vez disso, estou vivo.

Eu ri-me.

Ele não se riu, apenas encostou a nuca ao banco e fechou os olhos.

Voltei a cabeça para a frente. A chuva continuava a cair mas a rua inteira tinha desaparecido atrás dos vidros embaciados.

Ficámos assim muito tempo. Depois, ele voltou-se para o banco de trás. Perguntou:

O que é que tens nas caixas?

Aspiradores. Tenho de os vender.

Ele acenou com a cabeça.

Queres saber porque é que saí de casa?, perguntou.

Porquê?

Estou à procura do Ávila.

Quem é o Ávila?

O Fernando Ávila.

O nosso professor de Matemática do 7.° ano?

Esse.

O que é que lhe aconteceu?

Telefonou-me esta noite, eram umas cinco e tal da manhã. Disse que andavam uns putos atrás dele. Queriam bater-lhe.

E telefonou para ti?

36

Sim. Somos amigos.

São?

Ele visita-me de vez em quando. Falamos de matemática, ele empresta-me livros de física, essas merdas.

Há quanto tempo?

Não tenho a certeza. Contaram-lhe que eu não saía à rua e resolveu aparecer, saber se eu precisava de alguma coisa. Foi no meu terceiro ou quarto ano em casa.

Sabias disto, Almodôvar? O Ávila visitava o Xavier. E era importante, tão importante que o Xavier saiu de casa por causa dele. Como é que eu não sabia isto? Há mais pessoas a visitá-lo que nós não saibamos?

Ele ainda dá aulas?, perguntei.

O Xavier abanou a cabeça.

Há uns cinco anos a escola dispensou-o. O pai de um aluno acusou-o de ter abusado do filho, embora o puto não tenha explicado bem o que se passou. Outros pais juntaram-se ao protesto, alguns professores também. Fizeram uma caça ao paneleiro. A direcção da escola nunca lhe deu hipótese. Foi convidado a sair de cena. Depois disso, não conseguiu arranjar nova colocação, os rumores saltaram os muros da escola. Começou a beber. Ou talvez já bebesse antes, mas depois daquilo perdeu a moderação. Passava os dias a andar por aí. Parava nos cafés, bebia qualquer coisa, seguia caminho. De vez em quando acordava deitado debaixo de um banco de jardim ou aos pés de uma estátua qualquer. Quando o dinheiro acabou, começou a pedir, eu ajudei-o várias vezes. Sei que no último ano frequentava as casas de banho aqui do Centro e fazia broches por dez ou vinte euros.

Foda-se. Não sabia que o Ávila era homossexual.

Isso incomoda-te?

Acho que não. Claro que não. Mas ele visitava-te?

Vai-te foder, Daniel.

Estou só a perguntar.

A mão do Xavier agarrou o puxador da porta com ímpeto, como se fosse abri-la. Mas depois ficou ali suspensa num movimento incompleto. Ele não tinha coragem para sair do carro. Eu perguntei:

Saíste de casa ao fim de doze anos só para procurar o Ávila?

Queriam bater-lhe. O gajo não tinha mais ninguém.

Podias ter telefonado para mim.

Eu telefonei. Não atendeste.

Eu tiro o som do telemóvel à noite. Não foi por tua causa...

...

E agora?

E agora o quê?

E agora onde é que está o Ávila?

Não sei. Procurei-o por todo o lado.

Quem é que lhe quer bater?

Putos. Homofóbicos de merda que nunca foram sequer alunos dele. Ao que parece, a sua história é contada nos corredores da escola como o conto do papão. Os miúdos perseguem-no na rua, gritam paneleiro, mandam-no ir levar no cu, cospem-lhe em cima. Habitualmente, o gajo está demasiado bêbado para se virar.

Putos?

Putos.

Então lembrei-me, Almodôvar.

Eu sei onde é que ele está.

A mão do Xavier largou o puxador da porta.

Sabes?

Liguei o carro. O limpa-pára-brisas começou a dançar à nossa frente. Fiz inversão de marcha. O Xavier não disse nada, tentou perceber o que estava eu a fazer. Quando me viu entrar no parque de estacionamento subterrâneo do Centro, disse:

Já estive aqui. Ainda era de noite. O Ávila não está cá.

Apenas balbuciei: Eu acho que está.

Conduzi pelas vias mal iluminadas do piso −1, fileiras de carros de um lado e do outro interrompidas por alguns lugares vazios, o ar cheio de silêncio e ocasionais roncos de motores, de vez em quando uma pessoa atravessava o parque e desaparecia dentro de um carro. Conduzia devagar, para podermos espreitar os espaços entre os carros. Imaginei as pernas do professor Ávila a saírem debaixo de uma carrinha. Parámos um instante diante dos elevadores que subiam para o Centro. Quando um homem saiu, o Xavier apertou-me o braço com força. Espiámo-lo enquanto pagava o parque na máquina e depois seguimo-lo com os olhos, os sacos pesados numa das mãos, a cabeça a girar à procura do carro. De alguma forma, o Xavier queria acreditar que talvez a solução estivesse naquele homem, resolvíamos o assunto e saímos dali depressa. Só que eu tinha visto aqueles miúdos. Continuámos.

Descemos para o piso –2. Havia poucos carros estacionados. O cimento absorvia a luz branca fluorescente dos candeeiros. Nada mexia e não havia muitos lugares onde os putos pudessem estar. Avancei por entre as colunas sem respeitar os limites pintados no chão. Lentamente, fiz uma espécie de 8 e ficámos outra vez virados para a rampa de acesso ao piso –1. Então o Xavier disse:

O que é aquilo?

Olhei para onde ele estava a olhar. Ao fundo do estacionamento, quase encostadas à parede, havia duas carrinhas. Estava tudo quieto. Forcei os olhos. Não parecia haver ninguém dentro das carrinhas. E depois vi: em cima de uma delas estavam duas pessoas, deitadas de barriga para baixo lado a lado, voltadas para a parede; do nosso ângulo de visão não lhes víamos as cabeças, percebiam-se sobretudo as pernas irrequietas.

Meti a primeira e contornei uma coluna. Depois segui na direcção das carrinhas.

Apaga as luzes, disse o Xavier.

Eu desliguei os faróis e conduzi, tão devagar quanto era possível sem que o motor tossisse e o carro fosse abaixo.

Achas que são os putos?, perguntou o Xavier.

Acho.

Repara, Almodôvar, eu não sabia nada, estava a agir por instinto, uma espécie de impulso mecânico, os ossos a tomarem conta da situação. E estava a tentar não pensar. Se pensasse, teria dado meia-volta e saído dali. Com todos os meus problemas, por que razão é que me ia armar em herói e salvar o meu professor de Matemática do 7.º ano?

O que é que eles estão a fazer?, perguntou o Xavier.

Não respondi. Virei o volante e afastei-me para o lado esquerdo do parque. Os corpos das duas pessoas em cima da carrinha tornaram-se completos, compridos. E não paravam de se mexer. Depois o Xavier perguntou:

O que é que eles têm nas mãos?

Ele tinha razão, as duas pessoas estavam debruçadas e seguravam qualquer coisa nas mãos, qualquer coisa com luz.

São telemóveis, respondi.

Olha os putos, disse de repente o Xavier num sussurro.

No espaço de alguns metros entre a carrinha e a parede, estavam outras pessoas, cinco ou seis, talvez mais, paradas, a olhar para a parede, como se houvesse ali uma televisão. Eram miúdos, quinze, dezasseis anos, bonés, *kispos*, ténis, calças justas, mochilas às costas: o filme todo. Éramos assim? Não me lembro. Além disso, tinham as caras meio tapadas, lenços que lhes cobriam o nariz e a boca.

O meu pé continuava a pressionar levemente o pedal do acelerador sem tremer, o carro seguia à mesma velocidade, o ruído do motor reduzido a um vago ressonar. Os putos não pareciam dar conta de que nos aproximávamos. Havia qualquer coisa que os mantinha alheados.

Não estou a ver o Ávila, suspirou o Xavier.

Tanto quanto me lembro, foi a última coisa que ele disse. Depois disso, apagou. Isto é, continuou ali sentado, a olhar para tudo, mas não voltou a abrir a boca, não se mexeu, não revelou qualquer tipo de reacção a nada do que se passou. Ele não devia estar ali. Imagina-te, Almodôvar: doze anos fechado em casa, um dia sais à rua e, horas depois, estás num parque de estacionamento subterrâneo e há um bando de miúdos que não está a fazer coisa boa. Repara, nós estávamos muito próximos do grupo, quinze metros, talvez menos, quando um dos putos em cima da carrinha nos viu e gritou. Os outros viraram-se, quase em sintonia, quase como uma encenação. Entre dois dos miúdos abriu-se um espaço, era possível ver o que estava atrás deles, o Ávila deitado no chão, encolhido contra a parede, a camisa imunda, o cabelo pastoso, sem calças e sem cuecas, e um miúdo, de costas para nós, a mijar-lhe para cima, a passear o seu jorro sobre o corpo do nosso professor de Matemática, como se fosse um jogo, enquanto os outros olhavam para o carro, encarando-nos como se fôssemos um touro.

Os segundos passaram. Voltei-me para o Xavier: ele estava a olhar os miúdos, mas não parecia ter medo, parecia absolutamente calmo, como se há muito soubesse que aquele momento iria acontecer. Eu tinha as mãos no volante, o pé direito no acelerador, o corpo todo em tensão, e no entanto não era capaz de decidir o que fazer a seguir. Depois, um dos miúdos deu um passo em frente. Tinha uma lata de refrigerante na mão. Bebeu um gole por baixo do lenço que lhe tapava a boca e de seguida atirou a lata na nossa direcção, sem força, como uma rapariga, a lata descreveu um curto arco e rebentou sobre o capô do carro provocando um trovão que ecoou no cimento.

Os putos riram-se.

Pus o pé no acelerador sem tirar o outro da embraiagem. O carro rugiu sem sair do lugar. Pensei: como é que isto aconteceu? Eu só queria encontrar o Xavier, certificar-me de que não se atirava à linha de caminho-de-ferro e depois seguir para Cascais, vender os aspiradores.

Põe-te a andar, cabrão, gritou um dos putos.

Eu larguei a embraiagem. O carro arrancou, saiu disparado na direcção deles. Eles hesitaram, durante um longo segundo acreditaram que não ia acontecer nada. E depois, de repente, desataram a correr, afastando-se da trajectória do carro. E só nessa altura é que eu travei a fundo. O carro não parou imediatamente, os pneus ainda deslizaram alguns metros no cimento, um dos miúdos saltou para cima do capô e logo de seguida deixou-se cair para o chão junto à janela do lado do Xavier. Só parámos mesmo quando embatemos na parte de trás da carrinha.

Olhei. O puto que mijara em cima do Ávila estava de pé à nossa frente, a olhar para nós. E o Ávila continuava encolhido no mesmo sítio, sem se mover, como se estivesse à espera de que nos fôssemos todos embora para poder dormir sossegado. Olhei pelo retrovisor. Os putos começavam a levantar-se. Eu engatei a marcha atrás e recuei depressa, girando o volante para os perseguir. Os putos correram para longe. Eu travei e voltei a avançar para a carrinha.

Xavier, gritei. Xavier.

Ele não se mexeu.

Abri a porta e saí. O puto ao lado do Ávila afastou-se uns passos mas não se foi embora. Era baixo, não parecia ter mais de doze ou treze anos, tinha a cara tapada com uma bandeira de Portugal, o cabelo rapado e uma argola grossa e dourada pendurada numa orelha, como um pirata. Apertou os botões da braguilha sem nunca deixar de olhar para mim. Não se mexeu quando me aproximei do Ávila, apenas acendeu um cigarro e ficou a observar-me. Segurei o Ávila por baixo dos braços. Tinha a roupa encharcada, sangue na testa. O cheiro a mijo meteu-se-me no nariz e, no momento seguinte, chegou-me ao estômago. Levantei-o. Ele gemeu de dor. Voltou a cabeça para mim e o olhar dele encontrou-me; no entanto, não tenho a certeza de que me tenha visto. Arrastei-o até ao carro. O puto perguntou:

Queres ajuda?

Olhei para ele, estava a rir, os ombros dele sacudiam. Larguei um dos braços do Ávila e as pernas dele cederam, ficou de joelhos. Abri a porta de trás do carro. E então vi as três caixas dos aspiradores. Levantei a cabeça, o Xavier estava a olhar para mim, à espera de que eu resolvesse aquele problema.

Repara, Almodôvar, não havia espaço no banco para os aspiradores e para o Ávila. Um dos dois tinha de ficar. E aposto que aí dentro, no conforto dessa cela, a decisão parece simples. Só que aí dentro tudo parece simples. Não tenho vergonha: pesei o Ávila e os aspiradores dentro de mim. Deixar para trás uma daquelas caixas significava pagar o valor total do aparelho à W.R.U., era muito dinheiro, era dinheiro que eu não tinha. Mas o puto continuava ali atrás de nós, terminando de fumar o seu cigarro em sossego, à espera. Deixar o Ávila e ir pedir ajuda seria condená-lo. Podia ter telefonado para a Polícia. Mas os miúdos estavam do outro lado do parque e começavam a aproximar-se, eu não ia conseguir aguentá-los sozinho muito tempo. Gritei AJUDA meia dúzia de vezes, alto, a minha voz a vibrar no espaço apertado entre o chão e o tecto. E depois puxei uma caixa com força e deixei-a tombar para fora do carro. No lugar vago, encaixei o Ávila, espasmos de dor a soltarem-se a cada movimento.

Ia contornar o carro quando me apercebi de que estava alguém junto ao tecto. Havia ainda um puto em cima da carrinha, segurava o telemóvel, apontando-o para mim: estava a filmar tudo. O outro parecia ter desaparecido. Entrei no carro. Fiz marcha atrás e, de seguida, virei o volante até ficarmos voltados para a saída. Foi neste momento que avistei o segundo miúdo, ainda em cima da carrinha, deitado de bruços, a cara contra a chapa. E, ao mesmo tempo que o vi, ele levantou a cabeça para espreitar. Não tinha a cara tapada e aquele curto instante foi suficiente para o reconhecer. E a primeira coisa que me veio à cabeça foi: o que é que ele está ali a fazer?

Almodôvar, és responsável. Foste-te embora. Havia pessoas que precisavam de ti e tu foste assaltar uma estação de serviço como se tivesses mais privilégios do que o resto de nós. Por isso, diz-me tu o que é que o Vasco estava a fazer em cima daquela carrinha, a filmar um bando de putos a mijarem em cima de um bêbado. Deixaste o teu filho para trás. Podia não ter acontecido nada, claro, mas aconteceu.

Foram dois segundos. O carro não chegou a parar. Eu não saí para ir falar com o teu filho. Deixei-o para trás da mesma forma que deixei para trás o aspirador. Naquele momento, ele não era uma prioridade. Não te vou pedir desculpa por isto porque a culpa não é minha. Arranquei. Quando passámos pelos putos, eles arremessaram as mochilas contra o carro, como um bombardeamento. O vidro do lado do Xavier estalou, de repente, como se fosse magia, transformou-se em granizo e encheu-lhe o colo. Ele gritou, levantou as mãos, os dedos a cintilarem com a poeira de vidro, a roupa a escorrer cacos, e enrolou um braço à volta da cara. E depois estávamos a subir a rampa para o piso −1.

Cortaste-te?, gritei.

Ele estava imóvel, as mãos pousadas no *tablier*. Não vi sangue. Ele não respondeu. Só quando nos aproximámos da saída é que falou.

Temos de pagar o parque, disse, num tom estranhamente descontraído.

Almodôvar, nós queríamos sair dali depressa mas havia uma cancela vermelha e branca que nos travava a passagem. E eu ainda pensei: avanço, parto esta merda e ninguém nos apanha. Só que isso apenas acontece nos filmes, esse tipo de impulsos não existe na vida real. Voltámos para trás à procura de uma máquina para pagar. Tive o pressentimento de que aquele descuido nos custaria muito, os putos já estariam organizados, escondidos entre os carros, à espera de que passássemos, não sairíamos bem daquele lugar.

Descobrimos uma máquina junto de uns elevadores e o Xavier, ainda na mesma posição, sussurrou:

Não tenho trocos.

A sério, Xavier?

Olhou para mim, confuso. Depois moveu a cabeça um centímetro na direcção do banco de trás e disse baixinho:

Temos de o levar ao hospital.

Foda-se, Xavier. Pára de falar.

Saí para pagar o parque. Nesse momento podia ter procurado um segurança, pedia-lhe ajuda, apresentava queixa. Mas nós só queríamos sair dali.

Voltei para o carro. O cheiro a mijo começava a tornar-se insuportável. Meio minuto depois, estávamos na rua. Já não chovia. O mundo tinha acabado de se tornar mais complicado.

Deixámos o Ávila no hospital. Preenchemos a papelada toda, prestámos declarações à Polícia que apareceu para tratar do caso, demos os nossos contactos, prometemos colaborar. Não disse que o teu filho estava entre os putos, nem sequer contei que havia dois putos a filmarem tudo. O Xavier estava nervoso. Sacudi-lhe os vidros do casaco e do cabelo, uma chuva de pequenos diamantes a saltitar no alcatrão à entrada do hospital. Fumou um maço de tabaco em pouco mais de uma hora. Por volta das três da tarde, trancou-se na casa de banho e permaneceu lá até irmos embora. Eu liguei para o hotel em Cascais, expliquei o que tinha acontecido, a mulher com quem falei compreendeu, falámos durante uns minutos, no final disse-me que entraria em contacto comigo para combinarmos uma nova demonstração, mas que naquela semana já não seria possível. Fiz as contas: o aluguer de cinco aspiradores mais o aspirador que deixara no estacionamento mais o vidro do carro: o total passava os 900 euros. Eu não tinha 900 euros.

O Ávila ficou internado. Tinha um traumatismo craniano. Quando fomos despedir-nos dele, estava acordado. Ouviu-nos falar, gesticulou ligeiramente com uma mão e largou uns ruídos que não queriam dizer nada, fiquei com a sensação de que não sabia quem éramos. Tinham-no lavado, era outra vez o nosso professor de Matemática de há vinte anos, não parecia sequer mais velho. O Xavier perguntou-lhe o que tinha acontecido e ele apenas franziu os olhos sem responder.

Quando saímos do hospital, o Xavier disse: Quero ir para casa.

Parecia uma criança.

Vai-te foder, Xavier, disse eu. Vamos voltar ao estacionamento. Ver se ainda lá está o aspirador.

Preferia que me deixasses em casa primeiro.

E eu preferia que não fosses um cobarde de merda.

Ele olhou para mim, um trejeito de indignação no rosto. A minha acusação era muito injusta, afinal ele tinha saído de casa sozinho para ir procurar o Ávila. Mas não corrigi o insulto.

Voltámos ao Centro, o Xavier no banco de trás para não apanhar com a chuva que caía pela janela sem vidro. Entrámos no parque de estacionamento e, quando encontrámos um guarda, explicámos o que havia sucedido, pedimos-lhe que nos acompanhasse ao piso −2. O guarda entrou no carro. Àquela hora os dois pisos do estacionamento estavam cheios. Não parecia o mesmo lugar e tivemos dificuldade em identificar o sítio onde horas antes tínhamos encontrado os putos. Depois o Xavier apontou.

Foi ali, disse.

As carrinhas já não estavam lá.

A caixa do aspirador também não.

Restava apenas uma poça de mijo junto à parede.

7,1. Chipre, Alemanha, Malta, Nicarágua, Reino Unido

Almodôvar, tu não sabes, mas eu tinha um Plano. Estava escrito, passo por passo, em cento e vinte e seis páginas de um caderno de capa preta, como se fosse um diário do futuro. De vez em quando, consultava-o para me inteirar de qualquer ponto que já não tivesse tão presente na memória. De vez em quando, acrescentava um ponto, ou alterava um ponto, ou rasgava uma página inteira. Ao contrário dos outros diários, o Plano não era definitivo – nunca fui tão ingénuo. Por exemplo: na página 12, na frase *Nunca pesar mais de 78 kg*, o 78 foi riscado e substituído por 82; na página 37, sob o título *Quando me casar*, um longo parágrafo foi pintado com um marcador preto e à frente do título foi escrito, com o mesmo marcador, *Para repensar;* a página 61 é a continuação do ponto sobre a educação dos meus filhos da página 6, escrita nove anos mais tarde; a folha com as páginas 23 e 24 foi rasgada.

A versão original do Plano foi trabalhada à luz da sensatez, não escrevi nenhuma extravagância, não prognostiquei nada para lá daquilo que considerei ao meu alcance. Lembro-me de escrever esse caderno e várias vezes pensar: isto é possível, se fizer tudo bem, se me mantiver concentrado em cada ponto do Plano, isto vai acontecer. E foi isso que fiz durante quase uma década: lutei para que aquelas palavras se tornassem verdade. Eu acreditava no trabalho, naquilo que os meus músculos e os meus pensamentos poderiam alcançar. As alterações que fiz ao que tinha escrito aconteceram porque eu próprio mudei, as minhas ideias e ambições mudaram, ou pelo menos adaptaram-se às mudanças do mundo. Só que não existe em todo o Plano uma única linha sobre aspiradores, viagens mensais para ver os meus filhos ou dias com demasiadas horas vazias. A minha questão é só esta: quando é que o mundo mudou tanto que eu perdi a capacidade de me adaptar e o Plano deixou de fazer sentido?

Pensei muito sobre isto. A minha única conclusão é: nunca poderia ter previsto esta situação. Nunca poderia ter imaginado ser despedido da agência assim. Comecei cedo, dezanove anos acabados de fazer, aprendi depressa, a logística toda à volta de uma viagem, a geometria dos países, a burocracia de cada destino, era capaz de criar um roteiro de catorze noites para qualquer pessoa em qualquer parte do Planeta em menos de dez minutos de conversa. Cinco anos depois, tiraram-me da loja e meteram-me no escritório, passei a gestor de projectos, um gabinete só meu, vista para a avenida, um orçamento anual de quase um milhão de euros para gerir. O director confiava em mim, um puto novo, atento às novas tecnologias, para fazer face à tendência crescente da compra de viagens na Internet. Mesmo nas páginas mais optimistas do meu Plano sobre a carreira profissional, não estava calculado que me saísse tão bem. E dei o meu máximo. Tinha as chaves do escritório e todos os dias era o primeiro a chegar e o último a sair, a minha dedicação era absoluta.

Mas nunca tive hipótese. A Internet é um *tsunami*. Não é possível lutar contra isto. Tudo o que podemos fazer é saltar para dentro da onda e deixarmo-nos arrastar, com a esperança de chegarmos a qualquer lado sem nos afundarmos pelo caminho. Foi tudo muito rápido. Em Maio de 2010, despediram as primeiras pessoas. Três meses depois, fecharam a loja no

Porto. O meu orçamento foi suspenso indefinidamente, todos os projectos que tínhamos prontos a arrancar ficaram suspensos a aguardar decisão. Mais pessoas foram dispensadas. No final do ano, recebemos um *e-mail* do director a comunicar uma redução geral de salários, pedindo a todos um esforço extra numa época tão crítica e dando um voto de confiança; a frase «Somos uma equipa» surgia três vezes em dez linhas. No mês seguinte, os salários não foram pagos. Em Março, a loja de Lisboa fechou.

Eu tive sorte. Fiquei até ao fim, vi tudo acontecer. No último mês, éramos três num espaço onde um ano antes trabalhavam catorze pessoas. Uma tarde, o director apareceu e, sem rodeios, anunciou-nos que no dia seguinte ficaríamos em casa, a empresa tinha declarado insolvência. Não pediu desculpa, ele próprio parecia não compreender o que se estava a passar, as mãos tremiam-lhe, os olhos não paravam quietos em ninguém. Arrumámos as coisas à pressa em caixas de cartão. Foi-nos dito que o andar começaria a ser esvaziado no dia seguinte, pois queriam alugá-lo o mais depressa possível. Foram prometidas indemnizações que nunca chegaram a ser pagas. Há um processo em tribunal por resolver.

Não tive medo. Lembro-me disso. Repara, eu tinha o futuro escrito num caderno, li-o dezenas de vezes, estudei-o, pensei-o, as palavras assumiram uma solidez dentro de mim, quase um instinto, a minha certeza em relação àquilo que estava para acontecer era inabalável. O encerramento da agência não era mais do que um contratempo – e eu tinha deixado espaço no meu Plano para contratempos. Eu acreditava que estaria a trabalhar noutra agência de viagens, num cargo semelhante, em menos de um mês. Pensei: isto pode ser uma coisa boa: estava havia demasiado tempo na mesma empresa, tinha 37 anos, um novo emprego seria importante para a minha carreira, novos projectos, novos colegas, novas perspectivas. Organizei-me, reescrevi o meu currículo, enviei-o para dezenas de agências, não apenas em Lisboa, cheguei a candidatar-me a empregos no Porto, no Algarve, em Madrid, em Sevilha, em Bruxelas. Os meus dias eram tão ocupados como antes: enviava *e-mails*, fazia telefonemas, consultava *sites* de emprego, preenchia formulários, fichas de candidatura, tinha reuniões em agências de emprego, ia a entrevistas, apertava mãos, sorria, encrespava o sobrolho sempre que falava, entoava o final das frases com determinação. Quase como se procurar emprego fosse um emprego.

Só que nessa altura já não havia empregos, Almodôvar. Durante esse ano, falei várias vezes ao telefone com o meu antigo director, que me ligava por nenhum motivo real, apenas para conversar, contava as viagens que ele e a mulher andavam a fazer, viagens que tinham adiado a vida toda por causa do seu trabalho, embora o seu trabalho fossem as viagens, e dava gargalhadas ao mesmo tempo que exclamava não sentir um pingo de saudades do nosso velho escritório – o qual, segundo ele, continuava por alugar, largado ao abandono –, tinha cinquenta e três anos e aquela reforma forçada era a melhor coisa que lhe acontecera na vida. Por fim perguntava-me se eu já tinha encontrado emprego e, antes de desligar, adiantava:

Se souberes de alguma coisa para mim, avisa.

Almodôvar, estava tudo ao contrário: apesar de todo aquele entusiasmo, o meu antigo chefe não queria estar desempregado e, de alguma forma, contava com a minha ajuda para arranjar emprego.

Serve isto para dizer que o mundo tinha parado. Eu ainda não tinha quarenta anos e o meu mundo estava parado. E não havia nada escrito acerca disso no meu Plano. Eu não podia ter imaginado que o mundo iria parar. Da mesma forma que não podia ter imaginado que a Marta se iria embora com os miúdos. E, mesmo assim, eu não tinha medo. Passei várias noites debruçado sobre aquele caderno. O que é que falhou? Onde é que as costuras não ficaram bem apertadas? Não encontrei nada errado. Era um bom Plano. Justo. Era uma vida possível.

50

Mas tentei reescrever tudo, adequar a minha ideia de futuro aos novos limites da realidade. Ponderei as alternativas.

Apagar o casamento.

Apagar um filho.

Uma casa com dois quartos em vez de três.

Uma casa à distância de uma hora do local de trabalho em vez de meia hora.

Um emprego qualquer em vez do emprego certo.

Uma vida qualquer em vez de uma vida verdadeira.

Nenhuma versão me pareceu melhor do que a primeira. Qualquer compromisso me parecia errado. Eu não sabia viver neste futuro. Porque, repara, a minha vida já estava feita, não era possível voltar atrás. Tudo o que eu podia fazer era lutar.

Durante um ano continuei a acordar cedo. Sentava-me à frente do computador e procurava trabalho, um trabalho qualquer. Quando arranjei o emprego a vender aspiradores, dei o meu melhor, parecia uma saída, uma possibilidade de futuro. E depois o Xavier saiu de casa e eu perdi aquele aspirador, fiquei a dever muito dinheiro, a W.R.U. suspendeu o meu contrato até que lhes pagasse tudo. Eu não tinha como pagar-lhes tudo. Fiquei sem emprego outra vez – ainda que chamar emprego à cena dos aspiradores seja ser demasiado ingénuo.

Isso foi em Novembro. Voltei a procurar trabalho. Não havia nada. Fiz as contas: o dinheiro que ainda tinha no banco, de um lado; a prestação da casa e as despesas mensais básicas, do outro: se não acontecesse nada, em Fevereiro não teria dinheiro suficiente para pagar a prestação da casa. Ponderei a hipótese de vender o apartamento, demasiado grande para um homem sozinho, e comprar outro mais pequeno. Mas isso seria largar mão da esperança de que a nossa situação era apenas temporária, de que mais cedo ou mais tarde a Marta e os miúdos voltariam a ocupar os seus lugares.

Por outro lado, o tempo esticou, não tinha gestos nem pensamentos para preencher tantas horas livres, para não me deixar arrastar por marés de tédio. As noites e os dias misturaram-se, não era relevante distingui-los, e as insónias deixaram de me incomodar, dormia períodos de duas ou três horas, houvesse luz ou não. Talvez seja a mesma lentidão que existe aí onde estás. Imagino que tenhas aprendido a assimilar essa lentidão no teu sistema. Só que eu não queria isso, entendes? Não estava disposto a abrandar.

E, além disso, o teu filho.

Depois daquele dia no parque de estacionamento, não tinha como evitar pensar no teu filho. Não me parecia possível que tivesse feito aquilo. Quando é que ele se tornou aquela pessoa? Quando é que deixou de ser o miúdo que vi crescer, que vinha andar de bicicleta connosco aos domingos de manhã, que eu carregava às cavalitas quando íamos à bola? O que é que aconteceu dentro e fora dele para o conduzir àquele momento? O que é que não aconteceu? Depois pensei: talvez não tenha importância, os putos fazem asneiras todos os dias, testam os limites; nós fazíamos asneiras, uma vez, às duas da manhã, na praia de Sesimbra, arrombámos uma barraca de gelados, levámos cinco ou seis caixas, enchemos três congeladores, comemos gelados durante semanas.

Mas não é a mesma coisa, pois não, Almodôvar? É verdade que ele não mijou no Ávila, como os outros putos – um ponto a favor dele –, mas talvez apenas por não ter vontade. Ou talvez estivesse à espera da sua vez e, se eu e o Xavier não tivéssemos aparecido, acabasse por fazê-lo. Não importa, ele estava lá, pertencia ao grupo, não fez nada para impedir o que aconteceu, assistiu a tudo com o telemóvel na mão, a filmar. Foda-se, não era uma coisa boa. Não era o que se espera de um ser humano.

Uma noite, num sono que não durou mais de dez minutos, sonhei que eu e tu estávamos na tua cela, sentados no chão, as pernas encolhidas, os joelhos quase a tocarem no queixo. O tempo passava depressa, meses, talvez anos, e nós apenas conversávamos, mulheres, bola, o Xavier, memórias, disparates. Foi um sonho bom: muitos anos condensados em alguns minutos. Quando acordei pensei: vou falar com o Vasco. E logo de seguida decidi que não, não ia fazer isso.

Podias ter ligado à Clara.

Almodôvar, eu liguei à Clara. Porque afinal o filho é dela. E teu também, mas tu és um cabrão que resolveste esquecer-te disso.

A Clara pediu-me que fosse ter com ela à clínica. Falámos na cafetaria ao lado das salas de espera. E, apesar da farda, apesar da placa com o nome, a Clara não parecia uma enfermeira. Ali sentada, perto daquela gente contorcendo-se silenciosamente nas suas dores, parecia também doente. Os seus olhos apertados pelo rosto. Como se o esforço para aguentar o corpo direito começasse a tornar-se insuportável. Quando lhe perguntei se se sentia bem, respondeu:

É só cansaço.

Almodôvar, a história é esta: quando foste preso, os teus sogros tiveram de ajudar a compensar o rombo que deixaste no orçamento da casa. A tua mãe ainda mandou dinheiro durante três ou quatro meses mas parou quando lhe aumentaram a renda do próprio apartamento. A Clara aguentou as contas assim quase um ano, uma ginástica financeira complicada mas possível. Até que a tua sogra caiu na banheira e fracturou a perna em três sítios. Ficou quatro meses sem andar, a fisioterapia fez-lhe bem, mas nunca recuperou absolutamente. O teu sogro orientou-se o melhor que soube com as panelas da cozinha, a tulha constante da roupa suja, as mercearias, a assistência à mulher. Mas um dia rendeu-se à evidência de que ele próprio precisava de cuidados e atenção e contratou uma empregada. Não foi capricho. Foi simples exigência da idade. Seja como for, entre as despesas com a fisioterapia, os medicamentos e a empregada, deixaram de poder ajudar a Clara. E a Clara não teve alternativa senão fazer turnos duplos na clínica.

53

A explicação parece tão simples, tão cheia de lógica e sentido. Um problema assim, tão elementar, deveria ser facilmente resolvido. Só que a solução és tu. E tu não estás cá.

A Clara sorriu, atravessou a lama da fadiga que lhe enchia o corpo e sorriu. Disse que estava contente por me ver, que os amigos lhe faziam falta, que tinha saudades de rir a sério. Quis saber de mim. A resposta que dei foi uma fiada de mentiras, uma vida inteira a nascer de palavras que apareciam na minha boca sem qualquer esforço. E de repente parecíamos duas pessoas normais outra vez, dois amigos que se encontram para pôr a conversa em dia. A força dessa ilusão assustou-me.

Há duas semanas vi o Vasco, disse-lhe.

A Clara inclinou a cabeça alguns graus, não parou de sorrir.

Estava com outros rapazes, continuei. Estavam a fazer asneiras.

Que asneiras?

Estava lá um sem-abrigo... eles estavam a fazer-lhe coisas. Eram muitos. O homem não tinha como se defender.

Coisas?

Fala com ele, Clara.

A boca dela endireitou-se, tornou-se uma linha estreita, muito fina.

Ele é um bom miúdo, disse-me quase sem voz.

Eu sei. Mas até os bons miúdos fazem asneiras de vez em quando. Fala com ele.

Não é fácil falar com o Vasco.

Mas vai ouvir-te. Tu és mãe dele.

É verdade, Daniel. Isso devia ser suficiente, como uma espécie de magnetismo entre as minhas palavras e o seu coração. Mas de alguma forma esse mecanismo já não funciona, deixou de funcionar quando o Almodôvar foi preso. E eu não sei fazer as coisas de outra maneira. Nós aprendemos a mexer-nos no mundo, habituamo-nos a determinados gestos, aceitamos a eficácia dos nossos instintos, e meia vida depois estamos viciados na perspectiva que temos de tudo. E então alguma coisa muda de repente e tudo aquilo que sabíamos fazer tão bem, com tanta facilidade, para resolver os problemas mais simples, torna-se inútil. Como é que o mundo mudou tanto?

Ela não disse isso.

Tu não estavas lá.

A Clara não se queixa em voz alta. O discurso do gajo fodido com os azares da vida é teu.

Como queiras, Almodôvar. A Clara ficou em silêncio, uma mão a fazer festas na mesa entre nós, os olhos fechados, como se os tivesse colados. Eu disse:

Sei que não é fácil, mas se não fizeres isto agora depois pode ser tarde demais.

A Clara abriu os olhos e acenou com a cabeça.

Tens razão, sussurrou. Tens razão. Eu falo com ele.

E a boca dela dilatou-se, a intenção de um sorriso apenas.

Depois levantou-se. Deu-me um beijo na cara e foi-se embora, os braços cruzados, os ombros caídos. E eu tive a certeza de que ela nunca iria falar com o Vasco. A força não lhe chegava para tanto.

No Natal, o Mateus e a Flor vieram passar uma semana comigo. A Marta trouxe-os e ficou uma noite. Jantámos os quatro à mesa, como antes, como se não fosse uma ocasião extraordinária, nenhum de nós queria admitir que já tinha passado quase um ano. O Mateus contou anedotas e daí passou a episódios que eu e ele vivemos enquanto conversávamos na Internet: «Pai, e daquela vez que jogámos damas com um senhor australiano?»; ou: «Pai, e daquela vez que combinámos escrever sem vogais: qrs vr m ndt?» Riu-se com o seu riso incrível de nove anos. Nós rimos com ele, embora não fosse esse género de jantar. E, sempre que nos calávamos todos ao mesmo tempo, não existia qualquer desconforto, mas uma expectativa partilhada, qualquer momento podia ser o início de alguma coisa.

Deitámos os miúdos, todos os meus movimentos ligeiramente desfasados dos da Marta. Eles estavam felizes por se
encontrarem ali, naquelas camas, outra vez; não o disseram,
mas havia uma segurança desmesurada nos olhos deles, na
forma como se enrolaram nos edredões. E isso era tão triste,
Almodôvar. A Marta deve ter sentido o mesmo. Porque, quando
fomos para a sala e nos sentámos no sofá, a primeira coisa que
disse foi:

Podias vir connosco para Viana.

Tinha dito a mesma coisa seis meses antes, quando perce-
bera que em Lisboa não havia trabalho para ela e decidira ir-se
embora. Eu dei-lhe a mesma resposta:

Se as coisas se complicarem demasiado, se já não acreditar
que existe alguma possibilidade de futuro aqui, eu vou.

Ela sorriu, como se as minhas palavras fossem solução para
tudo. Disse:

Pelo menos põe este apartamento à venda. Pode ser que
apareça alguém. Os tempos são maus, mas a sorte não desapareceu do mundo.

É a nossa casa...

É só uma casa, Daniel. Não é um pulmão. Não são os nossos
olhos.

Depois resvalou no sofá e ficou deitada, os pés no meu colo.
Aquela forma tão pragmática de resolver a vida ardeu-me no
peito. Ainda assim, concordei em fazer o que ela sugeria.

Falámos de trivialidades, as minhas mãos nos pés dela, não
voltámos a deixar que a conversa fugisse para assuntos mais
sérios. Eu precisava muito daquilo e penso que a Marta também.
Quando finalmente nos fomos deitar, por um instante a cama
pareceu-me excessivamente grande. Como se os nossos corpos
tivessem encolhido. Ela apertou-se contra mim, eu abracei-a.
Ficámos quietos. Podíamos ter feito amor – não fazíamos amor
havia meses e aquele teria sido o momento certo – mas era
algo que, de certa maneira, começava a tornar-se demasiado

assustador. A Marta adormeceu depressa. Eu fiquei acordado quase uma hora a olhar para o escuro antes de cair no sono.

Por essa altura as insónias tinham deixado de me incomodar, tinha aprendido a suportar o cansaço permanente e começava a habituar-me a viver de noite como se fosse de dia. Não ficava na cama à espera de que o sono regressasse, acendia as luzes, ligava a televisão, comia, tomava banho, lia o jornal, arrumava a casa, às vezes saía para dar uma volta. Quando sentia outra vez sono, deitava-me. Era isso ou enlouquecer devagar estendido na cama, quieto, pressentindo as horas fragmentando-se até ao infinito.

Dormi um par de horas e acordei pouco depois das três. Não me mexi durante muito tempo, tive medo de fazer barulho, de acordar a Marta e os miúdos. Mas não era só isso. Tinha vergonha daquilo que eles pudessem pensar se acordassem às quatro da manhã e me encontrassem a fazer a barba, a lavar a loiça, a comer ovos mexidos. O homem que eles conheciam não fazia essas coisas, pelo menos não de madrugada. E eu queria ser o homem que eles conheciam. Esse impulso era antigo, mas foi a primeira vez que o senti tomar-me conta dos movimentos. De algum modo, isso era o centro de tudo, perder a faculdade de me manter o mesmo homem seria como deixar de saber contar até dez ou já não ser capaz de identificar o rosto dos meus filhos numa multidão.

Saí da cama devagar, como se o chão estivesse cheio de cobras adormecidas, a Marta não se moveu, a sua respiração continuou profunda, e fui para a sala. Liguei a televisão sem som. Saltei os canais até encontrar desenhos animados. Não havia crianças a ver televisão àquela hora, aqueles desenhos animados passavam exclusivamente para consolar os adultos acordados. Vinte minutos depois, a Marta apareceu. Ficou meio minuto de pé, a olhar para a televisão, como se não percebesse que imagens eram aquelas, como se nunca tivesse visto desenhos animados. Depois deixou-se cair ao meu lado no sofá, enterrou as costas nas almofadas, os estofos resfolegaram, e com as mãos muito abertas esfregou a cara com força, parecia estar a tentar apagar aquele rosto para fazer aparecer outro que existisse por baixo.

Que se passa?, perguntei.

Insónia, disse ela, e não adiantou mais nada. Mas a resposta animou-me.

Eu pensei, pela primeira vez desde que nos separámos: tenho tantas saudades dela. Porque é que se foi embora?

Seis meses antes, ela tinha explicado que estava cansada de ficar em casa, sentia-se vazia, afundada em lixo invisível (foi essa a expressão que utilizou), queria ganhar dinheiro outra vez, queria um emprego e o pai tinha um emprego para ela em Viana do Castelo. Concluiu dizendo: «Aqui, neste momento, é como se estivesse a desaparecer.» Embora fosse mentira: mesmo desempregada, a força da sua existência era colossal. Habituamo-nos a definir uma pessoa pela profissão que tem e, quando lhe apagamos o emprego, é como se já nem pessoa fosse. Isso não está certo. A Marta é sempre uma pessoa inteira, o emprego não é mais do que um adereço, como uma pulseira, um penteado ou um tique de linguagem. Seja como for, dei--lhe razão. Mais: dei-lhe força. E não falámos sobre nós, sobre o nosso casamento, aquela separação forçada, a distância tão grande que haveria para resolver todos os dias e todas as noi-tes. Porque acreditávamos em nós, Almodôvar. Estávamos juntos há catorze anos e ainda gostávamos um do outro: porque é que não haveríamos de acreditar? Seis meses depois, sentado ao lado dela a ver desenhos animados às quatro da manhã, a nossa separação parecia-me demasiado absurda e não era capaz de a explicar com argumentos lógicos.

Ela aninhou-se no sofá e encostou a cabeça no meu braço. Ficámos a olhar para a televisão, os desenhos animados a dispa-rarem luz e cor pela sala. De vez em quando, ríamos ao mesmo tempo. Tentei imaginar o que lhe tinha acontecido durante aquele tempo em que não tínhamos estado juntos, as pessoas com quem se cruzara, a razão de cada sorriso, de cada instante de angústia. Parecia a mesma. Talvez não se tivesse passado nada na vida dela, nenhuma conversa que a tivesse marcado, nenhuma luz, nenhuma sombra. Talvez o seu coração estivesse parado havia meses. Mas isso era tão improvável. É verdade que falávamos quase todos os dias ao telefone, ela contava-me coisas acerca da sua vida em Viana. E, no entanto, aquilo que dizia não tinha substância, como se nada do que lhe acontecesse fosse realmente importante.

Por outro lado, eu também não lhe tinha contado que o Xavier saíra de casa, a cena no parque de estacionamento, a minha decisão de deixar o aspirador para levar o Ávila, o dinheiro que ficara a dever, o emprego que já não tinha. Ela não sabia que as coisas se tinham complicado ainda mais. Ela não sabia que íamos perder a casa. Não conhecia as alterações que eu andava a fazer no Plano. Podia ter-lhe contado tudo naquele momento, desligava a televisão, dava-lhe a mão e começava a falar. Ela ia compreender, ia abraçar-me, dizer-me que não estava sozinho, os dois juntos ultrapassaríamos aquela situação, talvez me beijasse, e depois convencer-me-ia a ir com ela e com os miúdos para Viana. E talvez eu aceitasse, Almodôvar. Talvez. Por isso fiquei calado.

Acordei outra vez já depois das seis. A televisão estava desligada, a sala começava a surgir da escuridão, sombras ainda sem volume, apenas o som da chuva a estrelar no mundo lá fora. A Marta não estava no sofá. Não voltei para a cama: fiquei quieto, de olhos abertos, até os meus filhos acordarem. Por volta das oito e meia ela apareceu na cozinha, já de banho tomado, vestida como se estivesse um dia de muito sol. Estava sorridente e faladora, no entanto, os olhos não paravam em nada mais do que um instante, como se não quisesse comprometer-se com nenhum objecto naquele espaço. Bebeu uma caneca de café com leite e saiu. Voltou depois de almoço, meteu a mala no carro, abraçou os filhos, encostou a cara dela à minha, ficou assim uns segundos e depois foi-se embora.

59

A chuva continuou a cair sem tréguas o resto da semana. Mas não foi por causa disso que mal saímos à rua durante seis dias. A Flor e o Mateus tinham saudades da casa, do espaço e dos móveis, sempre que lhes perguntava se queriam ir a qualquer lugar, respondiam sem grande determinação. Eu tinha saudades de os ter em casa, outra vez os meus filhos nos seus espaços, perto de mim, outra vez o à-vontade dos episódios mais quotidianos, tão natural que me deixava todo arrepiado. E o cabrão do tempo a passar. A certeza de que a semana iria chegar ao fim e nada daquilo seria suficiente. Eu precisava de mais. Tentei aproximar-me tanto quanto possível. O que não era fácil, eles tinham mudado muito durante o último ano, os telefonemas e as visitas regulares que eu lhes fazia não bastavam para me manter a par dessas mudanças e muitos dos pontos de contacto que antes havia entre nós tinham desaparecido.

O Mateus vivia na Internet. Eu pensava que os jogos, as anedotas, os vídeos, eram pretexto para encurtar a distância e estarmos juntos. Não eram. Ele estava viciado naquele entretenimento. O mundo dele resumia-se a gajos a caírem de bicicleta e cães a fazerem *surf* e pássaros zangados que derrubam torres de porcos e putos a pregarem partidas a outros putos e outras merdas tão irresistíveis para um miúdo de nove anos. E eu sentava-me ao lado dele e falávamos sem tirar os olhos do ecrã à nossa frente, e todos os nossos diálogos diziam respeito àquilo que se passava dentro do ecrã naquele momento, o passado e o futuro eliminados da linha do tempo. Era tão fácil, Almodôvar. O riso vinha de uma forma tão natural. A possibilidade de a vida assumir para sempre aquele formato parecia tão forte. Eu queria rir assim com o meu filho até ao fim da vida. Enfim, estava tudo errado. Uma manhã, arrumei o computador num armário. Expliquei ao Mateus que não podia passar os dias na Internet, que a vida exigia mais esforço da parte dele. Disse-lhe:

60

Se continuares assim, os teus músculos vão atrofiar. Um dia não vais ser capaz de correr ou nadar ou até de pegar numa caneta.

O Mateus passou-se, acusou-me de inventar argumentos que não faziam qualquer sentido no mundo real, chamou-me fascista. Eu perguntei-lhe se sabia o que é um fascista. Ele só respondeu:

A Flor sabe.

Então, atirou-se para o chão e gritou durante muito tempo, como se tivesse três anos. Depois calou-se de repente para se deitar no sofá a olhar para a parede. Permaneceu assim o resto do dia, levantou-se apenas para almoçar connosco à mesa. Não disse uma palavra durante oito ou nove horas. A ausência da voz dele doeu-me. Antes do jantar, a Flor veio falar comigo. Abriu um jornal à minha frente e disse:

É verdade, ele está sempre no computador e é demais. Mas há coisas piores, muito piores. Olha, no jornal de hoje a palavra guerra aparece catorze vezes. A palavra recessão aparece vinte e uma vezes. A palavra crime aparece trinta e sete vezes. A palavra pobreza aparece onze vezes.

Passei as páginas do jornal. Havia palavras sublinhadas por todo o lado. Podia ter respondido que, se todos os miúdos passassem os seus dias na Internet, daqui a vinte anos o número de vezes que aquelas palavras iriam aparecer no jornal seria trinta vezes maior, trinta mil vezes maior. No entanto, exclamei:

Tens razão.

Almodôvar, eu não queria gastar a semana com o meu filho assim, naquele silêncio. Por isso dei-lhe outra vez o computador. Enquanto jantávamos, vimos na Internet uma série de vídeos com os golos mais incríveis da história do futebol. E depois, até eles irem para a cama, jogámos um jogo cujo único objectivo era ajudar um sapo a comer moscas. As gargalhadas do Mateus restituíram à casa um imenso sentido de normalidade.

Nessa noite folheei os jornais dos últimos dias. Em todos havia palavras sublinhadas: acidente, assalto, desemprego, pobres, conflito, inflação, mortos: uma espécie de contabilidade de tudo o que estava mal neste mundo. Era isso que a Flor andava a fazer com aqueles jornais. Ela passava muitas horas a ler: imprensa, livros de política, de economia, de história, artigos na Internet. Não sei onde é que ela desencantou aqueles livros. Eu e a Marta nunca lemos, nunca comprámos livros. Ela absorvia toda aquela informação e falava sobre o estado do mundo como um comentador de economia na televisão, frases inteiras repetidas de alguma página de jornal, como se tudo sobre a nossa existência neste planeta coubesse no espaço de quinze ou vinte palavras. Às vezes era muito fácil esquecer o facto de que tinha apenas treze anos. E, além disso, havia um cinismo na voz dela, um tom forçado mas ainda assim real, como se não só conhecesse o presente completo mas também o futuro, e na cabeça dela o futuro era um pântano no qual a humanidade toda estava meio atolada sem poder sair do lugar. Eu via a boca dela mexer-se e era como se o que dizia não encaixasse nos movimentos dos lábios.

Fiz o que me pareceu melhor: fiquei até tarde sentado à mesa de jantar, os jornais dessa semana todos espalhados à minha frente, e procurei palavras que pudessem anular as palavras sublinhadas pela Flor: paz, crescimento, festividades, descoberta, felicidade. Almodôvar, as palavras estavam lá, eu encontrei-as todas, sublinhei-as todas. Só que no fim, feitas as contas, as palavras da Flor existiam em maior número do que as minhas. Não é determinante, claro, a imprensa nunca foi um espelho do mundo. Eles têm mais que fazer com as suas páginas, eu entendo isso. Mas como é que explico à minha filha de treze anos que isto:

conflito, conflito, conflito, paz, conflito, conflito, conflito, conflito, conflito, paz, conflito, conflito, conflito, paz, conflito, conflito, conflito, conflito, paz, conflito, conflito, conflito, conflito, conflito, paz, conflito, conflito, conflito, conflito não é representativo da nossa realidade?

Como é que sabes que não é?

Sei.

Não tens como sabê-lo. Terias de estimar todos os conflitos que neste momento existem no mundo inteiro. E não apenas as guerras e os tiroteios entre polícias e assaltantes de multibanco. Também as altercações entre casais, as brigas dos miúdos na escola, o rancor que alguns putos desenvolvem pelos progenitores, os progenitores que enchem os filhos de pancada, todos os processos em todos os tribunais de todos os países, todos os processos que não chegam a ir a tribunal, o ódio momentâneo gerado sempre que há carros a mais na estrada, as empresas que tentam todos os dias derrubar a concorrência, as disputas partidárias que dão para o torto, os jogos de futebol que terminam com os adeptos das duas equipas à porrada, as batalhas constantes que travamos dentro de nós, as manifestações contra aqueles que nos governam... E depois de contabilizares tudo isto, diria o nosso Xavier, terias de provar que o resultado é inferior à soma daquilo que há de bom no mundo. Talvez o resultado fosse aquele em que tu acreditas. Por outro lado, talvez não fosse.

Foda-se, Almodôvar. Eu só estava a tentar proteger a Flor. A minha filha tinha treze anos e começava a perder as ilusões acerca da vida. Eu não queria isso para ela. Não queria que deixasse de acreditar que o mundo pode ser um lugar bom só porque eu estava desempregado, só porque eu e a mãe estávamos separados, só porque os jornais estavam cheios de palavras más.

Não interessa. Foi uma boa semana. Qualquer semana com os meus filhos é uma boa semana. No último dia, ajudei-os com os trabalhos de casa que tinham trazido para fazer durante as férias. A primeira hora foi difícil, eles não estavam concentrados. Mas eu não forcei nada e de repente havia um silêncio na sala, um silêncio bom, o silêncio que se ouve quando há coisas a acontecerem. Estivemos assim quase três horas. As nossas conversas eram constituídas por números, verbos em inglês, nomes de reis, órgãos do aparelho digestivo dos ruminantes. Quem nos ouvisse por um minuto não seria capaz de tirar qualquer sentido das nossas palavras e, no entanto, o nosso entendimento era absoluto. Eu era o pai deles e eles eram os meus filhos.

Quando se foram embora, a primeira coisa que pensei foi: eles são mais importantes do que havia calculado. Longe deles, o meu índice de felicidade dificilmente será 8,0. Escutei o silêncio na casa, o meu coração a bater sozinho, imaginei os dias que passariam antes de voltar a vê-los, a imagem deles na minha cabeça cada vez menos nítida. Pensei na força que a sua presença exercia no meu coração. Quanto é que isso valia? 2 pontos? 3? Talvez. Mas isso significaria que o meu índice de felicidade cairia para 6,0 ou até para 5,0. E nenhum desses valores me parecia real. Repara, Almodôvar, eu tinha poucas dúvidas quanto à minha felicidade, eu sentia-a, ela existia na mesma medida em que eu existia, como um braço ou como o cheiro da minha pele. O simples facto de estar vivo, ali, naquele momento, valia metade da minha felicidade. E isso não era uma constatação recente, mas um princípio que me acompanhava há muito tempo. De modo que decidi que a ausência dos meus filhos equivalia a menos 0,9 pontos no meu índice de felicidade. **7,1** era o meu novo valor.

Durante a semana que passei com os meus filhos, o Xavier escreveu-me três ou quatro vezes, para o telemóvel, para o *e-mail*, queria saber como é que eu tinha resolvido a questão do aspirador. Não lhe respondi. No início de Janeiro telefonou-me. Eu atendi mas não disse nada.

Estás zangado, começou ele.

Repara, Almodôvar, ele diz estas coisas, só que não é tanto o que diz mas mais a entoação que coloca na voz, como se fosse uma criança e eu fosse seu pai. Sabe que fez asneira, mas não quer ser repreendido.

Vai-te foder, Xavier.

Fizemos uma coisa boa.

Eu vou perder a minha casa, Xavier. Isso não me parece uma coisa boa.

Salvámos a vida de um homem.

Não sejas dramático, estavam só a mijar-lhe em cima.

Não estavam só a mijar-lhe em cima, sussurrou o Xavier. Depois ficou uns segundos em silêncio. Queria continuar a falar mas não queria dizer a coisa errada, nada que me deixasse mais zangado. Finalmente disse: O Ávila está bem, disse por fim. Passou cá há dois dias. Parecia bem. Estava penteado, tinha a barba feita, uma roupa lavada. Não estava bêbado. Não ficou muito tempo. Queria apenas agradecer-nos. Pediu-me para te dizer que, se precisares de ajuda, qualquer coisa, ele gostava de te compensar.

Mil euros. Quero mil euros.

Acho que ele não tem mil euros.

Então não me pode compensar.

Seguiu-se mais silêncio – as conversas com o Xavier ao telefone são sempre a mesma merda. Pensei: conto até cinco e depois desligo. Comecei a contar. Quando cheguei ao cinco ele ainda não tinha dito nada e continuei. Ele voltou a falar depois do oito.

Daniel, estás aí?

Não.

Tenho estado a pensar naquele dia, lá em baixo, no parque de estacionamento, naqueles miúdos. Eles estavam a filmar tudo.

Xavier, os miúdos hoje fazem isso, têm câmaras nos telemóveis. Se nós tivéssemos telemóveis com câmaras quando éramos putos, teríamos feito o mesmo.

Sim, sei. Mas os putos não se limitam a filmar. Depois eles põem os vídeos que fazem na Internet, uma prova para o mundo de que a vida deles está mesmo a acontecer.

E então?

Então... fiz uma busca na Internet, sobretudo em *sites* de partilha de vídeos. E encontrei o vídeo.

O vídeo daquele dia?

Pois... Os cabrões dos putos a mijarem no Ávila.

Tens a certeza?

Claro que tenho a certeza. Está tudo filmado. Os putos. O Ávila. Nós.

Nós?

O vídeo está *on-line* desde terça-feira passada. Até hoje teve quatro mil visualizações.

Envia-me o *link*.

Desligámos. Sentei-me à frente do computador. O *e-mail* do Xavier demorou três minutos a aparecer na minha caixa de correio. O vídeo tinha um título: *Paneleiro mijado*. Durava dez minutos e quarenta e seis segundos. Se tivesse sido escrito, o guião do vídeo seria o seguinte:

0:00 – O Ávila está no chão, quieto, de olhos muito abertos como se estivesse a ver o que lhe ia acontecer dois minutos mais tarde. Há cinco putos, com as caras tapadas, à volta dele, a tirarem-lhe as calças.

0:27 – O Ávila estrebucha num impulso descontrolado, como um peixe acabado de pescar, os pulmões encolhidos, a força dos seus instintos mais primários.

0:42 – Um sexto puto aparece no ângulo da câmara, dá dois passos e acerta com o pé na cabeça do Ávila. O Ávila pára, os braços enrolados à volta da cabeça, o corpo inerte no cimento. Os putos acabam de lhe tirar as calças e as cuecas. Um dos putos atira um sapato do Ávila na direcção da câmara, ouve-se o estrondo do sapato a cair em cima do tejadilho da carrinha.

1:41 – Arrastam o Ávila até à parede e deixam-no de costas, a camisa imunda, o rabo e as pernas à mostra.

2:05 – Um dos putos abre a braguilha, volta-se para a câmara, levanta os braços e sacode o corpo, a pila dele dança como se tivesse vida própria. Ouve-se uma risada, da pessoa que está a filmar, ou de alguém muito próximo. O puto com a pila de fora volta-se outra vez para o Ávila, fica quieto durante dois segundos e depois começa a mijar, o arco do repuxo termina entre as pernas do Ávila, o puto move-se ligeiramente, acerta a trajectória, até o repuxo cair nas nádegas do Ávila.

(O Ávila não faz nada, está apenas deitado de borco, à espera de que tudo termine, de vez em quando leva a mão à cabeça e esfrega a dor.)

2:52 – O puto pára de mijar. Os outros aplaudem. O puto recua, desaparece da imagem.

3:14 – Outro puto avança, desaperta os botões das calças que, imediatamente, lhe caem até aos tornozelos e começa a mijar, um esguicho duro e direito ao rabo do Ávila.

Almodôvar, aquele puto de cabeça rapada e argolas grossas nas orelhas não foi o único que mijou no nosso professor de Matemática. Antes dele, cinco miúdos fizeram o mesmo. E talvez não tivesse sido o último se eu e o Xavier não lhes tivéssemos interrompido a brincadeira. De maneira que passamos à frente.

7:29 – Ouve-se um grito, a imagem estremece, perde nitidez, percorre o espaço em volta até dar com um carro do outro lado da carrinha, a poucos metros deles.

7:52 – Um dos putos atira uma lata ao carro.

7: 58 – Ouve-se o ronco do motor do carro a ser esticado.

8:00 – Um dos putos grita: «Põe-te a andar, cabrão.»

8:02 – O carro arranca na direcção dos putos. Os putos afastam-se para um lado e para o outro, a correrem como se fosse um jogo.

8:05 – O carro bate na parte de trás da carrinha.

Repara, Almodôvar, eu conhecia a cena, lembrava-me de cada instante como se tivesse ensaiado cada gesto muitas vezes antes de começarmos a gravar. Só que de alguma forma não me parecia possível que a pessoa dentro daquele carro a perseguir os miúdos fosse eu. E quando finalmente eu – o meu eu no vídeo – saio do carro e encaro o puto de cabeça rapada (8:26), quando me aproximo do Ávila e me baixo para o levantar (8:57), passou-me pela cabeça que talvez o final do vídeo fosse diferente do final daquele episódio na realidade. Aquele puto merece uma lição, pensei. Vai lá, o Ávila está bem, pode esperar dois minutos enquanto enches esse miúdo de porrada. E fiquei à espera de que isso acontecesse. Os segundos passavam, o cursor do tempo do vídeo aproximava-se do fim, o puto perguntava «Queres ajuda?» (9:33), e eu estava apenas à espera de me ver voltar atrás e saltar para cima dele.

Isso não aconteceu. Senti uma angústia profunda e vergonha de não ter feito nada. Como se o Ávila tivesse de facto morrido naquele dia.

10:32 – Sento o Ávila no banco de trás do carro onde antes estava a caixa do aspirador.

10:38 – Olho para cima, para a câmara, mas não directamente, durante dois segundos.

10:45 – Entro no carro.

10:46 – Fim.

Além do título, não havia nenhuma descrição a acompanhar o vídeo. O nome de utilizador da pessoa que colocou o vídeo *on-line* era «ninjadorio», e aquele era o único vídeo disponível nesse perfil. O vídeo estava ali há menos de quatro dias e tinha quatro mil, trezentas e duas visualizações. Quem eram aquelas pessoas? Como é que tinham chegado ali? Imaginei que algumas tivessem visto o vídeo mais do que uma vez. Porquê? E como é que aquele vídeo tinha mais interesse do que o nosso *site*?

Cliquei de novo no *play*. O vídeo começou outra vez, o Ávila no chão, os putos à volta dele a puxarem-lhe as calças. Mas isso já não era relevante. Prestei atenção à filmagem. A imagem tremia pouco, a mão que segurava o telemóvel estava firme, e o enquadramento quase não se alterava, os putos entravam e saíam de cena, como num teatro. O plano não tinha cortes. Tentei calcular o ponto exacto onde estaria o telemóvel que filmou aquilo. Algures em cima da carrinha, claro. Mas havia dois telemóveis a filmarem tudo em cima da carrinha. Qual deles teria feito aquele vídeo?

Almodôvar, eu estava a tentar perceber se o teu filho era o autor daquele vídeo. É difícil de explicar: de alguma forma eu era capaz de aceitar que ele filmasse aquilo: de repente um grupo de putos começa a mijar num homem e isso não o perturba imediatamente, há uma dose grande de adrenalina a percorrer o seu corpo que não podemos ignorar, essa adrenalina apaga-lhe temporariamente o uso do discernimento, não há bem e não há mal, existem apenas actos. Mas o autor daquele vídeo estava orgulhoso, as semanas tinham passado, a adrenalina já não ocupava o mesmo espaço de antes, e ainda assim ele não tinha sido capaz de combater a vontade de o revelar ao mundo. Isso pareceu-me condenável. Pensei no Vasco: os caracóis vermelhos na cabeça, as *T-shirts* lisas, sem quaisquer desenhos ou palavras, a expressão do rosto sempre tão aberta – ele podia tornar-se uma daquelas pessoas que não precisam de falar muito para fazer amigos. Era possível que estivesse orgulhoso do vídeo que tinha feito em cima da carrinha naquele parque de estacionamento? Não tive coragem para responder. Foi por isso que fui procurá-lo.

Podias prever isto, Almodôvar? Tu aí fechado, eu sem um plano, com tempo para andar atrás do teu filho, à espera de perceber se ele tinha perdido ou não o juízo? Tu conhecias o Vasco, até àquele dia foste um bom pai, eras um pilar na vida dele. Mas sabias que isto ia acontecer? Foi por isso que assaltaste aquela bomba de gasolina, para estares longe quando este dia chegasse? A verdade é que talvez isto não tivesse acontecido se estivesses aqui. O teu silêncio faz-te sempre culpado, qualquer que seja a solução.

Pensei: falo com o Vasco, faço-lhe algumas perguntas, oiço as suas respostas, digo qualquer coisa, nada muito paternalista, nenhuma lição de moral, apenas garantir que não volta a fazer o que fez; e depois vou tratar da minha vida, arranjo trabalho, pago a prestação da casa, resolvo as coisas com a Marta. Era um bom Plano: escrevi-o no caderno de capa preta, como se assinasse um contrato comigo mesmo.

A minha ideia era esbarrar nele como se fosse um acaso incrível e depois perguntar-lhe sobre aquele dia no parque de estacionamento, como se o assunto fosse importante mas não ao ponto de ir procurá-lo de propósito. Por isso não fui a tua casa e também não esperei por ele ao portão da escola. Em vez disso, numa segunda-feira à tarde esperei pela hora de as aulas terminarem, meti-me no carro e pus-me às voltas pelas ruas próximas da escola, passei nos locais onde sabia que os miúdos paravam – o salão de jogos, o café que vende hambúrgueres e bifanas na rua atrás do Centro, o Centro, o parque em frente ao Cemitério. Havia miúdos sozinhos e miúdos em bando, havia miúdos sentados nos muros e em degraus, parados sem fazerem nada, a gozarem o facto de o mundo ainda não precisar deles, e havia miúdos a caminharem, depressa, sem necessidade de pensarem na direcção a seguir, havia miúdos a rirem, gargalhadas ensaiadas e territoriais, como quando um animal mija numa árvore, e havia miúdos em silêncio, revelando expressões tão soturnas que não parecia possível existir um ser humano por detrás daqueles olhares. Era difícil distinguir aqueles que eram felizes dos outros, a forma como moviam o corpo nunca parecia natural, como se estivessem programados. Estavam todos muito distantes de mim. Era capaz de me lembrar de mim naquelas idades, quinze, dezasseis, dezassete anos, mas se quisesse voltar a ser assim não saberia lá chegar. Em algum momento dos últimos quinze anos perdi-me para sempre dessa parte de mim. Aconteceu o mesmo contigo, Almodôvar? Tenho a sensação de que, se há alguém que poderia voltar a ter quinze anos, eras tu.

Adiante. Tinha-me convencido de que encontraria o Vasco em meia hora. Isso não aconteceu. Por volta das seis e meia, parei o carro em frente do salão de jogos. Não podia gastar gasolina daquela maneira. Fiquei a espiar a entrada do salão, como aqueles detectives nos filmes. Os putos entravam e saíam. De vez em quando, um grupo de cinco ou seis parava na rua, debaixo do candeeiro aceso perto da porta, a fumarem e a beberem cervejas que compravam no minimercado do outro lado da rua. Todos tinham mochilas penduradas ao ombro, todos tinham auscultadores enfiados nas orelhas, alguns apenas numa, todos pareciam estar a ouvir música, embora cada um ouvisse a sua própria música. Passava pouco das sete, mas o céu estava preto como se fossem duas da manhã. E estava frio, o termómetro do carro marcava 4 °C. Os putos na rua não pareciam pensar nas horas ou na temperatura. Estavam apenas ali. Dentro do carro o ar permaneceu quente durante quase uma hora e depois, de repente, tornou-se gelado, o frio envolveu-me o nariz, doeram-me as articulações dos dedos. Às oito ele ainda não tinha aparecido. Liguei outra vez o carro e voltei para casa.

No dia seguinte saí à mesma hora. Conduzi durante 40 minutos e depois parei perto do parque. Apesar do frio, havia putos sentados nos bancos em grupos, a conversarem ou a rirem, a teclarem nos telemóveis, os bafos cinzentos das suas respirações, densos e opacos, como se tivessem os pulmões a arder. Havia três rapazes com *skates* a praticarem manobras em cima de um muro, um deles, o mais baixo, podia fazer daquilo profissão, tornar-se famoso e milionário, se Portugal fosse esse género de país, os outros dois desperdiçavam o tempo no desporto errado. Passaram vários casais de namorados, unidos pelas mãos, os passos sincronizados, alguns beijavam-se sem pararem de andar, uma urgência que tem explicação apenas naquela idade. Nenhum daqueles miúdos parecia capaz de mijar num homem se a ocasião se proporcionasse, eram apenas miúdos a fazerem coisas de miúdos. Quase uma hora depois, uma rapariga aproximou-se do carro. Curvou-se para espreitar e gesticulou para eu abrir o vidro. Usava um casaco de ganga com muito pêlo na gola e nas mangas, tinha um *piercing* no sobrolho e os olhos pintados com demasiado rímel preto. Parecia ter uns vinte anos, mas é possível que não tivesse mais de quinze. A cara era bonita, talvez com o passar do tempo ficasse ainda mais bonita, talvez viesse a tornar-se uma daquelas mulheres que passam por nós na rua e cuja beleza mete medo pelo poder que exerce em redor. Falou com um tom determinado que não era real mas apenas um adereço.

Tens erva?, perguntou.

Almodôvar, a primeira coisa que pensei foi: digo sim, vou a casa do Xavier, compro-lhe uns gramas, divido tudo por dez ou quinze saquinhos, volto aqui, abasteço os putos todos neste parque, ganho a semana. Foda-se, podia ganhar a vida assim: a moca da erva do Xavier é aquilo que sabemos, os putos nunca mais iam querer fumar outra coisa, clientes vitalícios. Era tão fácil. Só que as coisas ainda não estavam assim tão mal, ainda não tinham chegado tão longe.

Não tenho nada, respondi.

Ela sorriu. Tinha um sorriso feio, pelo menos não estava à altura do rosto.

Estás aí sentado há quase uma hora a controlar-nos, disse ela. Se não tens droga para vender, deves estar aqui a bater uma à nossa conta.

Disse aquilo e a voz não lhe tremeu, lembro-me de reparar nisso, ela não tinha medo. Como se um pedófilo a vigiar um bando de putos enquanto se masturbava não fosse uma cena assustadora. Estás a perceber, Almodôvar? Aquilo não a incomodava, não era uma preocupação. Como é possível? Em que realidade é que ela vive para não trazer cravado nos ossos o pânico provocado por essa ameaça tão presente? Pensei na Flor, claro. Pensei: ela é mais esperta do que isto, ela sabe mais do que isto.

E eu queria explicar-me, mas não sabia por onde começar. Deveria ser fácil, meia dúzia de frases, as palavras certas, ela ria--se do mal-entendido, eu ria-me com ela, dizia-lhe fazes muito bem em estar atenta, o mundo de hoje não perdoa distracções, ouvem-se histórias todos os dias, mas, repara, o confronto com o suspeito não será a melhor solução, e depois oferecia-lhe um cigarro e acendia-lho e ficávamos amigos, falava-lhe da Flor e do Mateus, talvez até lhe falasse da Marta, falava-lhe de ti, dizia-lhe: eu tinha dois amigos, um deles está metido em casa há mais de doze anos, saiu uma vez para salvar o nosso professor de Matemática; o outro está preso, a vida pregou-lhe umas rasteiras, ele vacilou, não aguentou a pressão, pode acontecer a qualquer um, tens de estar preparada, pode acontecer-te a ti; e depois contava-lhe o episódio no parque de estacionamento, falava-lhe do Vasco, ela oferecia-se para me ajudar a encontrá-lo, tornávamo-nos uma dupla de detectives, eu comandava as operações, ela trabalhava infiltrada, ouvir-me-ia com a convicção de quem sabe que a vida só é possível se ouvirmos aquilo que os mais velhos têm para dizer. Teria sido uma história bonita. Só que eu não queria dizer nada, estava envergonhado. Não por ela pensar que eu era pedófilo. Era pânico de começar a falar e ela perceber imediatamente, nas pausas, na minha forma de entoar as palavras, que eu estava desempregado, excluído do sistema, a gastar mundo sem nada para dar em troca. E eu sei, Almodôvar, era só uma miúda, mas se há alguém que deve entender o que é vergonha és tu. Por isso, vai-te foder, filho-da-puta.

Não estava a fazer nada, balbuciei.

Eu acho que estavas. Mas não faz mal.

Estou à procura de uma pessoa.

Quem?

Não te interessa.

O que é que aconteceu àquele vidro?

Partiu-se.

Devias mandar pôr um novo.

E tu devias voltar para o pé dos teus amigos.

Tens a certeza de que não tens erva?

Tenho.

73

Queres comprar?

Conheces alguém que venda?, perguntei. E ri-me.

Ela também se riu. Respondeu:

Claro. Eu.

Tu?

O meu irmão vai a Marrocos de dois em dois meses. A cena que ele traz faz-te levantar voo como se fosses um mocho.

Tirou a mão do bolso, tinha um saquinho branco pendurado entre os dedos. Através do plástico baço não dava para ver o que estava lá dentro. Mas o cheiro atravessou o ar gelado do carro como se houvesse erva a crescer nos estofos.

Fazemos assim, disse ela. Ficas com isto. Oferta da casa. E amanhã, quando saíres para controlar putos, antes de bateres uma, fumas esta merda. Vais ver que te sabe melhor.

Depois atirou o saco para o meu colo e enfiou outra vez a mão no bolso.

Eu não quero isto.

Claro que queres, disse ela, como se fosse minha mãe, como se conhecesse melhor do que qualquer pessoa as minhas necessidades mais profundas. Depois, acrescentou: Estou aqui todos os dias a esta hora. Aparece quando quiseres.

Sem tirar as mãos dos bolsos, espreguiçou-se, o casaco abriu-se, como se ela tivesse asas. Depois foi-se embora, devagar, os ténis a arrastarem na terra molhada, a cabeça ligeiramente inclinada para trás para que a chuva lhe tocasse na cara. Parecia alguém cansado depois de um dia de trabalho, alguém que só pensa em ir para casa, jantar, ver a novela, adormecer cedo, dormir sem sonhar. Parecia alguém com o triplo da sua idade.

Almodôvar, há sempre alguém que se acha mais esperto do que o resto das pessoas. Andávamos todos a tentar resolver as nossas vidas, havia obstáculos que nos saltavam ao caminho, havia problemas lançados na nossa direcção como se fossem calhaus ou fruta podre, a maior parte de nós nem sequer podia parar para descansar, pensar nas soluções, o tempo era apenas mais uma dificuldade, tudo o que podíamos fazer era continuar sempre, percorrer o caminho diante de nós da melhor forma que sabíamos e esperar que no fim existisse alguma espécie de recompensa, esperar que pelo menos existisse um fim, pelo menos um fim antes do fim. Só que há sempre alguém que tem a ideia de sair do caminho, procurar um atalho. Almodôvar, não te passa pela cabeça a vontade que tive de sair do carro, ir atrás dela, agarrá-la por um braço, sacudi-la, pregar-lhe um par de estalos, não para assustar, com força, para doer, a pele dela a encher a minha mão inteira, e depois ir-me embora, sem abrir a boca.

Não ia adiantar nada.

Claro que ia, Almodôvar. Eu iria sentir-me melhor, tenho a certeza. A minha vida não ficaria menos complicada, mas eu iria sentir-me melhor. Além disso, tem de haver alguma espécie de punição para estas pessoas, qualquer coisa, não interessa o quê, é uma questão de equilíbrio na ordem do mundo. Não importa, naquele instante, bater naquela miúda de quinze anos teria sido, acima de tudo, conforto para o espírito. Mas não lhe bati. Liguei o carro e regressei a casa.

Voltei a sair na tarde seguinte. E depois na outra. E na outra. Andei à procura do teu filho durante mais de uma semana. Fui a todos os lugares onde imaginei que pudesse estar, vi os mesmos miúdos várias vezes, em lugares diferentes, sempre a fazerem as mesmas coisas: conversar, fumar, escrever nos telemóveis, rir às gargalhadas estrepitosas, beber cervejas, beber sumos, *Coca-Colas,* beijar, apalpar, olhar para nada, olhar para tudo, gritar: uma capacidade nata para o ócio, para ignorar a responsabilidade que existe pelo simples facto de estarem vivos. E tive vergonha de mim próprio, porque eu também fui assim, eu também andei a perder tempo, o meu e o do mundo. Talvez estivéssemos melhor, talvez esta recessão nunca tivesse chegado, se há cem ou duzentos anos alguém se tivesse lembrado de eliminar todos os vícios da juventude.

75

Isso não é justo. Eles estudam, para um dia ocuparem os nossos luga-
res e tomarem conta de tudo.

É verdade. Mas não é suficiente. Podem dar mais: mais tempo, mais pensamentos, mais força. Quantos milhões é que eles são no Planeta? Imagina o número de horas desperdiçadas. Imagina a quantidade de boas ideias perdidas em cada mensagem enviada de um telemóvel para o outro.

Eles precisam de se divertir. São jovens.

Toda a gente precisa de se divertir. Eles têm de contribuir mais.

Tu não acreditas nisso. Estás zangado.

Talvez. Mas daqui a vinte anos eles também vão estar zangados. Alguém devia dizer-lhes isso.

Não ia adiantar nada. Pensa naquilo que nós éramos. Se alguém viesse dizer-nos...

Vai-te foder, Almodôvar. Eu andava à procura do teu filho, embora o que me restava de vida estivesse prestes a arder.

O resto de Janeiro passou depressa. Não voltei a procurar o Vasco. Ninguém respondeu aos *e-mails* que havia enviado com o meu currículo. No último fim-de-semana desse mês estive em Viana, a Marta estava alegre por nenhum motivo especial, tinha saudades minhas e abraçava-me sempre que se cruzava comigo na casa, os seus beijos eram demorados e intensos, apaixonados. Quando me vim embora, tive a sensação de que aquela distância que impunha sobre nós era um erro tremendo.

No início de Fevereiro, recebi uma carta do banco: a presta-ção desse mês estava por liquidar. Eu não sabia fazer mais: todos os dias passava quatro ou cinco horas a navegar pelos mesmos *sites* de emprego, a enviar *e-mails* com o meu currículo, cartas de apresentação, a pedir que me recebessem, à espera de uma res-posta qualquer. O apartamento estava à venda em meia dúzia de *sites* de imobiliárias. De vez em quando, alguém ligava, apa-recia para conhecer a casa, avançava pelas divisões, espreitava as nossas coisas, as fotografias da Marta e dos miúdos, abria os armários, fazia perguntas, a vizinhança, os transportes, o condomínio; em pouco mais de um mês, baixei o preço três vezes, a casa valia muito mais, pelo menos já tinha valido muito mais, e eles pareciam interessados, pareciam à beira de me apertar a mão e gritar «Compro», mas depois iam-se embora e nunca mais davam notícias. Eu abria o Plano, uma página nova, em branco, a possibilidade concreta de escrever qualquer coisa sem restrições, duas ou três horas a olhar para as linhas, e no final a página continuava intacta, como se nenhuma palavra que eu aprendera ao longo da vida fosse certa para aquele espaço. O que é que podia ter feito mais?

Nada. Fizeste tudo.

Isso não é verdade.

Nesse caso, o que é que podias ter feito mais?

Não sei. Mas sei que não fiz tudo. É sempre possível fazer mais.

Daniel, a tua habilidade para resolveres qualquer questão através da esperança dá cabo de mim.

Foda-se, isto não é esperança. É ser exigente. Fazemos tudo certo, damos o nosso máximo, calculamos todos os passos, empregamos todo o esforço. O mínimo que podemos pedir é que a vida retribua.

Mas não vou matar-me a procurar explicações para o que aconteceu. Esse é o problema de toda a gente neste momento: as vidas que tinham desapareceram, as pessoas que eram já não existem, e ainda assim andam todas a lutar por ontem, sem saberem que ontem é uma coisa pela qual não vale a pena lutar em nenhuma circunstância. Por isso adiante.

No dia 17 de Fevereiro, recebi uma chamada da minha gerente de conta no banco. Atendi – podia não ter atendido, mas um dia teria de o fazer. Pediu-me que fosse falar com ela assim que possível. No dia seguinte fui lá. A conversa não demorou mais de vinte minutos. Eu não tinha dinheiro para pagar a prestação que devia, nem as seguintes. Ela explicou-me que o banco estava disposto a ficar com a casa – dação em pagamento, foi o termo que utilizou –, isso abateria uma parte substancial do meu empréstimo, restaria uma pequena quantia, a prestação ficaria reduzida a quase nada. A voz dela era um jorro de determinação, não havia qualquer espécie de comiseração no tom do seu discurso, era óbvio que não era a primeira vez que dizia aquilo, nem a segunda, nem a terceira, talvez nem a décima, talvez o tivesse dito naquele mesmo dia, umas horas antes, como alguém numa fábrica a encaixar as mesmas duas peças o dia todo, repetindo o movimento infinitas vezes. E, quando ela terminou de falar, eu pensei: se quisesses, não fazias isto. Se fosses alguém decente, recusar-te-ias a tratar assim um ser humano, isto não é melhor do que mijar num vagabundo. Hoje vais para casa e eu vou estar na tua cabeça, aquilo que me estás a fazer vai perseguir-te, não poderás olhar para os teus filhos sem sentires o pânico de saberes que um dia lhes poderá acontecer o mesmo, alguém senta-se diante deles, fala-lhes como se fossem crianças de colo, explica-lhes o significado de números num papel, aponta para percentagens, como se os estivesse a adormecer, e depois leva-lhes parte da vida. Este dia irá pesar--te para sempre. O teu remorso será a minha curta recompensa pelo que me estás a fazer.

Nessa noite liguei à Marta. O apartamento estava em meu nome, mas no fundo era dela também, era nosso. Expliquei--lhe a situação, o dinheiro que já não tinha, o problema com o emprego dos aspiradores. Ela ouviu sem fazer perguntas, a sua respiração quase imperceptível. Quando acabei, manteve--se calada.

Marta, disse eu.

Quando é que perdeste o emprego dos aspiradores?

Não sei. Há um mês.

E agora é que me dizes? Eu não sei fazer isto, Daniel...

Acho que vou aceitar a proposta deles, disse eu.

Eu disse que devíamos vender a casa, mas isto não é a mesma coisa, disse ela. Vamos perder muito dinheiro.

Eu sei. Se tiveres outra solução...

Agora não tenho outra solução, Daniel. Devias ter falado comigo antes sobre isto.

Vou aceitar a proposta deles.

E depois?

Depois, não sei, Marta. Desculpa.

No dia seguinte, voltei ao banco, a gerente de conta tinha a papelada toda preparada, eu assinei tudo, em menos de dez minutos o banco tornou-se proprietário da minha casa. Tratámos do assunto como se fosse um negócio no qual ambas as partes saíam a ganhar, fizemos piadas, eu brinquei com o facto de a casa ser pequena para o novo inquilino, ela riu-se, uma gargalhada solta, e logo de seguida adiantou que esperava a oportunidade para voltarmos a ser parceiros, apertámos as mãos, uma sensação irreal de missão cumprida. E um alívio tremendo, Almodôvar. Como se aquilo fosse mesmo o fim de uma época negra, todos os problemas da economia mundial resolvidos numa combinação fácil entre mim e a minha gerente de conta. Podia viver semanas, meses até, alimentando-me exclusivamente desse alívio. A vida tão mais leve. Tenho a certeza de que entendes isto.

Passei duas semanas a meter a nossa vida em caixotes: brinquedos dos miúdos, roupas de cama, toalhas de mesa, loiças, fotografias, papéis, cartas, quadros. Falava com a Marta dez vezes por dia. Ela já tinha levado muita coisa ao longo do último ano, mas de alguma forma as divisões continuavam cheias e eu não sabia que destino dar àquilo tudo. Ela tentava orientar-me com a distância pelo meio, num tom tão diligente que me dava arrepios. Não tinha voltado a queixar-se do assunto. E depois, um dia, perguntou:

Já começaste a procurar casa?

Eu tinha começado a procurar casa, nos jornais, na Internet, todos os dias dava voltas pelo bairro à procura de escritos nas janelas, fazia uns telefonemas. Só que não tinha dinheiro para pagar uma renda, qualquer renda, mesmo uma renda baixa.

Ainda não, respondi.

Trata disso depressa, Daniel. Para não teres de ir pedir ao Xavier que te deixe ficar em casa dele.

Almodôvar, ela foi orgulhosa. Já me havia pedido vezes suficientes que fosse para Viana para ficar com ela e com os nossos filhos, sermos de novo uma família, e não quis dizê-lo mais uma vez. E eu também fiquei calado.

Vai correr tudo bem, disse eu.

Claro que vai, respondeu a Marta.

Em poucos dias a casa ficou vazia. Vendi a maior parte dos móveis a uma associação sem fins lucrativos que depois os dava a quem estivesse disposto a ir buscá-los a um armazém em Xabregas. Sobrou a mesa de jantar e um louceiro – que haviam sido dos meus pais – e a cama onde eu e a Marta dormíramos desde o nosso segundo ano juntos; essas três peças ficaram guardadas na arrecadação do João Mota – não lhe contei o que se passava, disse apenas que estava a fazer remodelações em casa. Também lá deixei vinte e dois caixotes de cartão com tudo o que não era essencial por aqueles dias. Vendi os electrodomésticos todos ao desbarato num *site* de leilões. A Marta apareceu com o pai numa manhã de sábado e levaram nove caixas de livros, CD, fotografias, brinquedos. Quase não falámos sobre o que estava a acontecer. Falámos antes sobre o Mateus.

Na semana anterior, o meu filho tinha rebentado com o micro-ondas da minha sogra. Pôs uma lâmpada dentro de uma caneca com água e depois colocou a caneca dentro do micro--ondas. Estava a tentar reproduzir um truque que descobrira na Internet: ao que parece, quando se liga o micro-ondas, a lâmpada acende. O Mateus diz que a viu acender-se mesmo antes da explosão. O micro-ondas foi para o lixo. O Mateus não se magoou. A Marta insinuou que a culpa era minha, embora, quando lhe perguntei em que medida, não tenha sabido

80

responder. Mas eu também não procurei defender-me. Ela precisava de alguém que assumisse a responsabilidade por aquele acidente, e eu queria ajudá-la.

Quando a Marta e o pai se foram embora, restaram duas malas com a minha roupa quase toda, dois pares de sapatos, uma toalha de banho, um conjunto de lençóis de cama, um edredão, uma bolsa com artigos de higiene, o portátil e dois cadernos. Meti essas coisas no carro. Depois entrei no carro. Liguei-o. O motor tossiu antes de começar a roncar. A minha mão esquerda tocou no volante. A minha mão direita caiu sobre a alavanca das mudanças. Os meus pés procuraram os pedais. Como se o meu corpo soubesse algo que eu não sabia. E, Almodôvar, eu não sabia. Podia fazer qualquer coisa, ir para qualquer lugar. Mas eu não sabia continuar a partir dali. Desliguei o motor. Nessa noite dormi dentro do carro pela primeira vez, a uns vinte metros do prédio onde eu, a Marta, a Flor e o Mateus vivemos durante tantos anos.

Acordei cedo, a manhã não era mais do que uma possibilidade, deitado no banco de trás, enrolado no edredão. A janela sem vidro estava tapada com um plástico grosso, mas o ar entrava e o frio também. Sentia-me bem. Tinha pensado que, depois de umas horas estendido naquele banco, as minhas costas estariam torcidas em vários pontos, um cansaço brutal sobre os ombros. Isso não aconteceu: as minhas costas estavam leves. O meu corpo todo estava leve. Como se dentro do carro não existisse gravidade. Fiquei ali uma meia hora, a claridade a encher devagar o espaço à minha volta, o mundo a surgir da escuridão. A cidade estava mesmo ali, algumas pessoas caminhavam, o som dos seus passos apressados estalava na chapa do carro. Era tão fácil estar ali. Pensei: Foda-se, o que é que andei a fazer este tempo todo? Uma casa? Para que é que eu queria uma casa? Quem foi o cabrão que inventou que precisamos de uma casa? Não admira que o mundo esteja a cair num buraco:

81

toda a gente a comprar casas como se não existisse alternativa, metade do dinheiro do Planeta transformado em tijolo e betão. Quando é que nos tornámos tão fracos? Quando é que encontrámos uma base para a nossa existência na comodidade de um telhado e de quatro paredes? Alguém devia falar com a humanidade, explicar que a necessidade de um tecto é uma ilusão fácil de superar, a vida pode ser mais simples do que isto.

Os seres humanos sempre viveram em casas.

Não estas casas. Aglomerados de casas. Fileiras de casas. Torres de casas. Alcatifas, paredes aquecidas, caixilhos de alumínio, vidros duplos, soalhos flutuantes, cadeiras por todo o lado, uma casa de banho para cada trinta metros quadrados, cozinhas inteiras em mármore. Como se fôssemos reis, Almodôvar. Reis.

Tu também viveste assim.

E a electricidade. Explica-me a cena da electricidade. A electricidade tornou-se o nosso estômago, a nossa pele, o coração, as pernas. Se tens um conflito com alguém, não compres uma arma. Simplesmente vai a sua casa e corta-lhe a electricidade. Imediatamente a ansiedade fará estremecer todos os seus gestos; três dias mais tarde, uma profunda angústia terá enchido o seu peito de vazio; depois disso, morrerá devagar, de frio, de fome, de tédio.

Não estás a ser justo, Daniel. A electricidade fez o mundo andar para a frente, a vida dos seres humanos tornou-se mil vezes melhor, um milhão de vezes melhor.

Vai-te foder, Almodôvar. Isso és tu que dizes. Um dia vamos todos ser alimentados a lasanha e mousse de chocolate pelas veias só para não termos de usar o maxilar, só para que o nosso aparelho digestivo tenha algum descanso. És capaz de imaginar a aberração? Só que então alguém irá levantar-se e afirmar, no seu sorriso mais consolador: este novo método de abastecimento do corpo traduz-se numa inequívoca melhoria de vida. Um dia, a vida dos seres humanos irá resumir-se a um sono de cento e trinta anos, uma total ausência de actividade física, o conforto absoluto, se possível eliminaremos também os sonhos, não há nada que provoque tanta fadiga como sonhar, e o cérebro das pessoas ficará tão inerte quanto possível, talvez então sejamos completamente felizes.

Daniel, as pessoas merecem este conforto.

Talvez. Mas, Almodôvar, este conforto tem um preço e nunca ninguém paga devidamente aquilo que deve. E tu não podes falar, cabrão. Aí dentro, apagado do mundo, a salvo de todos os elementos da natureza, uma cama para deitar o corpo, água quente, refeições a horas certas, aí dentro não tens o direito de falar.

Isto tudo porque dormiste uma noite no teu carro. Uma noite não elimina da história os anos que viveste num apartamento com todos os confortos.

Treze noites, Almodôvar. Treze. Acho que não és capaz de imaginar a sensação de liberdade: por volta das sete da tarde ligava o carro e conduzia, à procura, atento aos sons e às luzes da cidade, ao movimento das ruas; e, quando encontrava um lugar de que gostava, estacionava, vestia o pijama, passava para o banco de trás. Dormia numa rua diferente cada noite, às vezes acordava de madrugada e apercebia-me de algo que não estava certo, um barulho, sombras, o camião do lixo a demorar-se diante da porta de cada prédio, e então ligava o carro, guiava durante um quarto de hora e parava algures noutro lado da cidade. Era tão simples. Carro = Casa. Passava a maior parte do tempo sentado num café qualquer, a ler o jornal, a fazer palavras cruzadas. De vez em quando, passava na biblioteca municipal, espreitava o *e-mail* num dos computadores, passava em revista os *sites* de emprego, conversava com a Flor e com o Mateus se os encontrasse *on-line*.

A Marta ligava quase todos os dias, uma preocupação evidente na voz, queria saber como é que me estava a aguentar, se precisava de alguma coisa, onde é que dormia. E era absurdo, Almodôvar, mas eu estava muito longe daquela inquietação, pela primeira vez em muito tempo as coisas à minha volta pareciam certas, possíveis. Não lhe contei que estava a dormir no carro. Durante os primeiros dias disse-lhe que estava a ficar com o João Mota. Depois, uma noite, liguei-lhe de propósito para contar que alugara um T0 do outro lado do rio. Eu não tinha qualquer perspectiva de resolver a minha vida nos próximos tempos: era uma mentira que, mais tarde ou mais cedo, acabaria por dizer. Preferi fazê-lo o quanto antes, para dar descanso ao sistema nervoso da Marta.

No final da segunda semana que dormi no carro, chamaram-me para uma entrevista de emprego numa agência de viagens religiosas, Fátima, Santiago de Compostela, Lourdes, Roma, Jerusalém: o roteiro completo. Na manhã do dia da entrevista passei em casa do João Mota, expliquei-lhe que o empreiteiro me tinha desligado o esquentador e estava sem água quente em casa. Ele não fez perguntas, a minha história não lhe interessava para nada, a sua cortesia para comigo devia-se simplesmente ao facto de eu ser teu amigo. Foi sempre assim. Estava a sair para o trabalho e deixou-me sozinho. Tomei banho. Fiz a barba de vários dias. Vesti o fato com menos vincos. Olhei para o espelho durante muito tempo: a minha imagem não revelava qualquer evidência de ter passado os últimos dias a dormir num carro.

O rapaz que me recebeu ainda não tinha trinta anos, era o filho do dono da agência. Segundo entendi, o velho era um católico fervoroso, viúvo e enérgico, que não punha os pés no escritório desde que perdera a mulher dois anos antes e passava metade do ano em viagem com as excursões organizadas pela sua empresa. Era o filho quem, na verdade, geria a agência. Durante a primeira parte da entrevista, com os olhos a saltarem entre mim e o meu processo pousado sobre a secretária, o rapaz fez-me uma série de perguntas relacionadas com a minha experiência profissional, os meus conhecimentos de línguas, as minhas capacidades de liderança, a minha resistência em situações de pressão. Eu respondi com a verdade, esforçando-me para que não se notasse que me esforçava. Depois, com os olhos semicerrados, como se lhe falhasse a memória, perguntou se eu era católico. E aí eu menti e respondi que sim. Porque tinha a certeza de que eles não queriam um ateu ou um muçulmano ou um budista a conduzir grupos de cristãos católicos pelas naves das catedrais mais famosas deste continente. Ele fez uma careta, como se tivesse metido à boca um bocado de queijo fora do prazo, e os seus ombros descaíram.

Peço desculpa, disse, ao mesmo tempo que fechava a pasta com o meu processo. Isso compromete qualquer possível contrato entre nós.

O facto de eu ser católico?

É política da casa, instituída pelo meu pai há mais de trinta e cinco anos. Repare, não podemos ter um católico à frente de um grupo de vinte e cinco turistas na Basílica de S. Pedro ou na Terra Santa. Seria tão arriscado como colocar alguém que gosta muito de pastéis de nata a trabalhar atrás do balcão de uma pastelaria.

Almodôvar, o cabrão estava a falar e eu podia perceber nos olhos dele que ele não acreditava no disparate que estava a dizer. O discurso tinha sido memorizado, aquilo não era mais do que uma formalidade imposta pelo pai. E ele gostava de mim, sabia que eu podia vir a tornar-me um elemento indispensável na sua equipa, e queria contratar-me, tenho a certeza. Porém, não o suficiente para saltar por cima de uma regra basilar da empresa. Eu pensei: digo-lhe a verdade, que não sou católico, que não tenho nenhuma crença, que a única fé que alimento é em mim próprio, no alcance dos meus pensamentos e no produto do meu trabalho, explico-lhe a lógica da minha mentira. Mas possivelmente isso apenas iria piorar a situação, ele ficaria a pensar se eu não teria também mentido nas minhas respostas anteriores; ou então que eu estava a negar a minha crença só para conseguir o emprego.

E, por causa de instantes como estes, o mundo encrava sucessivamente. As pessoas arrastam para todo o lado os seus protocolos pessoais apurados até ao limite do absurdo, os seus hábitos tão enraizados, as suas personalidades enviesadas, viciadas nas

85

suas próprias lógicas, e ninguém está disposto a dar um passo ao lado, ceder espaço a outras formas de olhar as coisas para depois continuar em frente, mesmo quando a realidade o exige, mesmo quando não existem alternativas, as pessoas preferem ficar paradas só para não terem de dar esse passo ao lado. Imagina onde já podíamos estar. Imagina a humanidade a avançar, como uma onda, sem nunca esmorecer. Imagina.

Não importa. Eu disse ao rapaz:

Não sou católico.

O rapaz sorriu, um sorriso benevolente. Não disse nada.

Era mentira, continuei, embora também não seja mentiroso. Mas preciso muito deste emprego. E sei que posso fazer um bom trabalho.

Ele manteve o sorriso. Disse:

O processo de recrutamento ainda vai durar uns dias. A sua candidatura será considerada.

Só que agora era ele quem estava a mentir, Almodôvar. Era tão fácil perceber. Ele não tinha coragem para dizer a verdade, para olhar para mim ao mesmo tempo que me recusava um emprego, para descobrir alguma espécie de dor ou de angústia no meu rosto. Ele era um desses homens. Estava apenas à espera de que eu saísse do gabinete para poder continuar com a sua vida, o remorso que lhe enchia os olhos de uma névoa espessa desvanecer-se-ia quase imediatamente, apenas a minha presença o impedia de sentir uma satisfação completa com a vida.

Quando apertámos a mão, forcei o meu melhor sorriso. Exclamei:

Vai arrepender-se.

Ele acenou devagar com a cabeça. Mas manteve-se calado. Depois acompanhou-me até à saída, carregou ele mesmo no botão para chamar o elevador, e esperou ao meu lado em silêncio. Quando o elevador chegou, antecipou-se e abriu a porta para me dar passagem. Eu entrei. Talvez ele se tenha sentido redimido com aquele gesto. O cabrão.

O elevador parou em dois ou três andares, pessoas entraram, saíram, havia um tremendo sentido em todos os gestos daquelas pessoas. Quando cheguei à rua, corri para o carro. Sentei-me ao volante. Meti a chave na ignição mas não a rodei. Pensei: isto é demasiado importante para me ir embora assim. Além disso, não tinha nada melhor para fazer. Fiquei ali, a olhar para a porta do prédio de onde tinha acabado de sair. Era uma rua com pouco movimento, alguns carros, pouca gente. Passou uma hora, a tarde encheu-se de luz. Um polícia aproximou-se. Sacudiu a mão para eu andar, não podia estar ali estacionado, era um lugar reservado a cargas e descargas. Eu não baixei o vidro e com os dedos fiz-lhe o sinal universal de mais um bocadinho, a ponta do indicador e a ponta do polegar muito próximas, separadas apenas por um centímetro. Ele encolheu a cara num trejeito feio, não estava contente com o meu gesto, mas logo de seguida deu meia-volta e continuou o passeio. Não voltei a vê-lo. Passou outra hora e de repente o número de carros na estrada aumentou consideravelmente, como se tivessem cortado todas as ruas na cidade menos aquela. Por volta das cinco e meia, o rapaz que me tinha entrevistado saiu do prédio. A claridade acertou-lhe nos olhos e ele travou o passo para pôr os óculos escuros. Depois atravessou a rua, caminhou cinquenta metros pelo passeio onde eu estava estacionado e entrou num carro. Eu rodei a chave na ignição. Trinta segundos depois, o carro dele passou pelo meu. Eu fui atrás dele.

Almodôvar, repara, eu não sabia exactamente o que estava a fazer. Só que tinha de fazer alguma coisa, acenar-lhe de longe, talvez falar de novo com ele. Estava desempregado há quase um ano e o gajo tinha um emprego para mim: é tão simples quanto isso.

Segui-o sem me aproximar demasiado, não queria que ele me visse antes do momento certo, haveria um momento certo e, quando acontecesse, eu saberia identificá-lo. Não me recordo do percurso que fizemos. O carro dele avançou pela cidade, sem pressas, parou nos sinais vermelhos, virou várias vezes. Eu repeti todos os seus movimentos. Devemos ter conduzido durante uns oito minutos, certamente não mais de dez, quando entrámos numa rua onde não havia mais carros em circulação além dos nossos. Eu mantive-me a uma distância de vinte ou trinta metros. Dois quarteirões depois, ele parou num sinal vermelho antes de um cruzamento. Era esse o momento certo. Por isso parei à sua esquerda.

Olhei para ele através do plástico transparente que tapava a janela sem vidro. Não foi necessário debruçar a cabeça ou gesticular, viu-me imediatamente. Sorriu com metade da boca e olhou fixamente para mim, a minha cara deformada pelo plástico era-lhe familiar, no entanto não parecia capaz de me atribuir uma identidade. Como se a nossa conversa não tivesse acontecido nessa tarde mas dez anos antes. Eu pensei: mete o emprego no cu, cabrão, eu não preciso disto, sou capaz de continuar sem ti. Os olhos dele estremeceram ligeiramente no instante em que me reconheceu, e então moveu a cabeça para me cumprimentar. Fiz-lhe sinal, pedindo para baixar o seu vidro, e ele acedeu. Um espaço de comunicação surgiu entre nós, eu podia dizer qualquer coisa, a possibilidade de voltar a ter um emprego existia, ali, naquele momento. Mas eu não cheguei a dizer nada, Almodôvar.

Três rapazes atravessaram a estrada, da direita para a esquerda, mesmo à frente dos nossos carros. Um deles era o Vasco. Passaram a correr, o semáforo dos peões tinha acabado de ficar vermelho. Buzinei e eles assustaram-se, correram ainda mais, nenhum se voltou para ver o que se passava. E, no instante seguinte, estavam no passeio. Depois, mais devagar, desapareceram na esquina.

O semáforo para os automóveis ficou verde. Olhei para o rapaz da agência no carro ao meu lado. A cabeça dele ainda estava voltada na minha direcção, o rosto aberto para mim. Mas o carro já estava a andar. Ele ergueu uma mão para se despedir, depois avançou para o cruzamento e seguiu em frente. Eu engatei a primeira e virei à esquerda.

Foste atrás do meu filho?

Claro que fui atrás do teu filho.

E o emprego?

Vai-te foder, Almodôvar. Eu gosto muito do Vasco, quase como se fosse meu filho. E o facto de tu seres um cobarde de merda não apaga isso. A cena com o Ávila no parque de estacionamento, o Vasco em cima da carrinha de telemóvel na mão, o vídeo na Internet, eu não podia deixá-lo passar assim à minha frente e não ir atrás dele. Foda-se, Almodôvar, era a coisa certa a fazer. Quando é que se tornou necessário justificar uma boa acção?

Fui atrás deles, do Vasco e dos dois putos que estavam com ele. Vi-os quase imediatamente, mochilas às costas, a caminharem, lado a lado, num passo relaxado, o Vasco mais baixo do que os outros dois. O que é que estavam ali a fazer? Aonde é que iam? Eram quase seis da tarde. O Vasco estava a uns cinco quilómetros de casa, a uns quatro da escola. A Clara saberia que ele estava ali?

Segui-os por dois ou três quarteirões, controlando a velocidade para não me aproximar demasiado, fazendo sinal aos automóveis atrás de mim para passarem. Um dos putos levava um *skate* na mão; a certa altura deixou-o cair ao chão, subiu para cima dele e deu balanço com um dos pés, adiantando-se aos amigos. Deslizou pela calçada uns vinte metros e parou à porta de um prédio, mesmo ao lado de uma drogaria, sempre sem descer do *skate*. À porta da drogaria, estava um homem sentado num banco a ler o jornal. O Vasco e o outro puto chegaram logo a seguir. Nenhum dos três tocou à campainha. Em vez disso, o puto do *skate* sacou do telemóvel, teclou qualquer coisa e ficaram os três à espera. Eu encostei o carro em segunda fila, quatro piscas ligados, e saí.

Vasco, gritei.

Os três rapazes olharam para mim. O teu filho viu-me primeiro, o seu corpo sacudiu-se num sobressalto, a cara fechou-se

89

num esgar de espanto, como se aquela situação não fosse possível segundo as leis deste mundo. Os dois putos desataram a correr rua acima, o *skate* ficou para trás a deslizar sozinho em direcção à entrada da drogaria, e em menos de nada despareceram entre dois automóveis estacionados.

Estás a perceber a situação, Almodôvar? Aqueles putos conheciam-me, tinham medo de mim. Não posso ter a certeza, claro, mas a probabilidade de que fossem dois dos que mijaram no Ávila era elevada.

O Vasco sentiu o impulso de ir atrás deles, mas não o fez, ficou a olhar para mim à espera de que acontecesse alguma coisa, os braços caídos ao longo do corpo, a cabeça um pouco inclinada para a direita. Fui ter com ele. Havia uma árvore enorme por cima de nós, um tecto verde antes do céu sombrio do final da tarde, o chão coberto de umas florzinhas azuis e brancas.

O que é que andas a fazer?, perguntei. E arrependi-me imediatamente de lho ter perguntado, não era o início certo para aquela conversa.

Nada, disse o Vasco. Havia qualquer coisa de estranho na forma como me olhava, uma espécie de desconfiança.

Não estava a seguir-te, exclamei. Vi-te passar e parei.

Claro.

Tens notícias do teu pai?

Não. Tu tens?

Também não.

Então ficámos calados, um silêncio bom, podia ter sido um fim pacífico para aquela conversa. Ele enfiou as mãos nos bolsos do casaco, procurou os amigos em redor. Eu disse:

Naquele dia, no parque de estacionamento do Centro, eras tu em cima da carrinha.

Ele voltou outra vez a cabeça para mim, assustado por meio segundo, e logo de seguida o seu olhar ficou duro.

Podia ter corrido mal, continuei. O Ávila não ficou em muito mau estado mas...

Quem é o Ávila?

O Ávila era o gajo que não tinha calças. Lembras-te? É o nome dele. Sabias que foi professor de Matemática do teu pai?

Os olhos do Vasco saltitaram.

Não sabias, pois não? Foi nosso professor no sétimo ano. E agora vive na rua. Pode acontecer a qualquer pessoa. É possível que não acredites nisto, mas é verdade, pode acontecer a qualquer pessoa. O mundo hoje é assim.

O Vasco olhou outra vez em redor, desta vez não estava à procura dos amigos, apenas não queria olhar para mim.

Seja como for, o Ávila passou uma noite no hospital, é provável que na manhã seguinte já estivesse outra vez a embebedar-se numa tasca qualquer junto ao rio. Mas não é isso que importa. Foda-se, Vasco, os teus amigos mijaram-lhe em cima. Isso é mau. Um ser humano merece mais respeito do que aquilo. O que é que estavas ali a fazer? O que é que estavas a fazer em cima daquela carrinha? Tu és um puto fixe. Tu não fazes aquelas cenas. Os teus pais ensinaram-te melhor do que aquilo. Como é que achas que o teu pai vai ficar se alguém lhe contar o que se passou? E o mundo já é um lugar fodido o suficiente, não precisas de o foder ainda mais.

Ele abanou a cabeça, a minha conversa era só mais um sermão. Ele já tinha ouvido aquilo tudo, talvez aquelas mesmas frases. Era assim que falavam os pais e os professores e todos os outros adultos. E era isso que eu não queria, falar com ele como um adulto. Eu lembro-me de falarem assim comigo, a inutilidade colossal dessas palavras, o vazio que deixam. Por isso levantei os braços, como se me rendesse.

Não vou dizer mais nada, disse-lhe. Mas promete-me isto. Se tiveres algum problema, se alguma coisa correr mal, se precisares de falar, seja o que for, liga-me. Eu tenho tempo, posso ir ter contigo imediatamente, conversamos, resolvemos as merdas em conjunto. Está combinado?

O Vasco não respondeu.

Está bem?, repeti.

Ele abriu a boca, ia dizer qualquer coisa. Mas alguém gritou. FOGO. FOGO.

Olhei à nossa volta. Ninguém parecia muito assustado. Algumas pessoas recuavam sem pânico. Apenas uma mulher com duas crianças pela mão correu. E havia fumo, um fumo preto que parecia vir de todo o lado ao mesmo tempo, esfarrapado por uma ventania primaveril. O fumo atravessou-se entre mim e o Vasco e depois subiu e atravessou a copa tão verde da árvore.

É o teu carro, disse o Vasco, como se contasse um segredo muito antigo.

Voltei-me para ver. Era o meu carro. O fumo, denso, uma nuvem grossa, saía a serpentear pelas janelas como uma minhoca gorda e preta de várias cabeças. Havia qualquer coisa a arder lá dentro, no banco traseiro. Lembro-me de sentir o corpo gelar, o frio cravar-se fundo nos músculos, o coração parar de bater por dois segundos. E então pensei: isto não é nada, a vida não seria assim tão filha-da-puta. Aproximei-me, quatro ou cinco passos. Alguém gritou:

Cuidado. Pode explodir.

E eu parei, o coração aos saltos sem ritmo certo pelo corpo todo. O fumo encheu-me a cara, senti-o tocar-me nos pulmões, o ardor intenso que me abriu o peito. Tapei a boca e o nariz com a manga do casaco. Tentei espreitar lá para dentro, perceber o que se passava. Era possível ver, atrás do fumo, as minhas coisas – roupa, uma garrafa de água, a mala que tinha dentro o portátil, uma bolsa onde guardava a escova e a pasta de dentes – no entanto não vi fogo em parte nenhuma. Estava a uns dois metros do carro, se me esticasse podia alcançar o puxador da porta. Mas havia medo nos meus braços. Eu tinha a certeza de que, no momento em que abrisse a porta, o carro ia explodir. Olhei para trás: dez ou quinze pessoas no passeio, todas paradas a ver-me aproximar do carro a arder. Comecei a gritar:

Façam alguma coisa, cabrões. Façam alguma coisa.

E contornei o carro. Do outro lado não havia tanto fumo. Não sei explicar, mas isso só me deixou mais nervoso, não tinha controlo absoluto sobre os meus movimentos. Estendi a mão, os meus dedos bateram na chapa com força, como se o carro fosse uma besta adormecida. Depois, num impulso, abri a porta traseira. O fumo sacudiu-se pelo espaço na minha direcção. Eu recuei, tropecei e caí de costas no alcatrão, as mãos a cobrirem a cara.

E, no instante seguinte, havia um homem ao meu lado, agachado, as costas curvadas, protegendo a cabeça do fumo. Era o homem que alguns minutos antes estava sentado no banco à porta da drogaria. Soltou um grunhido de aflição ao mesmo tempo que deu dois passos na direcção do carro. Tinha um balde pendurado na mão, o braço esticado pelo peso. Deu mais dois passos e ficou muito próximo, a parte superior do seu corpo desapareceu no fumo. Então levantou o balde com as duas mãos e despejou a água toda de uma vez para dentro do carro.

Almodôvar, eu não vi, mas imagino a água a cair sobre o banco de trás do meu carro, a entranhar-se imediatamente no estofo preto, a empapar o enchimento, biliões de partículas de tecido a iniciarem o processo de apodrecimento, o odor intenso do acrílico queimado a encher depressa, para sempre, aquele espaço. Eu dormia ali. Aquilo era uma catástrofe.

O homem largou o balde no chão e enfiou o corpo no carro. Quando saiu, trazia nas mãos um ramo de árvore com mais de um metro de comprimento, as folhas daquele verde flamejante chamuscadas, algumas completamente consumidas por um fogo invisível, os troncos a fumegarem intensamente. O homem arrastou o ramo pelo alcatrão e depois deixou-o cair a uns metros de mim.

Estava verde, exclamou, limpando o suor da testa. O ramo estava verde. Não arde, mas faz uma fumarada dos diabos.

Depois estendeu-me a mão para me ajudar a levantar.

Repara, Almodôvar, o cabrão acreditava que aquilo era sorte. Como é que aquilo podia ser sorte? O ramo estava verde, ardeu sem fogo, o carro não explodiu. Mas o interior do automóvel, a minha casa, o meu reino, estava destruído pelo fumo e pela água que ele próprio despejara sobre o banco. Já para não falar no facto de o fumo se ter metido em todas as minhas coisas. A sério, como é que aquilo podia ser sorte? Podia ter pegado no ramo, ateava-o outra vez, arrastava-o a arder pelo alcatrão, pela calçada, e ia deixá-lo no chão da drogaria. E, quando a fumarada preta começasse a encher a loja, quando o cabrão sentisse o sangue enregelar dentro das veias, o pânico de ver a vida pintar-se de fuligem, o cheiro a carvão queimado entranhado para sempre nas paredes e no ar da drogaria, talvez então reconsiderasse a sua observação.

E as pessoas na rua continuavam a olhar para mim, para o carro ainda a fumegar, algumas filmavam a cena com os telemóveis. O Vasco não estava onde o deixara. Não o procurei, tive a certeza de que se tinha ido embora. Um polícia aproximou-se. A cara dele estava séria, os músculos à volta dos olhos todos em tensão. Perguntou de quem era a viatura. Eu levantei o braço.

O que é que se passou?

Havia um ramo a arder dentro do carro, respondeu o homem que apagara o fogo.

Quem é que o pôs lá?, quis saber o polícia.

O homem que apagara o fogo não disse nada. Eu encolhi os ombros e abanei a cabeça. Pensei: Foram os putos, os amigos do Vasco.

Não sei, respondi. Não vi nada. Quando dei conta o carro já estava a arder.

Quer chamar um reboque?, perguntou ele.

Eu caminhei até ao carro. Abri a porta. Entrei e sentei-me ao volante. O ar estava quente. O cheiro a plástico queimado era uma força impossível de superar. Voltei-me para trás para ver. Havia um buraco de meio metro no estofo no lado direito do banco, a espuma do enchimento à vista, carcomida e derretida e molhada, como uma ferida num animal. Estava tudo preto: os estofos, o tecto do carro, o chão, o plástico que revestia as portas, os vidros. Lembro-me de ter pensado: Isto devia ser suficiente para me deixarem matar alguém.

O polícia debruçou-se para dentro do carro, a mão apoiada na porta ainda aberta. Disse qualquer coisa, não me lembro o quê. Eu queria sair dali depressa. Meti a chave na ignição. Rodei. O motor começou a trabalhar. Fiquei uns segundos à espera, talvez ainda fosse explodir. Depois, olhei para o guarda. Ele espreitou para o banco de trás, fez uma careta. De seguida, voltou a olhar para mim e acenou com a cabeça. Fechou as portas, a minha e a de trás. E recuou dois passos. Eu fui-me embora.

Almodôvar, enquanto conduzia – sem destino definido – procurei ser pragmático. Estava no alto de um precipício, lá em baixo havia um mar negro e a minha vontade era saltar de cabeça, o corpo esticado e direito, de forma a mergulhar o mais fundo possível, perder a orientação, deixar-me levar pelas correntes, chorar a minha desgraça pela eternidade fora. Só que não podia. Eram sete e meia da tarde, estava a anoitecer depressa, depois de o Sol cair para lá da cidade a temperatura baixou uns dez graus. A urgência de encontrar um lugar onde passar a noite tomou conta de todos meus pensamentos. O carro já não era uma opção – era capaz de pressentir os gases tóxicos a soltarem-se dos materiais ardidos e a acumularem-se no ar à minha volta. E eu não podia ligar a ninguém a pedir ajuda. Não era vergonha. Só não queria deixar de acreditar que eu, sozinho, já não era suficiente, que o meu corpo já não me chegava para fazer frente às adversidades.

A minha primeira ideia foi voltar para casa. Ainda tinha as chaves, o banco não teria vendido o apartamento tão depressa, com toda a certeza as divisões permaneceriam vazias. E era apenas por uma noite. Entrava, descansava, ponderava sobre a situação – um desalojado?, um sem-abrigo? – e de manhã cedo, antes de o Sol nascer, saía e ninguém saberia. No entanto, quando lá cheguei, a minha chave não entrava na fechadura. E o meu primeiro pensamento foi: talvez tenha sonhado tudo, talvez nunca tenha chegado a viver aqui. Mas eles tinham mudado a fechadura. Como se os cabrões estivessem à espera de que uns putos me chegassem fogo ao carro e eu não tivesse alternativa senão refugiar-me na casa que lhes tinha vendido.

Experimentei todas as chaves que tinha no porta-chaves, à espera de que uma servisse – isso, sim, teria sido sorte. Nenhuma abriu a porta. Mas foi nesse instante, enquanto olhava para o porta-chaves, que tive outra ideia. Porque havia seis chaves no meu porta-chaves e duas delas eram da agência. Almodôvar, no ano anterior tinha sido dispensado da agência de viagens onde trabalhara dezoito anos, mas nunca chegara a devolver as chaves do escritório – não se tratou de nenhuma forma de protesto: foi apenas esquecimento – e eles também não mas pediram. E lembrei-me da última vez que o meu antigo director me ligara, um ou dois meses antes, para contar sobre as extravagâncias que ele e a mulher andavam a praticar na sua vida de pré--reformado. Ele tinha dito que o andar continuava por alugar. Fez tudo tanto sentido.

Meti-me no carro, uma excitação debaixo da pele, não era capaz de sossegar os braços enquanto conduzia depressa atravessando a cidade. Aquela pequena vitória sobre o mundo era tudo o que eu precisava para continuar, para sentir que, por um instante que fosse, pelo menos uma parte do Universo estava do meu lado. Liguei o rádio, a música soou através do cheiro a queimado. Cantei uma canção qualquer que nunca tinha ouvido. Alto. E depois, de repente, pensei: eles mudaram a fechadura, por isso não me pediram as chaves. Mesmo assim, valia a pena tentar. Até porque não havia mais nada.

Parei o carro em segunda fila à frente do prédio e fiquei ali, quieto. Eram quase nove da noite. A porta do prédio, larga, em vidro, estava fechada, embora a entrada estivesse toda iluminada. Olhei lá para cima, para as janelas do quarto andar: as luzes estavam apagadas, não parecia haver ninguém ali dentro.

Esperei assim uns dez minutos. Durante esse tempo, saíram três pessoas, não entrou nenhuma, o prédio estava a ficar vazio. Havia muita gente na rua, o centro da cidade não parecia aperceber-se de que era já de noite: pessoas que iam jantar fora ou ao cinema, pessoas em passeio, turistas, casais, grupos de três, quatro, cinco pessoas que passavam em todas as direcções. E muitos automóveis. Como se toda a gente precisasse de passar por ali para ir para qualquer lado. Pareciam todos tão ocupados. Entravam nos restaurantes para comer como se fossem resolver as contas negativas do País, como se a sua presença naquele lugar, àquela hora, fosse determinante para a sobrevivência da espécie. E pareciam felizes, seguros em todos os seus gestos, uma certeza absurda na existência da manhã seguinte. Seriam capazes de imaginar que dentro daquele carro eu esperava o momento certo para invadir propriedade privada? Seriam capazes de imaginar o limbo no qual eu caminhava? Se não eram, a falha deles era inacreditável, inadmissível. A ignorância que revelavam era, para ir o mais longe possível, perversa.

Liguei o carro, conduzi até ao quarteirão seguinte e estacionei. Guardei tudo o que estava dentro do carro no porta-bagagens e depois enfiei numa mochila alguma roupa, a bolsa de higiene e o portátil.

Entrei no prédio e chamei o elevador. Quando a porta se abriu, havia um homem lá dentro, fato cinzento, o primeiro botão da camisa aberto, a gravata larga no pescoço, uma mala preta a tiracolo. Pensei correr, ele nunca me apanharia. Mas o homem disse:

«Boa noite.»

E eu respondi:

«Boa noite.»

E de seguida entrei no elevador. A porta fechou-se e o homem desapareceu. Olhei-me no espelho do elevador: o fato azul, o cabelo alinhado, uma mancha de barba nova a encher-me o rosto: parecia alguém que esteve o dia todo sentado a uma secretária, a olhar para o ecrã de um computador, sério e dedicado e bom naquilo que faz.

O elevador deixou-me no quarto andar. Antes de sair carreguei no botão do primeiro andar e, quando a porta se fechou nas minhas costas, o elevador voltou a descer. Não liguei a luz. Procurei a chave no escuro e depois procurei a fechadura da porta. A chave entrou. Rodei-a, uma volta, duas voltas, três voltas, quatro voltas. Quando a porta se abriu, entrei depressa e fechei-a outra vez com quatro voltas na chave.

O escritório – cinco gabinetes, duas salas de reuniões, duas casas de banho, uma copa – estava às escuras. Fiquei imóvel durante um minuto. Tive a sensação de que as luzes se iam acender de repente e os meus antigos colegas iam gritar SURPRESA. Isso não aconteceu. Caminhei ao longo do corredor, espreitei para dentro dos gabinetes. As persianas das janelas estavam subidas, as luzes verdes, vermelhas e azuis da cidade saltavam para dentro do escritório através dos vidros: as secretárias e os armários de ferro estavam no mesmo lugar, como se ninguém os tivesse informado de que a empresa encerrara actividade. Mas não havia mais nada, não havia papéis, pastas, computadores, impressoras. Passei a mão sobre uma secretária: senti o tapete fino de pó. Ninguém tinha ocupado aquele espaço desde que a agência fechara, talvez ninguém sequer entrasse ali há muitos meses.

Dirigi-me ao meu antigo gabinete. Fechei a porta e, de gatas no escuro, meti-me debaixo da secretária. Havia espaço suficiente para o meu corpo e pouco mais. Deixei o saco com as minhas coisas ao alcance do braço. Programei o telemóvel para despertar às cinco e cinquenta da manhã. Depois deitei-me sobre a alcatifa dura e gasta do chão.

Foi uma noite má, o meu sono esfarrapado pelo pânico sempre presente de ser descoberto, uma longa espera pela chegada do dia para sair dali depressa.

Almodôvar, lembra-te disto: eu nunca desisti, nunca pensei: já não dá, acabou-se. Teria sido fácil, poucos dariam conta, seria apenas mais um. E é verdade, estava a viver em nada, não restava na minha vida chão sobre o qual me manter de pé. Mas, ainda assim, eu estava tão focado: estava focado em estar focado.

Não sei explicar. Simplesmente acordava de manhã e barbeava-me, vestia o fato, dava o nó na gravata, sorria para o espelho. Como sempre fiz.

Repara, aquela noite, depois de os amigos do teu filho me chegarem fogo ao carro, a noite em que dormi no antigo escritório da agência onde trabalhei tantos anos, não foi a única que passei ali. Lembro-me de ter saído, ainda antes das cinco e meia da madrugada, exausto do pânico de várias horas, a sensação física de me encontrar muito próximo do fim de tudo. Meti-me no carro – o cheiro do estofo queimado provocou-me uma náusea impossível de resolver pelo simples facto de que não tinha nada no estômago havia mais de vinte e quatro horas – e andei durante um par de horas às voltas por Lisboa. A cidade pareceu-me pequena, como se fosse possível estar em todas as ruas ao mesmo tempo. Depois aluguei o quarto mais barato que descobri numa pensão sinistra perto do Cais do Sodré. Passei lá dois dias que agora me parecem anos. Não aconteceu nada. Dormi pouco, quase não comi, folheei o Plano sucessivas vezes sem descobrir uma forma de o tornar possível. Só pensava: não está certo, cabrões, não está certo, a minha vida vale mais do que isto. E eu sei, Almodôvar: a justiça é só uma invenção dos homens e, como tudo o que os homens inventaram, tem falhas incríveis e absurdas e nunca funcionará de forma perfeita. Só que ainda assim.

Seja como for, após duas noites naquele quartinho miserável, fiz as contas. Cada noite ali custava oito euros. Os cerca de quatrocentos euros que me restavam dariam para cinquenta noites. Mas havia ainda gastos em comida, a lavar roupa, em gasolina. Já para não falar na prestação de sessenta e três euros que tinha para pagar ao banco todos os meses. Poderia ter ficado na pensão mais algumas noites, claro, talvez uma semana ou duas, mas isso seria apenas adiar o inadiável. De modo que voltei para o escritório vazio.

E o escritório tornou-se uma casa; não foram precisos mais do que dois ou três dias. É notável como somos capazes de nos adaptar aos lugares, de criar uma relação com o meio à nossa volta, de inventar afectos onde eles não existem. Foi isso que fizeste, Almodôvar? Sentes-te em casa aí, nesse buraco onde vives? Eu não fiz qualquer esforço, quando dei por mim tinha o espaço organizado, as minhas coisas arrumadas num armário onde antes havia pastas com brochuras sobre todos os destinos turísticos deste planeta, o chão varrido, uma cama confortável debaixo da minha antiga secretária feita com as almofadas das cadeiras da sala de reuniões, e sabia o lugar das coisas no escuro, sabia mover-me fora dos horários das empresas que funcionavam nos outros andares, tinha rotinas estabelecidas, uma espécie de vida. Não tinha água quente, nem banheira, mas rapidamente me habituei a lavar-me debruçado sobre o lavatório com água fria. Tinha electricidade – não sei por que razão o contrato não havia sido cancelado, talvez esperassem alugar o apartamento rapidamente. E tinha Internet. Uma das empresas do prédio, uma editora de manuais católicos, tinha deixado a conta da Internet sem fios desbloqueada e na casa de banho, próximo da janela, o sinal era razoável. Por isso levei para lá a antiga cadeira do doutor Medeiros, giratória, reclinável, em pele, quase uma cama, e passava ali as piores horas das minhas insónias.

Mesmo o medo desapareceu, deu lugar à preocupação ocasional de ser encontrado ali, a dormir, a atravessar o corredor em cuecas, a fazer a barba na casa de banho. Pensei na desculpa que daria: Eu trabalhava aqui, vim buscar uma caixa com coisas minhas que ficou para trás, esquecida.

Em poucas semanas essa desculpa evoluiu para: Eu trabalhava aqui, ainda tenho a chave e não tinha onde dormir.

E depois para: Eu não tinha onde dormir.

E depois para: Vão-se foder, cabrões, eu não tinha onde dormir.

E depois para: Ha, ha, ha, ha, ha, ha, ha, ha, ha.

É verdade, Almodôvar: eu não tinha onde dormir.

Podias ter pedido ajuda.

Não, não podia.

A Marta recebia-te na casa dos pais em Viana. Tudo o que tinhas de fazer era ligar-lhe e contar-lhe a verdade. Ela recebia-te, lutavam lado a lado contra o mundo, talvez resolvessem as coisas entre vocês, talvez tudo ficasse como antes.

Eu pensei nisso. Era uma possibilidade e foi ponderada. Mas tive sempre a sensação de que havia opções para queimar antes de avançar por aí.

Falavas com o Xavier. Ele tem quartos livres, quartos onde não entra há anos. E ele ia gostar de te ter lá. Podias vigiá-lo, tomar conta dele.

Não ia resultar. A tristeza naquela casa daria cabo de mim. Não sou invencível.

Pedias-lhe dinheiro. Ele tem dinheiro, uma herança qualquer, numa conta do banco onde não mexe há anos.

Almodôvar, tens de perceber: eu queria acreditar que era capaz de sair daquela situação sozinho. Isso era muito importante para mim.

Já sei. Podias assaltar uma estação de serviço. Acabavas aqui, fazias--me companhia, púnhamos a conversa em dia.

Vai-te foder, Almodôvar.

Podias ter escrito para o nosso site. *Talvez alguém aparecesse para te dar a mão.*

Tu não entendes.

Pedir ajuda não é o fim do mundo, toda a gente pede ajuda, Daniel.

Tu não pediste.

É verdade. Mas nesse caso a conclusão de tudo isto é que então tu e eu somos mais parecidos do que julgávamos.

Eu não assaltei uma estação de serviço.

Invadiste propriedade privada. É a mesma merda, Daniel. A única diferença é que tu, até ver, não foste apanhado.

Estás enganado.

De repente és um modelo de virtudes.

O que é que isso quer dizer?

É português, tu percebes.

Estás zangado comigo?

Vai largar as tuas tretas nos ouvidos de outro gajo.

Tu estás zangado comigo? Cabrão, tu não existes a não ser trancado numa cela onde ninguém pode entrar, ausente do mundo, afundado numa solidão permanente. As tuas palavras sou eu que as penso. Tu não podes ficar zangado comigo.

...

O que é isso?

...

Vai-te foder mais o teu silêncio, Almodôvar. Podes dizer o que te der na gana, envolve o espírito com todas as fantasias que souberes inventar para justificar as tuas acções – ou a ausência delas. Porque a diferença entre nós é real e é tão ampla como um mar. Eu não desapareci, cabrão. Essa é a diferença. Eu ainda ando aqui. E acredita em mim: eu queria desaparecer, encher-me de vácuo, sossegar o corpo, a cabeça, viver para dentro – deve ser tão bom viver para dentro – e ficar quieto até eu próprio me esquecer de mim. Mas não é assim que as coisas se passam, não podemos simplesmente voltar costas a tudo, afastar-nos e nunca mais voltar, não está certo, de alguma forma não está certo. Nesse caso, mais vale então atirares-te mesmo à linha do comboio. Sou talvez capaz de entender esse momento de irreflexão no cérebro de um ser humano. Mas o que estás a fazer, sentado aí na tua cela, há tanto tempo sem receberes ninguém, sem olhares para o mundo, sem saberes se continua tudo no mesmo lugar, isso é como atirares-te à linha do comboio todas as manhãs mal acordas. Eu não me fui embora, Almodôvar, e por causa disso o teu filho continua vivo. Pelo menos, podes agradecer-me.

Daniel, não vou agradecer-te. Se quiseres pensa também essas palavras por mim, mas não vou agradecer-te.

Cabrão, eu estava bem a dormir no carro, a cidade inteira feita minha casa; era um bom ponto de partida, dali podia construir algo novo, as despesas reduzidas a quase nada, comida, alguma gasolina, nenhuma responsabilidade maior sobre os ombros. E andava a dormir bem. Falei-te disso, Almodôvar? Contei-te que durante as duas semanas que dormi no carro as minhas insónias me deram tréguas, dormia cinco, seis, às vezes sete horas seguidas, aos poucos os braços e as pernas ficaram leves, a névoa cinzenta que trazia atrás dos olhos havia tanto tempo dissipou-se, o meu espírito voltou a ser um dia de muita claridade. E depois os amigos do teu filho enfiaram um ramo a arder no meu carro. Repara: podia ter denunciado o Vasco, através dele a Polícia teria chegado aos putos que fizeram aquilo, talvez recebesse alguma espécie de indemnização. Foda-se, precisava tanto desse dinheiro. Não o fiz: não queria criar problemas ao Vasco, com a Polícia ou com os delinquentes que ele tinha como amigos.

É verdade: aquele escritório não era meu. Mas não fiz mal a ninguém. O espaço estava vazio havia um ano, ninguém perdeu dinheiro por causa disso. Além do mais, era temporário, eu queria sair dali assim que possível.

Não saíste quando arranjaste trabalho.

Passava os dias na rua, de um lado para o outro, em cafés, na biblioteca, num jardim se o tempo estivesse bom. Raramente ia ao escritório durante as horas de funcionamento das outras empresas do prédio. Saía cedo, voltava depois das oito da noite. De vez em quando, cruzava-me com alguém, trocávamos cumprimentos breves, cheguei a subir e a descer no elevador com mais pessoas. E ficava à espera de que me descobrissem, de que chamassem a Polícia. Não aconteceu. Habitualmente passava as manhãs num café ao fundo da rua, um café cuja atmosfera estava abençoada com Internet gratuita. Chegava pouco depois das nove. Pedia um café. Lia o jornal que estava em cima do balcão, disponível para uso dos clientes. Abria o portátil, consultava o *e-mail*, passava em revista os *sites* de emprego, tomava umas notas, procurava o contacto de agências, hotéis, museus, associações de turismo, câmaras municipais, empresas nas quais pudesse existir algum interesse num trabalhador como eu. Enviava meia dúzia de *e-mails*, cartas de apresentação, o meu *curriculum*. Às onze pedia outro café. Por volta do meio-dia e meia, as mesas começavam a encher para o almoço e eu saía. Foi numa dessas manhãs que me ofereceram trabalho.

Sentei-me na mesa mais afastada da porta e liguei o portátil. O Mateus estava *on-line*. Não era habitual, ele tinha aulas de manhã. Não falávamos havia vários dias. Escrevi:

Estás aí?

Estou, respondeu ele.

Em casa?

Sim.

Porque é que estás em casa?

Tenho febre ☺

Lembrei-me de quando ele era pequeno, um bebé no berço, e fazia febres altíssimas, trinta e nove, quarenta, e não chorava, não soltava um gemido, nada, quase não se mexia, como se não tivesse forças para lutar. A Marta e eu a sofrermos em silêncio, aterrorizados com a possibilidade de ele não sobreviver. Essa angústia existe em mim para sempre. Por cinco segundos, lutei contra a vontade de me meter no carro e atravessar o País para estar com ele até a temperatura do seu corpo baixar.

Que estás a fazer?, perguntei.

A estudar as palavras de Sidarta Gautama.

Quem?

O Buda.

Qual buda?

Só há um Buda.

É um trabalho para a escola?

Não.

????

Descobri uns vídeos na *net*. Um homem a explicar o caminho para a felicidade. Ele fala no Sidarta. E eu quero aprender.

Almodôvar, não escrevi nada durante um minuto, estava demasiado assombrado, havia gelo no meu estômago. Quem é que aquele homem naquele vídeo sobre a felicidade pensa que é para entrar com as suas palavras na cabeça do meu filho? Estas pessoas. Há vinte anos, estas pessoas estavam fechadas nas suas casas, perdidas num lugar qualquer deste planeta, a falarem, aos gritos talvez, mas as suas vozes não tinham força para atravessarem sequer as paredes. A Internet mudou tudo, deu-lhes a possibilidade de largarem as suas filosofias fáceis e peganhentas no mundo, deixarem-nas ao alcance de toda a gente. Só que estas pessoas não fizeram nada para merecer isto, as suas ideias são os mesmos disparates que antes não passavam nos filtros criados pela inteligência dos humanos, a escola, os jornais, os livros. As regras da Internet não deixam passar violações aos direitos

105

de autor, conteúdos de pedofilia, merdas do género; por outro lado, qualquer pessoa pode dizer uma fiada de asneiras sobre o caminho para a felicidade que ninguém está muito preocupado com os danos que isso pode provocar. Estas pessoas sabem que há miúdos de nove anos a ouvir o que elas dizem?

Queres ser budista?, escrevi.

Não. Quero ser mais feliz ☺.

A resposta dele doeu-me na nuca.

Tu já és feliz, escrevi.

Eu sei. Mas quero ser mais.

????

Na minha turma são todos mais felizes do que eu.

Como é que sabes?

Eles responderam à pergunta.

Qual pergunta?

A pergunta sobre estar satisfeito com a vida. A pergunta que tu me fizeste.

Essa pergunta é estúpida.

Eles responderam e todos são mais felizes do que eu. A resposta mais baixa foi 8,5. Três raparigas responderam 10.

Isso é impossível. Ninguém pode ser totalmente feliz. Estão a mentir.

O Sidarta diz que é possível.

Eu não sabia responder àquilo. Encostei-me na cadeira, os dedos de uma mão enlaçados nos dedos da outra mão atrás da cabeça, a olhar para o ecrã. A minha vontade era ir procurar um budista e levá-lo até ao Mateus, obrigá-lo a responder à pergunta sobre a satisfação com a vida à frente do meu filho. A resposta seria tão ridícula, tão conclusiva. Fiquei assim muito tempo à procura das palavras certas. Eu costumava ser bom naquilo, satisfazer as dúvidas do Mateus e da Flor com uma ideia que não fosse determinante mas que, ainda assim, lhes desse segurança para avançarem sozinhos até uma resposta final. Só que alguma coisa tinha acontecido. Porque a única resposta na minha cabeça era: O Sidarta era um cabrão que nunca teve problemas a sério na vida, não sabia o que fazer com tanto tempo livre e por isso pôs-se a inventar teorias. Foda-se, Almodôvar, se naquele momento tivesse entrado um budista naquele café eu tinha-lhe torcido o pescoço.

Mas foi nesse instante, enquanto olhava para o ecrã do portátil e lia aquela frase – O Sidarta diz que é possível –, foi nesse instante que as vozes dos dois homens na mesa atrás da minha se cruzaram com os meus pensamentos. Não foi tanto aquilo que diziam mas o tom da conversa: havia uma inquietação na forma como falavam, mas também um entusiasmo quase infantil, como se estivessem prestes a saltar de um avião em queda livre. Eu não os via, fiquei apenas a escutar. Estavam a fazer contas em voz alta, em conjunto, parecia um jogo. Estavam a contar dinheiro, a multiplicá-lo por dias, cento e cinquenta e cinco euros vezes trinta dá quatro mil, seiscentos e qualquer coisa. E ao mesmo tempo enunciavam nomes de medicamentos, uma lista interminável de medicamentos. De repente, calaram-se. Eu imaginei-os sentados frente a frente, a mesa entre eles apinhada de notas e caixas de comprimidos para tudo. Passaram trinta segundos. Então um deles disse:

Vamos precisar de um carro.

Vamos precisar de alguém para conduzir o carro, acrescentou o outro.

Almodôvar, eu soube imediatamente. Não precisava de ouvir mais nada: era um trabalho, eles tinham um trabalho para mim. Escrevi no teclado:

Falamos depois.

E fechei o portátil.

Voltei-me na cadeira. Um dos homens estava de frente para mim, o outro de perfil. Eram jovens, vinte e cinco anos, talvez menos. Aquele de frente para mim tinha uma barba comprida e espessa, muito loira, quase amarela, embora o cabelo fosse castanho. O outro usava uns óculos com as lentes mais grossas que já vi, os seus olhos pareciam flutuar. Eram parecidos sem na verdade existir qualquer semelhança nos seus rostos, pensei que talvez fossem primos. Em cima da mesa havia duas garrafas de água, dois copos e um caderno aberto numa página completamente rabiscada com números, tabelas, listas. Fiquei à espera de que olhassem para mim. Não olharam. Por isso disse:

Eu posso conduzir o carro.

Eles levantaram as cabeças na minha direcção, um trejeito nos seus rostos revelando surpresa e confusão, como se lhes tivesse falado numa língua exótica.

Precisam de alguém que conduza um carro. Eu posso conduzir o carro.

Olharam um para o outro e depois outra vez para mim; sorriram, meios-sorrisos apenas, não tinham nada para me dizer. Eu continuei:

Tenho carta de condução há dezoito anos e uma orientação geográfica infalível. E tenho um carro. Vocês também precisam de um carro. Eu tenho um.

Mas eles continuavam a olhar para mim sem abrir a boca, como se eu estivesse a dizer uma piada qualquer, como se tudo o que tivessem de fazer fosse esperar que eu terminasse de falar para começarem a rir. E tudo que eu pensava era: estamos a perder tempo tão precioso, já podia estar sentado ao volante do automóvel, a conduzir para onde fosse preciso, já podia estar a trabalhar, a ganhar dinheiro, é por causa deste género de impasses que o mundo não avança mais depressa, decidam-se, idiotas.

Vocês precisam de um motorista?, perguntei, olhando para o homem de frente para mim.

Houve um segundo de espanto na cara dele, até então não tinha percebido que eu estava a falar a sério.

Sim, respondeu finalmente.

Eu posso ser um motorista.

Você já trabalhou como motorista?, perguntou o outro homem.

Não. Trabalhei dez anos numa agência de viagens que fechou no ano passado. Mas agora estou desempregado.

Desempregado?

Sim. Mas quero trabalhar. Quero muito trabalhar. E se vocês precisam de um motorista eu posso ser um motorista.

Voltaram a olhar um para o outro, as cabeças um pouco inclinadas para o mesmo lado, como se fossem o espelho um do outro. Fiquei calado, dei-lhes tempo.

O que é que achas?, perguntou o das lentes grossas.

Não sei. Acho que devíamos entrevistar mais pessoas.

Resolvíamos já isto.

Ele nem sequer é motorista.

Acho que isso não é um problema. E o tipo parece sério.

Está desempregado.

Está bem vestido, tem a barba feita.

Acho que não devíamos precipitar-nos. Ainda nem sequer falámos sobre o valor do salário para este trabalho.

Podemos pagar pouco. O gajo está desempregado, aceita qualquer coisa.

Repara, Almodôvar, isto não sou eu a imaginar uma hipotética conversa entabulada entre eles acerca da minha contratação. Eles estavam a falar de mim à minha frente, como se eu não estivesse ali, sem pudores, sem filtros, uma sinceridade assustadora. Cabrões. Pensei em levantar-me e sair. Nunca tinha considerado a opção de me tornar motorista – ou empregado de mesa, ou caixa de supermercado, ou homem do lixo –, não precisava de me atirar de cabeça para a primeira oportunidade que se atravessava no meu caminho. Podia procurar mais, talvez um emprego como motorista não fosse tão difícil de conseguir como um emprego numa agência de viagens.

Façam uma proposta, interrompi.

O homem de barba amarela olhou para mim. Levantou uma mão aberta e disse:

Um momento, por favor.

Eu tenho um carro.

Um momento, por favor.

Era um jogo, Almodôvar. Era uma guerra. Nós, no centro do café, encarando-nos, controlando friamente as respirações, cada um à espera de que o outro investisse primeiro. Na minha cabeça, as pessoas nas outras mesas acompanhavam sem respirar cada gesto, cada olhar, o ar entre nós a encher-se de um silêncio que não poderia prolongar-se por muito mais tempo. E eu estava disposto a lutar até ao fim, não havia mais nada para perder e aquele emprego era demasiado importante.

Olhei para o gajo de barba durante dois segundos. Depois disse: O seu colega tem razão, estou desempregado, aceito qualquer coisa. Façam uma proposta.

Passaram dez segundos. Então eles fizeram uma proposta. Eu aceitei imediatamente, sem regatear, sem pensar sequer no significado daquilo que me ofereciam. Era uma oferta miserável – quatro horas de trabalho por dia, 4,20€ por hora mais as despesas com a gasolina, mas a manutenção do automóvel ficava por minha conta – para entregar medicamentos ao domicílio seis tardes por semana, entre as três e meia e as sete e meia.

Eles não eram primos, mas irmãos. Eram donos de uma farmácia situada na mesma rua do escritório onde eu dormia; isto é, o pai deles era dono da farmácia, eles tinham ambos estudado Gestão de Empresas, o mais novo, o gajo dos óculos, estava a fazer um mestrado em Marketing Empresarial, mas nenhum deles percebia nada de farmacologia. Não trabalhavam na farmácia, mas passavam lá quase todos os dias. Tinham grandes planos para o negócio. Queriam implementar uma série de estratégias de *marketing*, desenvolver serviços paralelos, remodelar o espaço, reduzir custos com burocracias desnecessárias, falavam daquilo como se fosse uma multinacional. Enquanto caminhávamos até à farmácia, não paravam de dizer que o pai deles tinha perdido as rédeas do negócio, o mundo mudava a cada novo dia mas o velho ainda geria os *stocks* como se isto fosse

110

mil novecentos e oitenta, ignorava de propósito a existência da Internet, não queria ouvir falar de criar um novo logótipo para a farmácia – aquele que existia, uma cruz irradiante a nascer atrás de um monte, tinha mais de vinte e cinco anos. Haviam apresentado ao pai a ideia de fornecerem medicamentos ao domicílio quase um ano antes e a resistência do velho durara meses, até que em Janeiro surgira uma parafarmácia quatro ruas adiante e as vendas imediatamente caíram. Quando me apresentaram ao pai, o velho olhou para mim de relance, riu-se sem abrir a boca, com um ténue sobressalto do peito. Chamava-se Arnaldo Sacadura. O seu aspecto era contraditório: por um lado, restava-lhe muito pouco cabelo, as mãos tremiam-lhe e andava bastante curvado pela força de uma corcunda que lhe enchia as costas; por outro, movia-se como um garoto de dez anos. Não disse nada e sacudiu a mão à minha frente e depois na direcção dos filhos. Como se fôssemos moscas.

Vocês estão loucos, suspirou, ao mesmo que se afastava para trás do balcão.

Eles não eram loucos. Mas para eles a vida era um lugar fácil, onde qualquer coisa estava ao alcance do mero pensamento. Para eles, o trabalho nunca foi o essencial, nem sequer o dinheiro, era tudo uma questão de vontade. Tinham começado com avanço em relação à maior parte de nós – um negócio já cimentado, difícil de derrubar apesar de todas as adversidades. Fizeram-me lembrar de ti, Almodôvar. Podias ter sido assim. Se o teu pai não te tivesse deixado o negócio da sapataria meio afundado em dívidas e a loja a precisar de tantas obras, podias ter sido como eles.

Comecei a trabalhar uma semana depois, o primeiro mês seria de experiência – não só das minhas aptidões para entregar medicamentos ao domicílio, mas também da própria ideia. Eles mandaram imprimir dois mil papéis com publicidade ao novo serviço e o anúncio de uma promoção agressiva – a primeira entrega ao domicílio seria gratuita, as seguintes teriam um acréscimo de 2,50€ ao valor da encomenda. Eu andei duas manhãs pelo bairro a deixar esses papéis pelas mesas dos cafés, nas caixas do correio, nos vidros dos automóveis. Nas horas de maior movimento, ficava de pé na boca do metro, de braço estendido para a multidão que passava em todas as direcções, à espera de que alguém agarrasse o papel que tinha na mão.

Mas a coisa resultou. Os dois irmãos tinham razão: as pessoas estavam dispostas a pagar só para não terem de sair de casa para comprar medicamentos, ou fraldas, ou preservativos, ou creme anti-estrias, ou a pílula. (Quando é que descalçar os chinelos, calçar os sapatos, descer no elevador e caminhar dois ou três quarteirões se tornou tão difícil, quando é que isso passou a valer dois euros e meio?) De alguma forma, o país ainda não se havia afundado tanto quanto pensávamos. Ou talvez sim, talvez estivesse tudo submerso, só que as pessoas já não queriam saber.

O telefone não parou de tocar desde o primeiro dia. Eu esperava, sentado num banco junto ao balcão, que o doutor Arnaldo ou os seus auxiliares colocassem numa mala hermética as encomendas – três ou quatro de uma vez, às vezes mais. E depois saía, segurando a mala com as duas mãos, mantendo-a horizontal, como se houvesse um bolo lá dentro, ou uma sopa, e caminhava pelo passeio até ao carro. O carro estava estacionado numa rua perpendicular, depois da curva, para que nem o doutor Arnaldo, nem os filhos, nem os auxiliares da farmácia, o vissem. Não queria que descobrissem que andava a fazer as entregas num automóvel cheio de mossas, com o vidro da frente rachado, a janela do lado do passageiro tapada com um plástico e o interior queimado, negro, nauseabundo pelo processo de decomposição dos materiais.

Almodôvar, é possível que aí, metido nesse refúgio de cobardes, não sejas capaz de imaginar a satisfação de ter um emprego depois de um ano à procura. Além disso, estava a fazer uma coisa boa. Eu era o portador da salvação, do alívio, eu era um anjo bom. Gostava que visses a expressão de gratidão eterna na cara dos clientes quando me abriam a porta, alguns de olhar caído, uma manta pelas costas, apoiados na parede para se conseguirem ter em pé, doentes com todo o tipo de males. Era uma sensação incrível, que perdurava durante horas e de certa forma apagava tudo o que estava mal à minha volta. E as horas passavam tão depressa, de repente já estava a anoitecer e o turno a terminar, embora eu estivesse disposto a continuar noite fora até de manhã, o cansaço nunca chegava a apertar-me os músculos. Todos os dias falava com o doutor Arnaldo, sugeria que alargássemos o horário do serviço, ficaríamos todos a ganhar, a farmácia, eu, os clientes. Mas ele encolhia os ombros e só dizia, quase sem abrir a boca:

Calma, precisamos de ir com calma.

E a minha vontade era agarrá-lo pelo pescoço, encostá-lo à parede, sacudi-lo para que acordasse. Calma? Estavam a acontecer coisas incríveis, o mundo ao nosso redor começava a mexer de novo, havia outra vez um caminho, só tínhamos de o percorrer, era tão fácil. Mas o cabrão do velho queria calma, e assim não é possível, Almodôvar, assim nunca vamos sair desta lama em que estamos enterrados.

No início da minha terceira semana de trabalho, telefonei ao Xavier. Estava entusiasmado, ele percebeu isso na minha voz.

O que é que se passa?

Desculpa não ter respondido às tuas mensagens.

Enviei-te vinte e sete *e-mails*, disse ele.

Estive ocupado. Preciso de te pedir uma coisa.

Podias ter respondido.

Estive ocupado, Xavier.

Pelo menos abriste os *e-mails*?

Claro, respondi, embora não abrisse um *e-mail* do Xavier havia quase três meses.

Então viste os vídeos?

113

Hummm.

Viste ou não viste?

Vi.

É uma merda do caralho.

É. É uma merda do caralho, repeti.

Mas eu não sabia do que estava o Xavier a falar. Havia uma apreensão na voz dele, as sílabas arrastadas, uma distância excessiva entre as palavras. Como se tivesse descoberto que o Hitler continuava vivo e não soubesse viver com essa informação. Só que eu estava demasiado animado para querer saber dos problemas do Xavier.

Não podemos não fazer nada, disse ele.

Depois falamos sobre isso. Preciso de te pedir uma coisa.

...

Ainda tens a tabela da satisfação com a vida, aquela com os países?

Sim.

Preciso que me digas qual é o país onde o índice médio de felicidade é **8,9**.

8,9?

8,9.

Quem é que conheces que está oitenta e nove por cento satisfeito com a sua vida?

Não te interessa.

És tu?

Não te interessa.

És tu, exclamou o Xavier. E soltou um suspiro, um sopro de sarcasmo. Depois acrescentou: Sabes que isso é muito improvável, não sabes? Não fizeste bem as contas.

Tu e as tuas contas. Vai-te foder, Xavier. Diz qual é o país.

Não há nenhum país onde o índice de felicidade seja 8,9 em 10.

Não há?

O país no topo da tabela é a Costa Rica, com 8,5.

Tentei lembrar-me da lista de países. Creio que me tinha convencido de que o índice de felicidade do primeiro país da tabela seria 10. Mas isso era tão impossível como meter-me numa nave espacial e um dia chegar ao fim do Universo.

Não há ninguém no mundo que esteja oitenta e nove por cento satisfeito com a vida?

Claro que há. Mas essas pessoas são raras. Eu não conheço nenhuma. Para falar verdade, não quero conhecer nenhuma. Estes valores são médias. Espera um segundo...

Calou-se por um instante. Ouvi-o remexer em papéis. Eu não tinha vontade de ouvir o que ele ia dizer, a conversa estava prestes a tornar-se demasiado técnica, tu sabes como é o Xavier.

Está aqui, disse ele. Costa Rica. O desvio padrão é 1,71. Não é muito alto. Mesmo assim, é quase seguro afirmar que existem pessoas na Costa Rica com um índice de felicidade de 8,9 em 10. No entanto, em termos de média nacional, 8,5 é o melhor que se consegue neste planeta. E, se pensares bem no que esse valor representa, não é nada mau. Tenho a certeza de que os costa-riquenhos com um índice médio de felicidade mais elevado do que 8,5 se sentem muito bem entre os restantes habitantes. Se eu tivesse o teu índice de felicidade, ia viver para a Costa Rica.

Eu não quero ir viver para a Costa Rica.

O Xavier largou uma gargalhada metálica.

Até porque o teu índice de felicidade não é mesmo 8,9.

Dizes tu.

Como é que chegaste a esse número?

Pensei no assunto.

Usaste uma caneta?

Não preciso de uma caneta para pensar, Xavier.

Estás tão enganado. O cálculo de uma coisa tão abrangente e complexa como a felicidade de um único ser humano exige tal quantidade de informação, números, memórias, cálculos, tabelas, emoções, desejos, etc., etc., que o teu cérebro não teria capacidade para processar tudo sem o auxílio de papel e caneta. Já para não falar de uma máquina de calcular. Ou de um computador.

Não sei porque continuo a ligar-te.

8,9 não é o teu número. Tu querias tanto que fosse o teu número que te convenceste disso. E admito, isso, só por si, já é relevante. A tua vontade de seres feliz já te faz subir algumas décimas na tabela. Mas 8,9? Não acredito.

És um hipócrita de merda, Xavier.

Não, Daniel. Tu é que és. Não entendes nada de felicidade e vens perguntar-me o que é que 8,9 significa, onde é que fica esse país.

Cabrão, entendo mais de felicidade do que tu.

Não. O facto de a tua vontade de ser feliz ser maior do que a minha não quer dizer que percebas mais do assunto do que eu.

Vai-te foder, Xavier.

...

...

Só gostava que fosses mais honesto contigo próprio.

Vai-te foder, Xavier.

...

...

E os vídeos?

Quais vídeos?

Foda-se, Daniel. Os vídeos que te enviei. Dos putos e dos sem-abrigo.

Que é que têm?

O que é que vamos fazer?

Não sei.

Posso pelo menos pedir-te um favor? Gostava que fosses ver o Ávila.

Porquê? Aconteceu alguma coisa?

Não. Mas acho que pode acontecer.

O gajo é crescido, Almodôvar. Tens falado com ele?

Há muito tempo que não aparece cá em casa. Falamos de vez em quando ao telefone. Eu ligo-lhe, às vezes para o telemóvel, às vezes para a pensão onde costuma dormir. Sei que não aparece na pensão há várias semanas... Não faço ideia de onde passa as noites.

Xavier, eu não tenho tempo para isto. As coisas estão a começar a acontecer outra vez, tenho de me manter focado, não posso andar por aí à procura do Ávila.

E se os putos o apanham outra vez?

Isso não vai acontecer.

Como é que sabes?

Não vai. Aquilo no parque de estacionamento do Centro foi um acidente.

Tu não viste os vídeos.

O quê?

Tu não viste os vídeos, Daniel.

Claro que vi.

Vai ver os vídeos e depois falamos.

Ouve. Vou procurar o Ávila, converso com ele, vejo se está bem, pago-lhe um lanche. Assim que tiver novidades, digo-te.

Vai ver os vídeos e depois falamos, cabrão.

Vai morrer depressa, disse eu, mas só depois de ele ter desligado. Almodôvar, o Xavier é uma esponja. Por mais que tentemos manter-nos afastados, há algo na sua voz, nas palavras, nos silêncios, que nos suga, que nos consome, que nos prende lá dentro. A angústia dele é tanta que extravasa os limites do seu corpo e inunda tudo e todos em redor.

Ele tinha razão.

Sobre o quê?

Tu nunca estiveste oitenta e nove por cento satisfeito com a tua vida. Muito menos na época em que te encontravas afastado dos teus filhos, da Marta, a dormir debaixo de uma secretária num escritório que não era teu, a trabalhar como motorista de uma farmácia.

117

A perspectiva de um futuro é razão suficiente para nos fazer felizes.

Talvez isso seja verdade na lógica de algumas cabeças. Mas tu não dás para tanto. Reconheço que a tua natureza optimista é assinalável, mas mesmo assim.

Foda-se, Almodôvar, tu não és ninguém para...

Foste ver o Ávila?

Fui. Mas não porque o Xavier me pediu.

Naquele dia, depois de falar com ele fui para a farmácia, fiz o meu trabalho, o meu trabalho ainda continuava em primeiro lugar, e só quando cheguei ao escritório, por volta das oito, é que liguei o computador. Sentei-me, estiquei as pernas sobre a sanita e coloquei o portátil no colo. Comecei a abrir os *e-mails* do Xavier, à procura de um com uma ligação para um vídeo.

Eu não queria ver aquilo, não queria meter-me mais, não queria ser o gajo que salva o mundo todas as semanas. Eu tinha a minha própria vida para salvar. A não ser que salvar o mundo seja um emprego, com um salário anual de seis dígitos, um plano de bónus aliciante, seguro de saúde, o pacote completo, nesse caso darei o meu melhor para salvar o mundo sempre que necessário. Mas isso não existe.

Só que ainda pensava no Vasco. Tinha deixado de o procurar e não o via desde o dia em que me incendiaram o carro – tanto quanto sabemos, naquele último mês, o teu filho esteve por conta própria. Eu não queria ver os vídeos. Queria apenas saber se o nome de utilizador de quem os colocara *on-line* era o mesmo do vídeo dos putos a mijarem no Ávila.

Num *e-mail* do Xavier enviado no dia 23 de Fevereiro havia uma ligação para um *site* de partilha de vídeos que não conhecia. Na página que se abriu havia um vídeo, o título era: HnL – Parte 2; tinha sido colocado ali em Agosto do ano anterior; o nome de utilizador era: «kingmike». Pensei: vejo trinta segundos, depois paro, largo esta merda de vez e salvo a minha vida.

118

Cliquei para o vídeo começar. O vídeo não começou, era necessário escrever uma palavra-passe.

Voltei ao *e-mail* do Xavier. Dizia apenas: *Mais um filme.* Abri um *e-mail* enviado três dias antes. Dizia: *Já viste o que te enviei ontem?* Abri o *e-mail* que me tinha enviado no dia anterior. O Xavier tinha escrito: *Estive a noite toda de volta disto. Descobri a palavra-passe:* qualquerum. *Vê e depois liga-me.* E uma ligação para o mesmo *site*, para um vídeo cujo título era: Homem no Lixo – Parte 1.

Repito: eu não queria esta merda, esta confusão, vídeos anónimos, palavras-passe, como se estivesse a viver num filme de detectives, um assassino à solta, pistas avulsas entre as quais existe alguma espécie de ligação, um sentido que se tornará evidente assim que for descoberto. Foda-se, isto é a vida real, temos muito mais que fazer, temos de lutar contra a aflição de sabermos que o futuro não está escrito, que tudo poderá acontecer e que tudo o que poderá acontecer não depende apenas de nós.

Escrevi a palavra-chave. Quando o vídeo começou, baixei o ecrã do portátil, restou apenas o som do filme.

Voz N.º 1 (em sussurro): O gajo está acordado, caralho. Está a mexer-se.

Voz N.º 2: Pára com essa merda, ajuda-me... aqui... passa essa ponta por baixo... não... vai... não... não...

Voz N.º 1: 'Tá fixe. 'Tá fixe, caralho...

Voz N.º 3 (a gritar): O gajo está a levantar-se.

Voz N.º 1: Caralho. Sai daí.

Levantei outra vez o ecrã do portátil. A imagem demorou dois segundos a encher o ecrã.

Havia um homem sentado no chão, a estrebuchar, os braços sacudidos em todas as direcções, como cobras atiçadas, e a voz do homem partida, uma raiva sem força e as palavras desfeitas. E a cabeça caída para a frente, como se o seu peso fosse insustentável. Parecia bêbado. Ou drogado. Ou as duas coisas. Usava um anoraque amarelo e uns calções de ganga e estava descalço. O cabelo e a barba eram como uma juba à volta da cabeça. Tentava arrastar-se. No entanto, tinha as pernas atadas, a corda apertada junto aos tornozelos, a outra ponta da corda amarrada a um poste. Depois, alguém apareceu no plano da câmara, vindo da direita, e parou a uns dois metros do homem. Era um rapaz. Tinha a boca e o nariz tapados com um lenço, mas não tive qualquer dificuldade em identificá-lo: era o Vasco.

Foda-se.

Eu sei. Lamento muito, Almodôvar.

Voz n.° 1 (do puto que estava a filmar): Cuidado.

O homem grunhiu e esticou-se para o puto, que continuou quieto, a olhar para ele. Parecia um mau filme de *zombies*.

Depois, outro puto, com a cara descoberta, apareceu no plano, arrastando atrás de si um caixote do lixo. Não tenho a certeza, mas pareceu-me o puto que estava a mijar no Ávila, naquele dia, quando eu e o Xavier aparecemos no parque de estacionamento, a cabeça rapada, uma argola grossa na orelha, magro.

O Vasco e o outro rapaz seguraram no caixote e, devagar, inclinaram-no sobre o homem no chão. O homem afastou-se, como uma lagarta, a rastejar. Mas parou quando o lixo começou a cair-lhe em cima e encolheu-se, ficou apenas à espera de que passasse.

O caixote ficou vazio num segundo. Já não era possível distinguir as formas do homem no chão: havia apenas lixo, um monte de lixo, e o homem estava ali, algures.

Eles largaram o caixote no chão. O Vasco inclinou-se sobre o homem e gritou:

Vai-te foder, bêbado do caralho.

O outro deu um pontapé nas pernas do homem. O puto que estava a filmar riu-se, um riso nervoso.

Depois o vídeo chegou ao fim.

E eu tinha os olhos inundados, Almodôvar, uma tristeza imensa, a voz enraivecida do teu filho ressoando à minha volta, os seus berros cravados no fundo da minha memória para sempre. E uma questão impossível de resolver: como é que o Vasco encontrou em si a força para desprezar um ser humano daquela maneira? Imagina o ódio que ele teve de reunir no peito para ser capaz de falar assim. Não existe explicação aceitável para aquilo que ele fez. Merda, devias ter estado connosco, com ele. Isto não teria acontecido. Tenho muita pena.

Para além disso, o mundo não precisava daquilo. O que aqueles miúdos andavam a fazer era horrível. Repara, todos os dias, milhares de milhões de pessoas acordam, saem à rua, cruzam-se, tocam-se, falam-se, e há um esforço permanente para que tudo corra bem, estamos todos juntos nisto, se não for assim nunca será possível sobrevivermos. Mas um momento como aquele – três putos, um caixote do lixo, um homem embriagado, atado no chão, uma câmara –, a carga negativa daquele momento, podia bastar para deitar tudo a perder.

Havia vários vídeos, o Xavier tinha encontrado seis, mas é possível que existissem mais. Não vi os outros – não queria essa energia negra a atravessar-me os olhos. Perto das três da manhã, a insónia doía-me nos pensamentos e decidi ligar ao Xavier. Ele estava acordado, o Xavier está sempre acordado. Perguntei-lhe o que havia nos outros vídeos. Ele respondeu:

Putos, homens bêbados, putos a baterem nos homens bêbados, a gritarem com eles, a arrastarem-nos por uma perna, a despirem-nos, a deitarem-lhes lixo em cima, a mijarem-lhes em cima, a cuspirem-lhes em cima, a largarem-lhes folhas de jornal a arder em cima, a espicaçarem-nos com paus, a atarem-nos, a insultarem-nos, a sufocarem-nos com uma esfregona na boca. Há de tudo.

São sempre os mesmos?, perguntei.

Pelo menos, quatro ou cinco são os mesmos.

Reconheces algum?

Do parque de estacionamento?

Ou de outro lugar qualquer.

Do parque de estacionamento reconheço três. Só isso. Eu não saio de casa, Daniel. Porquê? Tu reconheceste algum?

Não, menti. Acho que não.

Temos de fazer alguma coisa.

Não. Não temos.

Vamos à Polícia com isto.

São putos, Xavier.

São homens, Daniel.

Desligámos.

O facto de o Xavier não ter reconhecido o Vasco nos outros vídeos não significava que ele não estivesse lá. Talvez o Xavier já não se lembrasse do teu filho. Há quanto tempo não o via? Procurei lembrar-me de uma ocasião em que tivesses visitado o Xavier e levado o Vasco contigo. Se aconteceu, eu não estava presente. Não fui ver os outros vídeos. Já tinha visto demasiado. Pensei: vou falar com ele, mas não agora. Precisava de tempo, Almodôvar. Havia uma náusea profunda a ondular na minha garganta, quase terror – de me aproximar, de me meter no meio de tudo aquilo. Não era capaz de fazer nada antes que essa sensação passasse.

Mas fui ver o Ávila, considerei que pelo menos isso podia fazer, confirmar que continuava vivo e depois seguir em frente. Encontrei-o sem dificuldades numa tasca que o Xavier me indicou. Estava de pé, encostado ao balcão, entre dois velhos, os três a olharem para cima, para a televisão pendurada num gancho na parede. Estavam a ver ciclismo, trinta ou quarenta homens em cima de bicicletas a pedalarem num esforço imenso para subirem uma colina. Ninguém falava, como se não acreditassem no que aqueles homens estavam a fazer, como se não conhecessem as palavras para comentar algo tão extraordinário. Toquei-lhe num ombro e ele voltou-se, sorriu quando me viu, mas não me reconheceu. Estava muito bêbado. Sentámo-nos numa mesa.

O Xavier anda preocupado consigo, disse-lhe.

É bom rapaz, o Xavier. Devia sair mais à rua.

Disse aquilo com um ar muito sério, não percebi se era uma piada. Ainda assim, ri-me.

Estávamos por baixo da televisão. Os olhares dos dois velhos ao balcão largaram o ecrã e desceram até nós, as suas expressões perdidas numa sombra fria provocada pela luz branca do tecto. Ali dentro nunca era de dia.

Você está bem?, perguntei.

O Ávila encheu as bochechas de ar e, com as mãos um pouco trémulas, fingiu apertar o nó de uma gravata imaginária. Não disse nada.

Aqueles miúdos não voltaram a incomodá-lo?

Quais miúdos?

Os do parque de estacionamento.

Já esqueci isso. O que é que uma pessoa há-de fazer? Vive-se um dia de cada vez e pronto. Não é?

Ele fez a pergunta mas não ficou à espera da minha resposta. Levantou a cabeça para o empregado, um homem gordo, completamente careca, de braços cruzados sobre o balcão, o queixo apoiado nos braços, a olhar também para a televisão, e pediu dois copos de vinho branco. O homem não se mexeu. Disse apenas:

Sirvo-te quando pagares os três que já bebeste.

O Ávila respondeu: Pago-te quando tirar a carteira do bolso. Mas ainda é cedo.

Depois voltou-se para mim, o olhar vago, estático, a boca encovada num sorriso patético, a cabeça oscilando devagar como se tivesse corda. O cabrão queria que me chegasse à frente, que me oferecesse para lhe pagar o próximo copo de vinho. Já não bastava ter-lhe salvo a vida.

Repara, Almodôvar: estava tudo errado. O Ávila não era uma vítima, era só mais uma sanguessuga a viver à conta do sistema, da piedade dos homens, da justiça da sociedade. Uns putos mijaram-lhe em cima. E depois? Não é nada comparado com aquilo que ele nos anda a fazer há anos, a beber quantidades obscenas de vinho, a fazer broches em casas de banho públicas aos paneleiros casados a troco de misérias sobre as quais não paga impostos, a viver do dinheiro do Xavier e sabe-se lá de quem mais. Anda a mijar em nós há anos. Quando é que desistir se tornou aceitável? Nós eramos melhores do que isto, havia uma força imensa nos nossos espíritos, o lado físico das coisas não era suficiente para nos travar a vontade. Olha para nós agora. O problema já não é sequer andar cada um a lutar para seu lado. O problema é a quantidade de pessoas que já não lutam sequer.

Sabes porque é que eles fizeram aquilo?, perguntei.

São miúdos, respondeu o Ávila num tom académico. Ficou uns segundos calado e, quando finalmente voltou a falar, a voz dele parecia espuma, desintegrava-se em cada sílaba: Eu sei como são os miúdos... vi muitos crescerem a fazerem asneiras... a meterem-se em coisas que deixariam o Diabo de olhos em bico... se lhes dessem um botão para rebentarem com o mundo, não hesitariam em carregar... e olha agora... são homens... são mulheres... vivem por aí... fazem parte disto...

Eles não estão no caminho certo...

Não existe um caminho certo... já devias sabê-lo... e, além disso, eles vão voltar aos eixos... voltam sempre... ou quase sempre... mas quando isso acontecer... serão pessoas... como tu... e como eu...

Ri-me, Almodôvar, alto, uma gargalhada sincera, profunda. A ousadia daquele gajo, ele acreditava que eu e ele éramos o mesmo género de pessoas, ele não percebia a distância entre nós, os incontáveis patamares entre as nossas existências.

Entretanto, disse-lhe, enquanto não se tornam pessoas como eu, andam por aí a mijar em cima de si.

Foi azar.

Não foi azar. Ia acontecer, mais cedo ou mais tarde. Acredite em mim, não foi azar. Se eu e o Xavier não tivéssemos chegado a tempo.

Obrigado.

Isso não vale nada. Se continua aqui, se não aprendeu a lição, então a sua gratidão não tem qualquer valor.

Os olhos dele tremiam. Pensei que fosse chorar. Mas não era isso. Ele estava a empreender um esforço tremendo para os manter abertos, para não se deixar arrastar pelo sono.

Da próxima vez, não vamos estar lá, ameacei.

Ele acenou com a cabeça, um movimento quase involuntário. Ficámos em silêncio. Passaram alguns minutos. Senti o desconforto da cadeira, o suor na minha camisa. O calor dentro daquela tasca era sobrenatural. Não admira que o Ávila e os outros velhos passem o dia a emborcar copos de vinho branco gelado, a arrefecer o corpo, a adormecer os sentidos, uma magia contra outra magia. De repente, sem perderem a apatia que lhes enchia os olhares, os dois velhos ao balcão começaram a bater palmas na direcção da televisão. O Ávila, por instinto, acompanhou-os no aplauso. Eu inclinei-me e espreitei o ecrã: dez ou doze ciclistas tinham caído uns sobre os outros, no alcatrão restava para resolver um quebra-cabeças de corpos e bicicletas. Os velhos continuaram a bater palmas durante quase um minuto, o tempo que demorou aos ciclistas levantarem-se, desenredarem o novelo de bicicletas e montarem outra vez. Olhei para o Ávila. Já não batia palmas, estava sentado muito direito, a cabeça caída sobre o peito, os olhos fechados. Eram onze e meia da manhã. No entanto, ali dentro isso era absolutamente irrelevante, ali dentro o tempo não era uma dimensão.

Talvez devesse ter ficado e esperado que o Ávila acordasse, talvez ele ainda tivesse algo para me dizer, alguma coisa que me fizesse entender e acreditar que ainda olhava para a frente e descobria caminhos possíveis, que pelo menos, de alguma forma irresponsável e inconsequente, procurava esses caminhos, não tinha desistido. Mas fui-me embora. O Ávila que se enterrasse vivo no calor daquela tasca. O problema não era meu.

125

Nesse dia, cheguei à farmácia atrasado para o trabalho, quase vinte minutos, não me lembro porquê. O doutor Sacadura disse:

Daniel, isto é inadmissível.

Eu sei. Mas é a primeira vez que chego tarde. Não volta a acontecer.

Não estou a falar disso. Estou a falar do seu carro.

O quê?

Vi-o passar esta manhã. É naquilo que anda a fazer as entregas?

É o meu carro, doutor Sacadura.

Não é um carro, Daniel. É um destroço.

Alguém se queixou?

Estou eu a queixar-me.

Assim que possa, ponho o carro na oficina.

Assim que possa? Quando será?

Não lhe consigo dar uma data concreta.

Esta semana?

Talvez esta semana seja muito cedo.

Este mês?

Não sei. Assim que possa.

Assim que possa talvez seja tarde demais.

Mas é assim, Almodôvar. É assim que nos tornamos mais fracos e lentos: perdemos o sentido de orientação, deixamo-nos distrair com merdas cuja importância na hierarquia das coisas deste mundo é quase nula. Eu andava a fazer um bom trabalho, entregas em tempo recorde, horas extraordinárias, uma gestão das receitas médicas e dos pagamentos irrepreensível, já para não falar no sorriso invencível na hora de bater à porta dos clientes. Mas o cabrão resolveu implicar com a única coisa que havia para implicar; não por alguém ter ficado insatisfeito com o serviço, nem por estarmos a receber menos encomendas por causa do estado do meu carro; era apenas uma formalidade. Só que é assim, Almodôvar, é assim que travamos o processo.

126

As duas primeiras horas foram pesadas, fiz nove entregas, seis delas eram medicamentos para doentes crónicos. À excepção de uma senhora octogenária que me abriu a porta de calças de ganga e uma *T-shirt* a dizer Algarve com a expressão singela de quem acabou de chegar ao mundo, todos pareciam assombrados por uma ameaça secreta e iminente, como se fossem reféns de alguém escondido na casa e não pudessem falar sobre isso. Não tenho a certeza se essas pessoas que me recebiam à porta e me pagavam eram os próprios doentes para quem levava os medicamentos, é bem possível que não. Excepto a senhora octogenária. Ela mesma me contou que estava muito mal, cancro do pâncreas, apontou com o dedo para o lugar no seu corpo onde o tumor se instalara e passou a mão sobre a *T-shirt*, como se fizesse festas a um animal. Depois, quando eu estava a regressar à farmácia, a Marta ligou-me.

Tens de vir este fim-de-semana, disse, a voz contida, uma calma forçada.

Almodôvar, a Marta havia deixado de fazer perguntas sobre o estado das minhas finanças ou sobre a minha procura de emprego – sabia que era motorista de uma farmácia mas não em que condições. Quase já não falávamos sobre nós, sobre o futuro. Mas eu não via os meus filhos há três meses e isso começava a preocupá-la. No mês anterior, ela havia insinuado pela primeira vez que a minha ausência começava a deixar marcas no Mateus e na Flor, que eu devia ir vê-los assim que possível. Uns dias mais tarde, voltou a falar do assunto, sugeriu que os miúdos viessem passar um fim-de-semana comigo. Expliquei-lhe que isso era impossível, ela quis saber porquê, eu apenas adiantei que as coisas estavam complicadas, que ainda não havia condições para os receber na minha nova casa. Não ficou convencida, porém, não insistiu. Nas semanas seguintes, a conversa repetiu-se várias vezes, uma espécie de jogo, a bola a saltar de um campo para o outro, eu sempre à defesa, ela claramente a perder a paciência. E eu queria tanto ir, Almodôvar.

127

As saudades dos meus filhos ardiam-me nos olhos. Mas estava a viver com quase nada. Quando comecei a trabalhar na farmácia tinha em atraso dois meses da prestação de uma casa que já não era minha e restavam-me menos de cento e cinquenta euros para me aguentar até receber o ordenado. Só a viagem de comboio até Viana custaria quase metade disso.

Este fim-de-semana estou a trabalhar, respondi.

Não importa, Daniel. Arranja-te. Tens de vir. Isto não está a correr bem.

O que é que aconteceu?

Aconteceu que cheguei a casa e o teu filho de nove anos rapou o cabelo, e não estou a falar de cortar o cabelo à escovinha, espetado, isso até lhe ficaria bem, com a cara redonda que tem. Não é isso. Ele está careca, usou uma das minhas giletes, um amigo da escola ajudou-o.

E porque é que ele fez isso?

Quando lhe perguntei, respondeu que se quer converter ao budismo e que isto faz parte do processo.

Lembrei-me da conversa que tinha tido com o Mateus naquela manhã, antes de arranjar o emprego na farmácia. Não tínhamos voltado a falar sobre o assunto.

Ele quer ser mais feliz, disse eu.

Não estou a perceber.

Ele quer ser budista porque acha que assim vai conseguir ser mais feliz.

Ele disse-te isso?

Sim.

Quando?

Há coisa de um mês.

E não me contaste nada?

Não me pareceu que fosse necessário.

O teu filho diz-te que é infeliz e tu achas que...

O Mateus não disse que era infeliz. Na verdade disse que era muito feliz. Só que queria ser mais, queria ser cem por cento feliz.

E que é que tu lhe disseste?

Expliquei-lhe que ninguém pode ser cem por cento feliz.

Porque é que disseste isso, Daniel?

É verdade. Ninguém é cem por cento feliz. Há sempre qualquer coisa que te estraga as contas.

Quais contas, Daniel? Qual verdade? Eu não tenho tanta certeza daquilo que estás a dizer. E, mesmo que fosse verdade, o Mateus tem nove anos, não precisa de saber o que é impossível no mundo.

Ela tinha tanta razão, Almodôvar. Por isso eu só disse:

O cabelo cresce.

Não admira que a Flor não queira estudar mais, suspirou a Marta.

Que história é essa?

Ela disse-me que já falou contigo sobre isto.

Não me lembro dessa conversa.

Ela diz que não vale a pena.

Como é que não vale a pena? Ela é a melhor aluna da escola. Foi sempre a melhor aluna da escola. Se ela quiser, pode tornar-se cientista e descobrir a cura para a morte.

As palavras dela foram: no futuro vamos ser todos escravos, disse a Marta.

Ela está acordada?

Está.

Chama-a lá.

A Marta disse o nome da Flor, não muito alto, como se ela estivesse mesmo ali, a dois ou três metros. No entanto, passou quase meio minuto até a Flor falar. Pensei no que lhe ia dizer, o meu discurso de pai, como é que ela podia sequer considerar isto? Ela tinha todas as opções diante de si, podia fazer qualquer coisa e tudo o que se propusesse fazer concretizar-se-ia, havia uma garantia absoluta no seu sucesso. A minha certeza disso era profunda.

Podes explicar-me o que se passa?, perguntei.

Posso.

A Flor tem esta capacidade de controlar a voz, de nunca mudar de tom, seja qual for a situação, ela acredita tanto no valor das suas palavras que acaba por desprezar qualquer tipo de entoação.

Então diz-me, paras de estudar e fazes o quê? Vais trabalhar?

Eu não vou parar de estudar. Só não vou estudar tanto. Não vale a pena...

Claro que vale, Flor.

Porquê?

Porquê? Porque tudo o que aprenderes agora um dia será de alguma forma útil para resolveres problemas, qualquer tipo de problemas, no teu trabalho, na tua família, na tua cabeça, terás mais opções, serás uma pessoa mais apta para enfrentar as coisas difíceis da vida.

Isso não é verdade. Há milhões de pessoas no mundo que estudaram e agora estão desempregadas, ou infelizes, ou magoadas, ou sozinhas...

Mas também há milhões de pessoas que estudaram, esforçaram-se por chegar longe, e por causa disso hoje têm vidas boas.

Talvez. Mas o mundo está a mudar, pai. Daqui a dez anos ninguém vai ter uma vida boa... A não ser que seja chinês.

Chinês?

Os chineses vão mandar em tudo. Nós não vamos ter outra opção senão obedecer. Vamos acabar por nos tornarmos escravos dos chineses.

Onde é que ouviste isso?

Por aí.

Eu vou a Viana. Eu vou a Viana e falamos os dois.

Já estamos a falar os dois.

Despedimo-nos. A Marta veio ao telefone.

Então?, disse.

Então o quê?

130

Conto contigo este fim-de-semana?

Não consigo, Marta. Não consigo mesmo. No próximo, tens a minha palavra, no próximo estou aí.

E se eles fazem alguma asneira, Daniel?

Não vão fazer nenhuma asneira. Eles estão bem.

Mas, Almodôvar, eu não tinha a certeza. Acreditava com todos os meus músculos que eles estavam bem. Mas não é a mesma coisa, pois não? É isso que fazes aí dentro? Convences-te, obrigas-te a acreditar que cá fora continuamos todos bem? És mesmo capaz de eliminar da tua imaginação todos os cenários negros possíveis?

Um gajo faz o que pode para não enlouquecer.

És um filho-da-puta de sangue frio, és um réptil.

Tu não vias os teus filhos há meses e eu...

Mas falávamos todos os dias, sabia o que se estava a passar.

Não foste vê-los.

Eu não podia. Não tinha dinheiro. Acho que é fácil compreender.

Claro que podias. Pedias à Marta que te pagasse a viagem, ou ao Xavier, ou até à Clara.

É verdade. Mas eu pensei: mais uma semana e recebo da farmácia, espero mais uma semana e vou ver os meus filhos.

E foste? No fim-de-semana seguinte, foste ver os teus filhos?

Vai-te foder, Almodôvar. Não sabes do que estás a falar. E o teu tom irónico é muito despropositado.

Essa semana passou muito depressa. Eu estava tão concentrado. Tentava não pensar no Vasco ou no Xavier. Os dias quase não me tocavam, o meu único objectivo todas as manhãs era chegar à noite com o espírito intacto. Mas falava com a Marta, ela contava em poucas frases o estado das coisas, eu repetia-lhe a promessa de estar lá em poucos dias e ela não dizia nada, uma descrença profunda na minha palavra. E eu pensava: o que é que aconteceu? Ela conhece-me, vivemos juntos um terço das nossas vidas, ela sabe quem sou, sabe aquilo de que sou capaz. O que é que mudou?

O meu plano era apanhar o primeiro comboio para Viana no sábado de manhã, chegar por volta da hora do almoço, passar dois dias com a Marta e os meus filhos, regressar na segunda de manhã. Almodôvar, parecia simples. E, no entanto, nunca aconteceu.

Nesse dia, o telemóvel tocou muito cedo, passava pouco das seis. Eu estava acordado, vestido, pronto para sair. No ecrã do telemóvel havia apenas um número, nenhum nome. Pensei: É um emprego – embora fosse sábado e ninguém telefonasse a um sábado por causa de um emprego. Assim que atendi, ouvi vento, um sopro agudo, longo. E depois, atrás do vento, alguém disse:

Daniel?

Sou eu.

É o Vasco. O filho do Almodôvar.

Aconteceu alguma coisa ao teu pai?

Não. Não sei... tu disseste que eu podia ligar-te.

Disse?

Naquele dia... disseste que, se eu precisasse de ajuda, podia ligar-te.

Onde é que estás?

Não sei. Numa praia.

Numa praia? Qual praia?

Não sei. Na Costa de Caparica. Podes vir buscar-me?

Acreditas nisto, Almodôvar? Era o teu filho. Eu pensei imediatamente: não vou fazer isto, o puto que se amanhe sozinho, eu tenho a minha vida para resolver.

Liga à tua mãe, disse-lhe. Se quiseres, eu ligo.

Já liguei. Não atende.

E começou a chorar. O cabrão do puto começou a chorar.

Vasco, ouve. Vasco, pára com isso e ouve. Procura um café ou um restaurante. Senta-te e vai tentando ligar para a tua mãe. Quando ela atender, explica-lhe tudo e ela vai buscar-te. Eu não posso ajudar-te.

Há um restaurante... consigo vê-lo daqui, mas...

Vai até lá. É cedo, mas talvez haja alguém. E, se não houver, esperas que chegue alguém.

...

Vasco? Estás aí?

Não consigo.

Não consegues o quê?

Ir ao restaurante. Andar...

Não consegues andar?

Tenho vidros nos pés e... sangue e...

Foda-se, Vasco.

Almodôvar, estás a ouvir isto? És capaz de compreender o que estava a acontecer? Para o caso de não seres capaz, aqui vai: o cabrão do teu filho estava a foder-me a vida. O facto de tu não estares cá naquela manhã para ele te telefonar a pedir ajuda estava a foder-me a vida. O que quer dizer que tu me estavas a foder a vida. As pessoas pedem ajuda sem perderem um minuto a pensar nas implicações desse gesto, uma certeza incrível de que estamos sempre prontos para largarmos aquilo que temos nas mãos e irmos. E, se não formos, foda-se, se não formos, somos uns filhos-da-puta sem coração...

Onde é que estás, Vasco?, perguntei. Em que praia estás?

Estou na Costa de Caparica, mas não sei o nome da praia.

Dá para aguentares até eu chegar?

Sim. Acho que dá.

Então aguenta.

Almodôvar, eu pensei: eu consigo fazer isto, esqueço o primeiro comboio da manhã, meto-me no carro com a mala e, em menos de quinze minutos, atravesso a ponte e estou do outro lado do Tejo, posso chegar à Caparica antes das sete da manhã, depois procuro o puto, com sorte encontro-o depressa e estou outra vez em Lisboa por volta da nove, deixo-o em casa, vou directo para a estação e apanho o comboio das nove.

E foste?

133

Claro que fui.

Obrigado.

Vai apanhar no cu, cabrão.

Enquanto conduzia através da cidade liguei para a Clara, ela não atendeu, enviei-lhe três mensagens escritas – não queria preocupá-la e ao mesmo tempo queria. Quando cheguei à ponte, liguei para o Vasco, disse-lhe que tentasse perceber em que praia se encontrava, o nome do restaurante, qualquer sinal, placa ou ponto de referência.

Cinco minutos depois liguei-lhe outra vez. Ele atendeu a grunhir, como se fosse um animal a imitar uma pessoa a falar. Não entendi exactamente todas as suas palavras, mas percebi que estava a arrastar-se pela areia até ao restaurante.

Estás longe?, perguntei.

Estou.

Achas que chegas lá a rastejar?

Acho que não. Também tenho vidros nas mãos e nos joelhos.

A sério? Foda-se, Vasco. Foda-se.

...

Dá-me qualquer coisa para me orientar. Vês prédios?

Não. Não há prédios.

Então?

O restaurante... é branco e azul... e há um pau de bandeira sem bandeira... e uma passadeira...

Está bem, já percebi, disse eu. E tornei a desligar.

Ele estava a descrever todos os restaurantes de praia da Costa de Caparica.

Acelerei. Quando cheguei à vila não parei, se ele não via prédios então teria de estar numa das praias mais adiante. Cheguei à primeira praia pouco depois das sete. No parque de estacionamento havia dois automóveis e uma autocaravana. Estacionei, saí do carro, corri pela passadeira até ao restaurante, avistei o areal, o mar agitado, o sol a rasar a água, o horizonte ainda sombrio. Havia um rapaz a correr na praia, uma mulher sentada muito perto da beira-mar, quieta, de pernas cruzadas a olhar para as ondas, dois surfistas a fazerem o aquecimento, prontos para entrarem no mar. Percorri o areal com os olhos. Não o encontrei. Liguei-lhe de novo.

Vês alguém? Aí onde estás, vês alguém?

Não. Não há ninguém.

Desligámos. Corri para o carro e continuei viagem até à praia seguinte. Percorri a passadeira de madeira até ao restaurante, olhei para o areal. Uma mulher de uns sessenta anos passeava descalça, com os sapatos na mão. Voltei para o carro. Na praia seguinte não havia ninguém, a extensão de areia entre as dunas e a água parecia nunca ter sido pisada por pés humanos. Imaginei o Vasco tombado, o corpo dele coberto de areia soprada pela ventania, camuflado, invisível. Fiquei dois ou três minutos à procura do corpo do teu filho. Depois liguei-lhe.

Se estiveres de costas para o mar, de que lado está o restaurante?

Lado esquerdo.

Perscrutei o lado esquerdo da praia. Ele não estava ali. Segui para a praia seguinte, onde ele também não estava. E depois continuei a percorrer a estrada parando em cada praia à procura do teu filho. Perto das oito, voltei a ligar-lhe.

Tens a certeza de que estás na Costa de Caparica?

Acho que sim.

Mas tens a certeza?

Não.

Foda-se, Vasco.

Lembro-me de ter pensado por um instante: e se não o encontro? Posso estar nisto o resto do dia, saltando de praia em praia, a contornar a costa portuguesa. Isso não era uma opção, Almodôvar. Não sei dizer exactamente quando, mas, a certa altura, teria de desistir, voltar para trás e deixá-lo lá, onde quer que estivesse.

Depois parei o carro num parque de estacionamento e segui por uma passadeira de madeira que, uns cinquenta metros adiante, bifurcava. Continuei pela passadeira da esquerda. Caminhei mais cem metros e cheguei à praia. O restaurante estava fechado – parecia até abandonado. Olhei o areal, o lado esquerdo. Havia alguém estendido a uns duzentos metros do restaurante. Não se mexia, podia ser qualquer pessoa, podia ser a roupa de alguém que tivesse ido dar um mergulho. Na parte da frente do restaurante, voltada para o mar, havia uma varanda, ampla, o chão torto. Subi as escadas e aproximei-me do parapeito para ver melhor. Gritei:

Vasco... Vasco... Vasco...

A pessoa deitada na areia permaneceu imóvel.

Liguei ao Vasco.

A pessoa finalmente mexeu-se, encostou a mão à cabeça.

Daniel?

Não me ouves gritar o teu nome?

A pessoa na areia levantou a cabeça e depois o tronco e voltou-se na minha direcção. Era ele.

Desculpa, disse. Adormeci.

Não queres ser salvo?

Claro que quero.

Não parece.

Desliguei e caminhei até ele. Não se mexeu e ficou a ver-me aproximar.

Almodôvar, se não tiveres o coração preparado então não oiças o que vou contar, porque o teu filho era um escombro. Estava descalço, os pés cheios de cortes, alguns vidros ainda cravados fundo na carne, a pele coberta por uma pasta de sangue e areia. Também havia sangue nas calças, à altura dos joelhos e nas palmas das mãos, e a *T-shirt* estava rasgada. E a cara dele, a pele da cara dele estava branca, os lábios roxos e as covas dos olhos negras, como se estivesse morto há horas.

Em redor não havia nada, a não ser o círculo preto daquilo que havia sido uma fogueira, uma cadeira de esplanada tombada e, um pouco mais adiante, um corredor de vidros – vinte ou trinta garrafas de cerveja partidas – dois metros de cacos a brilharem ao sol avançando na direcção do mar. Estás a ver o filme, Almodôvar? O teu filho, o nosso Vasquinho, o menino tão atinado que vocês criaram, largou mão dos neurónios, armou--se em faquir e fodeu os pés.

Tirei o casaco e dei-lho para se aquecer, é possível que estivesse perto da hipotermia. Ajudei-o a levantar-se, ele gemeu uma vez mas depois calou-se, engoliu a dor. Perguntei-lhe se sabia onde estavam os sapatos e respondeu que não tinha a certeza, mas era possível que os tivesse atirado ao mar.

Porquê?, perguntei.

Ele encolheu os ombros.

Segurei-o por baixo de um braço para o ajudar a caminhar. Mas sempre que pisava o chão, sobretudo com o pé direito, soltava um grito e os joelhos falhavam-lhe. Por isso peguei nele, levantei-o sobre o meu ombro e carreguei-o até ao carro. Deitei-o no banco de trás, sobre a manta que estava a tapar o buraco feito pelo fogo no estofo. Dei-lhe água, ele bebeu mais de metade da garrafa, quase um litro, e enquanto ele bebia eu liguei outra vez à Clara.

A tua mãe não atende.

Eu sei. Está a trabalhar.

Eu pensei: foda-sefoda-sefoda-se.

Entrei no carro e conduzi de volta a Lisboa. Quando chegámos à ponte, o Vasco já ia a dormir. Passava das nove da manhã. Fiz contas ao tempo. Já não seria capaz de apanhar o comboio das nove e meia. Nem o das dez. Mas o do meio-dia era possível.

Entrámos em Lisboa e fomos directos ao hospital. Estacionei o carro num parque de estacionamento. Estávamos muito longe da entrada das urgências. Sacudi o Vasco. Ele acordou e imediatamente o seu rosto contorceu-se de dor. Ajudei-o a sair do carro, levantei-o de novo sobre o meu ombro e carreguei com ele até às urgências.

Havia muita gente à espera, uma mulher cheia de sacos levantou-se para que o Vasco se sentasse. Ele encolheu-se na cadeira, os pés de lado para que as palmas não tocassem no chão, os olhos fechados. Uma velha – o lado direito do rosto inchado e negro como se tivesse levado com uma frigideira na cara – olhou para o Vasco e depois para mim, um olhar de indignação, como se me responsabilizasse pelo estado do teu filho. Sentei-me na única cadeira disponível da sala, três filas atrás do Vasco. Enviei uma mensagem à Clara a contar o que se passava. E outra à Marta para explicar o meu atraso. Nenhuma delas respondeu.

Passou uma hora, dificilmente conseguiria estar na estação ao meio-dia. Pensei: apanho o das duas.

Chamaram o Vasco. Trouxeram uma cadeira de rodas. Levantei-o e sentei-o na cadeira. Ele estava a dormir e não acordou. Empurrei a cadeira até à sala da triagem. Um enfermeiro sacudiu-o por um braço. Ele não reagiu. Depois olhou para mim e perguntou o que é que ele tinha.

Eu respondi: Vidros nos pés, nos joelhos e nas mãos.

Não é isso, disse o enfermeiro. O que é que ele tem? Porque é que não acorda?

Acho que bebeu. Acho que está bêbado.

O enfermeiro levantou-se e tirou do bolso da camisa azul uma lanterna. Disse:

Segure-lhe a cabeça.

Fiz o que ele pedia. Ele debruçou-se e, com uma lanterna, inspeccionou os olhos do Vasco, como se estivesse a tentar ver para dentro do cérebro. De repente, levantou a cabeça e olhou para mim. Disse:

Está inconsciente. Só bebeu ou também tomou alguma coisa?

Alguma coisa?

Drogas?

Não sei.

Não cheguei a dizer nada. Ele meteu-se entre mim e a cadeira e empurrou o Vasco através de uma porta de mola.

Passou outra hora, ninguém apareceu para me explicar o que estava a acontecer. Comecei a pensar, a recapitular cada gesto meu naquela manhã. Teria sido possível chegar mais cedo à praia onde ele estava? Claro que sim. E se tivesse chegado mais cedo? Talvez fizesse diferença, talvez a situação não se tivesse agravado tanto. A culpa era minha? Foda-se, não. E se eu tivesse falado com ele naquele dia, se tivesse deixado o carro arder até explodir, se lhe tivesse dito que as coisas não eram assim tão más, ou que eram más mas que a possibilidade de se tornarem boas era enorme, que... Foda-se, a culpa não era minha. Estás a entender isto, Almodôvar? A culpa não era minha. Não tenho de andar a tapar os buracos que deixaste abertos.

Falei com uma enfermeira. Sem nunca olhar para mim, respondeu que ia tentar saber o que tinha acontecido. Quarenta minutos depois, apareceu e disse:

Fizeram-lhe uma lavagem ao estômago. Já acordou.

E os vidros?

Não sei nada sobre os vidros.

Posso vê-lo?

Pode. Eu levo-o lá. Espere aqui, que já o venho buscar.

Passou mais meia hora. Nunca conseguiria apanhar o comboio das duas.

O meu telemóvel tocou. Era a Clara, a voz muito acelerada, como se tivesse dificuldades em respirar.

Como é que ele está?, perguntou.

Não sei. Ainda não me deixaram vê-lo.

Vou agora para aí.

A enfermeira apareceu a chupar um rebuçado, uma bochecha mais redonda do que a outra.

Peço desculpa, disse-me. Fui almoçar. Não comia nada desde as oito da manhã.

Era uma e meia da tarde. Entrámos num corredor muito comprido, mais de cem metros. Havia uma fileira de macas com doentes encostadas à parede. O Vasco estava deitado numa das macas, perto de um balcão onde não havia ninguém. Estava acordado, o olhar confuso, um aspecto horrível, como se tivesse morrido de verdade e tivessem acabado de o ressuscitar. Tinha os pés, as mãos e os joelhos enrolados em ligaduras. Por cima dele havia um saco de soro e sabe-se lá mais o quê com ligação directa a uma veia no seu braço esquerdo. Só me viu quando parei ao lado dele. A enfermeira disse-me que esperássemos ali por um médico e foi-se embora. O Vasco fechou os olhos. Ficámos uns minutos calados. Depois o Vasco falou. Sabes o que é que ele disse, Almodôvar? Disse:

Não digas nada ao meu pai.

Não, espera. Não foi assim. Primeiro perguntou:

Vou morrer?

Eu respondi: Não.

E então ele pediu: Não digas nada ao meu pai.

Ficámos outra vez calados. Dez minutos depois passou uma médica que parou ao meu lado a olhar para um papel na mão. Disse:

Barbitúricos. A dose não era excessiva, mas por causa do álcool foi suficiente para o deitar abaixo. Podia ter sido muito pior.

Disse aquilo devagar e olhou para mim com a expressão determinada, como se «pior» fosse um termo clínico.

Quando é que tem alta?

Já.

Já?

Sim. Já. Não há motivo para passar cá a noite. O estado dele é seguro, o pior já passou. Precisa de descanso. Só isso.

Acho que ele devia ficar.

Não há razões para isso, disse ela. E foi-se embora.

Com a ajuda de uma enfermeira, passei o Vasco para uma cadeira de rodas. A Clara ligou. Já estava no hospital. Combinei com ela na entrada das urgências.

Ela viu o vosso filho, Almodôvar, e ajoelhou-se à frente da cadeira para o abraçar. Ele ergueu os braços, num reflexo, com medo de que ela o magoasse nas mãos. Ela chorou durante um minuto agarrada ao Vasco. Depois limpou as lágrimas, levantou-se e olhou-o em silêncio, como se assim pudesse entender tudo o que se havia passado. Então voltou-se para mim.

Obrigada, Daniel.

Não tens de agradecer. Tu e o Vasco sabem que podem contar comigo.

É por isso mesmo que tenho de agradecer. Não quero imaginar o que teria acontecido se não tivesses ido buscá-lo.

Não vale a pena pensar nisso. Ele está bem. Tem de descansar. Amanhã estará como novo.

Ela olhou para o filho, parecia tentar perceber se o que eu estava a dizer era mesmo possível.

Consegues andar?, perguntou-lhe.

O Vasco fez que não com a cabeça.

A Clara ficou a olhar para ele durante muito tempo, imóvel, os braços caídos ao longo do corpo, os lábios muito apertados. Depois voltou-se outra vez para mim e disse:

Daniel, eu tenho de voltar para o trabalho. Podes levá-lo a casa?

A clínica está aberta ao sábado?, perguntei.

Não. Vou para casa de uma senhora, uma velhota, oitenta e sete anos, que já quase não sai da cama e que precisa de alguém que tome conta dela. Faço as noites e os fins-de-semana.

Olhei para o Vasco, tentei imaginá-lo sozinho todas as noites e todos os sábados e domingos, de alguma forma impossível de conceber, isso teria implicações no resto da sua vida.

Podes levá-lo a casa?, repetiu a Clara.

Olhei para o relógio. Eram duas da tarde, o comboio seguinte partia às sete.

Posso, respondi.

Podes ficar lá com ele?

Até às seis e meia. Depois tenho de sair. Vou para Viana hoje.

Ela acenou com a cabeça e apenas disse:

Obrigada.

Chegámos a vossa casa já perto das três. Ajudei o Vasco a despir a roupa rasgada, húmida e imunda. Parecia exausto. Mesmo que não tivesse as mãos ligadas não teria força para vestir o pijama sozinho. Limpei-lhe os restos de areia e sangue que ainda tinha no cabelo. E depois ajudei-o a deitar-se. Adormeceu imediatamente.

Sentei-me no sofá da sala e liguei à Marta. Contei-lhe a história, minuto por minuto, todos os detalhes, para que percebesse que a culpa daquela situação não era minha.

Estou à espera da Clara, expliquei. Quando ela chegar, saio. Estou aí por volta das onze.

Pareceu-me uma promessa sensata, Almodôvar. Só que nesse momento eu ainda não sabia que a Clara não ia chegar.

Esperei quase três horas e depois liguei-lhe.

Daniel, não posso sair daqui enquanto não chegar alguém, explicou ela. A senhora não pode ficar sozinha.

Quando é que vai chegar alguém?

Não sei. A filha vive em Setúbal. Disse que ia tentar falar com a enfermeira que trabalha aqui de dia durante a semana.

Eu tenho de ir, Clara. E o Vasco não pode ficar sozinho.

Eu sei. Mas isto é o meu trabalho. Não posso perder este trabalho. E não posso deixar a senhora sozinha. Se acontece alguma coisa, eu sou responsável.

Mas é o teu filho, Clara. E eu tenho de ir.

Eu sei, repetiu. Vou para aí assim que conseguir.

Desligámos.

Fiquei à espera, ainda acreditava que era possível, a Clara chegaria e eu iria voar pela cidade e estaria na estação no último minuto antes de o comboio partir.

Às sete menos vinte, liguei de novo à Clara.

Vou sair, disse-lhe. Vou sair agora e o Vasco fica sozinho umas horas até tu chegares. Quando é que chegas?

Não sei, Daniel. Ainda não me disseram nada. Mas faz isso. Vai-te embora. Assim que eu puder, vou para casa.

Almodôvar, para que saibas, a Clara só voltou para casa na segunda-feira. Mas o teu filho não ficou sozinho esse tempo todo. Eu fiquei e estive sempre com ele.

5,7. Djibouti, Egipto, Mongólia, Nigéria, Portugal, Roménia

É possível, Almodôvar, que neste momento do meu relato te faça falta uma recapitulação daquilo que realmente se passou. De modo que aqui vai.

Na Primavera de 1966, o teu pai, um jovem andaluz filho de sapateiro, noctívago e irrequieto, que gostava de saltar a fronteira para vir caçar moças portuguesas em pleno voo – julgo ser essa a expressão que ele mesmo utilizava –, descobriu-se em Lisboa, deitado no catre duro e frio de um quartinho exíguo de uma pensão junto ao rio onde as putas iam tratar dos seus negócios. Estava às avessas com uma febre alta que o apanhara à saída de uma descomunal bebedeira. Não possuía quaisquer conhecimentos nesta cidade, pelo menos ninguém de confiança a quem pudesse recorrer naquele momento de aperto. E nunca lhe passou pela cabeça ligar para Sevilha a pedir ajuda ao pai. Manteve-se horas a boiar num delírio pastoso, sobrevivendo à custa de uns comprimidos que trazia sempre na carteira e de uma resiliência que, parece-me, tu não chegaste a herdar; e, ao segundo dia de febres, para não morrer com dívidas por saldar – a sua honestidade foi sempre o seu selo de garantia –, desceu à recepção da pensão e pagou os cinco dias que passara ali e mais três: o tempo que considerou que aguentaria antes de a febre o vencer.

Eu conheço a história, Daniel.

Eu sei. Só que mesmo assim quero recordar-ta.

O teu pai pagou e começou a subir as escadas para regressar ao quarto e de repente, ao pisar o terceiro degrau, uma tontura assaltou-o e deixou-o em desequilíbrio. Não aguentou o embate e desmoronou-se como se fosse feito de areia. Já não foi capaz de se levantar. O rapaz que nesse dia estava na recepção da pensão era honesto e, com uma parte do dinheiro que acabara de receber, pagou um táxi que levou o teu pai ao hospital.

Era o início de uma pneumonia. Esteve internado dez dias. Apesar da febre que teimava em não descer, apesar do quarto partilhado com mais sete homens atravessados por múltiplas maleitas, apesar de não fazer ideia de como voltaria para Espanha – o dinheiro que lhe restava daria para atravessar o Tejo e pouco mais –, não foram dias maus. Conheceu a tua mãe, uma enfermeira diligente e de poucos sorrisos que lhe dedicou mais horas do que as necessárias e o ajudou a traduzir para português os seus piropos castelhanos. Apaixonou-se por ela e ela deixou-se apaixonar: como é que poderiam ter sido dias maus? Foi aí que tudo começou.

Casaram-se cinco meses depois, num dia de muita chuva. Havia aquela fotografia, em casa dos teus pais, na mesinha de três pernas, ao lado do telefone: o teu pai com o ar mais feliz deste Universo, a tua mãe, sem sorrir, com a cabeça encostada no ombro dele, uma segurança incrível nas virtudes do mundo. E depois a sapataria. Ao que parece, o teu pai, do meio do vendaval que foi a sua juventude, aprendeu alguma coisa do ofício do teu avô. Além disso, a tua mãe teve sempre a frieza de espírito para acalmar os ímpetos ao marido: era uma parceria perfeita, não teve por onde falhar, pelo menos durante muitos anos. Passaste uma infância cheia de pompa, eras o filho do dono da sapataria, o miúdo que aparecia todos os meses na

146

escola com sapatos novos e viajava duas ou três vezes por ano para Itália, para França, para Buenos Aires, acompanhando o pai às feiras de calçado mais famosas do Planeta. E, apesar de todo esse aparato, não eras um idiota. Pelo contrário: eras um gajo tão fixe, toda a gente gostava de ti: eu tinha tanto orgulho em ser teu amigo, em passear contigo pelos corredores da escola, em ser teu colega de carteira, em ser recebido em tua casa.

Tu também acreditavas na sapataria, na eternidade do negócio. Dizias – repetindo as sentenças do teu pai –: «Ninguém quer andar descalço.» O teu pai adoeceu e tu foste a correr tirar aquele curso de meio ano em gestão e comércio. Aprendeste todos os chavões do bom vendedor, as velhas técnicas de *marketing*, os mais sofisticados artifícios de finança empresarial. Como se a sapataria fosse um negócio de milhões. É possível que, na tua cabeça, o fosse. De alguma forma, o teu pai passou para ti a certeza inabalável no sucesso da sapataria. E, quando começaram a construir o centro comercial a cinco ruas da vossa loja, vocês riram-se, eu estava lá nesse dia, jantámos aquele rolo de carne que a tua mãe fazia. Vocês acreditavam que um centro comercial seria um promotor de comércio no bairro, que todos sairiam a ganhar. A vossa ingenuidade era desarmante. Ou talvez soubessem perfeitamente o que se ia passar e não fossem capazes de encontrar alternativa à fé que tinham na sapataria.

Foi uma morte demasiado lenta. Aguentaste o negócio quase duas décadas. Nos últimos anos, falecido o teu pai, despedidos todos empregados, carregavas sozinho a loja, uma façanha inglória. Mas nunca te queixaste. Pelo contrário: de alguma maneira, a vida continuava a encher-te as medidas. E conseguias multiplicar-te, todos te tínhamos: a Clara, o Vasco, a tua mãe, o Xavier, eu, a trupe de amigos que sempre te seguiram incondicionalmente, encontravas sempre tempo e disponibilidade para dedicar a quem aparecesse.

Depois tiveste a ideia do *site*. Convenceste-me a mim e ao Xavier. Meteste lá todo o dinheiro que te restava no banco – embora nós não soubéssemos disso. Seria a tua salvação. Mas não só: um *site* onde as pessoas se ajudam umas às outras seria algo muito parecido com o teu legado para o mundo, a tua maneira de viver aplicada à sociedade a uma escala apenas permitida pela tecnologia da nossa era. Só que o *site* não resultou e tu foste assaltar uma estação de serviço. Tiveste o descaramento de ser apanhado em flagrante e ir preso.

A sapataria fechou – sabias que a sapataria fechou? É verdade que deixaste poucas dívidas para trás, mas, mesmo assim, a Clara não tinha como manter o negócio a funcionar. Não sei se declarou falência. Sei que há papel de jornal a forrar o vidro das montras e que lá dentro as prateleiras estão vazias. Não sei o que fizeram aos sapatos que restavam. Seja como for, o pouco dinheiro que ainda tiravas da sapataria antes de seres preso fez falta em vossa casa. A Clara começou a fazer turnos duplos na clínica. Depois, quando percebeu que assim nunca seria capaz de pagar as contas do mês, arranjou outro emprego, à noite e aos fins-de-semana, em casa de uma octogenária que raramente saía da cama: ajudava-a nas tarefas do quotidiano, dava-lhe banho, administrava-lhe a medicação, fazia-lhe companhia. Saía da clínica, ia a correr a casa jantar com o Vasco e às nove já estava sentada ao lado da cama da velhota, as duas a ouvirem uma rádio católica qualquer. Dormia em casa apenas uma ou duas noites por semana.

De forma que o vosso filho ficou largado a si mesmo, conheceu as pessoas erradas – acontece a muitos na adolescência – e, sem qualquer tipo de supervisão, acabou numa praia da Costa de Caparica feito um escombro humano. Ligou à mãe e, quando ela não atendeu, ligou para mim. Depois, é quase matemático: por causa dos cortes nos pés, o Vasco não conseguia andar e, por causa dos cortes nas mãos, não conseguia alimentar-se ou ir à casa de banho. Que é o mesmo que dizer: não podia ficar sozinho. A Clara não podia cuidar do vosso filho porque estava a cuidar de uma velha que mal tinha como se agarrar à vida. E eu já estava ali, portanto fiquei. E, por causa disso, não pude ir a Viana ver a Marta e os meus filhos.

Almodôvar, és capaz de ver o fio que une todos estes acontecimentos há quarenta anos? Parece tão simples, tão linear. Se em algum momento da história tivesses parado para olhar em frente, tenho a certeza de que terias percebido sem dificuldades o que aí vinha. Facilmente terias interrompido a tempo esta cadeia de acções e reacções. E, então, talvez nos tivéssemos salvo. Só que não aconteceu.

Naquele sábado, em tua casa, enquanto o Vasco dormia e a luz do dia se esgotava depressa dentro do apartamento, liguei à Marta e contei-lhe o que sucedera. Falei cheio de indignação: a injustiça da situação, a negligência da Clara, tu e a tua ausência sem sentido, a falta de tino do Vasco. Eu queria que ela soubesse que nos encontrávamos do mesmo lado. Não foi difícil, a minha indignação era real. Fiquei à espera de que me apoiasse no que acabara de lhe dizer, mas quando ela finalmente falou foi apenas para saber do Vasco. Eu repeti aquilo que a médica no hospital me dissera, esforcei-me por utilizar todos os termos clínicos de que me lembrava, isso pareceu-me importante para justificar o facto de já não poder ir a Viana. Ela ficou em silêncio. Eu perguntei:
Estás zangada?
Estou, respondeu.
Comigo?
Não quero ter esta conversa agora, Daniel.
Eu amo-te.
Eu sei.
Desligámos. Pensei pela primeira vez na possibilidade de as coisas entre mim e a Marta já terem chegado ao fim há muito tempo sem nenhum de nós se ter apercebido.

149

Por volta das nove, abri o frigorífico. Estava vazio. No congelador, havia vinte ou trinta refeições pré-prontas. Aqueci no micro-ondas uma lasanha vegetariana, que depois comi de pé, encostado à bancada da cozinha. Quando terminei de jantar, fui ver o Vasco. O teu filho continuava a dormir como se nunca mais fosse acordar. Pus-lhe a mão na testa, estava com febre. Não deu conta da minha presença e não se mexeu quando lhe meti na boca dois comprimidos – um para as dores de estômago, o outro para lhe baixar a febre – e lhe dei água para o ajudar a engolir. Estendi um cobertor na alcatifa, ao lado da cama dele, deitei-me e tapei-me com um edredão que descobri no roupeiro do teu quarto. Dormi aos solavancos e acordei mais cansado do que quando me deitara.

De manhã cedo, falei com a Clara pelo telefone. Disse-me que continuava sozinha com a velha, talvez conseguisse arranjar alguém que a substituísse por um par de horas para poder ir jantar a casa.

Esse domingo demorou muito a passar. Eu não queria estar ali, aquela casa estava cheia de ti, Almodôvar, e eu queria avançar, deixar-te para trás. Liguei a televisão. Passei os canais, não me demorei em nenhum, nada daquilo era importante, ou então eu já não sabia ver televisão. Liguei à Marta. A Flor é que atendeu. Pedi-lhe desculpa por não ter podido ir a Viana. Ela riu-se e disse:

Nós é que devíamos estar aí contigo.

Almodôvar, ela não estava zangada comigo. Ou talvez estivesse, mas não quisesse dizer-mo. A minha filha tem esta capacidade de estar de bem com o mundo que eu sempre desejei tanto para mim. A Flor não exige o que não tem e chora pouco as suas perdas. Ela sabe que a vida dura o tempo suficiente para que no fim tudo tenha valido a pena.

O Vasco dormiu até às seis da tarde. Quando acordou, dei-lhe à boca uma refeição de bacalhau com natas e outro comprimido de paracetamol. Levei-o ao colo até à casa de banho, ajudei-o a despir as calças e a sentar-se na sanita. Depois limpei-o. Nenhum de nós disse uma palavra. Deitei-o de novo na cama e ele adormeceu em minutos.

A Clara chegou pouco depois das oito. Tinha um aspecto terrível, o rosto dela parecia derretido, os olhos gastos. Abraçou-me e agradeceu-me. Ficou muito tempo agarrada a mim, como se fosse adormecer ali, de pé, com a testa apoiada no meu ombro e a mala pendurada na mão. Eu queria dizer-lhe que aquela situação havia ido longe demais, o vosso filho andava à deriva pelo mundo sem conhecer os sinais certos para se guiar, a cena na praia podia ter corrido mal, ela tinha de falar com ele, passar mais tempo com ele, ensiná-lo a orientar-se. Mas depois ela largou-me e foi até ao quarto do Vasco. Entrou, sentou-se na cama e ficou apenas a olhá-lo. Passado um minuto, deitou-se ao seu lado, aconchegou a cabeça na almofada. Eu estava à porta do quarto e, antes de fechar os olhos, ela sussurrou-me que a acordasse por volta das dez. Fiquei um instante. Pensei: ela nunca vai falar com ele, enquanto o Almodôvar não estiver aqui, ela nunca terá força para dar sentido à vida do filho. A culpa não era dela.

Às dez da noite acordei-a. Ela beijou a testa do Vasco e saiu da cama devagar. Já no corredor, disse-me:

Preciso que fiques aqui mais uma noite. Podes ficar?

Onde é que vais?

Tenho de voltar para o trabalho, respondeu. Podes ficar?

Posso.

Diz-lhe que estive aqui.

Agradeceu-me e saiu.

O Vasco acordou pouco depois. Havia espanto na sua expressão, como se não reconhecesse o próprio quarto. Mas parecia refeito, fresco, a febre passara. Disse-me que estava outra vez com fome e eu descongelei uma paelha. Ajudei-o a sentar-se na cama e pousei-lhe o prato no colo. Enquanto lhe dava a comida à boca, conversámos durante uns minutos. Falámos de

151

ti. Contei-lhe daquela madrugada em que tu e eu saltámos os muros do Jardim Zoológico e andámos a passear às escuras ao pé daqueles animais todos, o chimpanzé que te apertou a mão através das grades da jaula, as catatuas que desataram numa algaraviada quando nos sentiram aproximar, o susto que apanhámos quando os dois guardas apareceram e pensámos que eram ursos que andavam à solta. Ele sorriu durante um segundo e, depois de um longo silêncio, disse:

O que é que achas que vai acontecer quando o meu pai sair da prisão?

Eu pensei: Vamos todos morrer um bocadinho. Porém, respondi:

Quando ele sair, vamos fazer uma festa. E depois a vida continua.

Ele acenou com a cabeça durante muito tempo, como se quisesse acreditar profundamente naquilo que eu dissera mas não fosse capaz.

A tua mãe esteve aqui, disse eu. Deitou-se ao teu lado e adormeceu.

E depois foi-se embora, balbuciou o Vasco.

Não sejas assim. Ela está a fazer o melhor que pode.

Então o melhor não é suficiente.

Isso não é justo. Até o teu pai voltar, está tudo em cima dela. Esta casa. As contas que há para pagar todos os meses. Tu.

Eu?

Tu. E, se não estás satisfeito, podes começar a ajudar. Vais fazer dezasseis anos, não é? Tens idade para ganhar dinheiro. E é da maneira que deixas de andar por aí a fazer asneiras.

Almodôvar, o teu filho voltou a cabeça para o outro lado, mas eu continuei a dar-lhe a comida à boca. Ficámos calados até ele acabar de comer. Depois perguntei:

Queres contar-me o que aconteceu na praia?

Não.

De quem foi a ideia de caminhar descalço sobre vidro?

Foi uma aposta.

Uma aposta, ri-me. Pelo menos ganhaste?

Ele levantou os braços e mostrou-me as ligaduras enroladas à volta das mãos. Perguntou:

O que é que achas?

Acho que és mais esperto do que isto. Foda-se, o que é que estavas a fazer na Costa de Caparica com aqueles gajos?

São meus amigos.

São os mesmos que estavam contigo naquele dia, no parque de estacionamento?

Ele não respondeu. Eu continuei:

Não percebo, Vasco. Queres ser amigo daqueles gajos? Vocês andam por aí a bater em pessoas. Não percebo.

Eu estava em cima da carrinha. Tu viste, não bati em ninguém.

Naquele dia não bateste em ninguém. Mas eu vi os outros vídeos. Foda-se, fizeste merda. Agora, pelo menos, não sejas cobarde e admite o que aconteceu.

Almodôvar, os olhos do teu filho tremeram e cintilaram, um esforço enorme para não chorar. Ele ia falar, mas eu não deixei.

Tu não eras assim, Vasco. Mas agora, por causa dos teus amigos, bateste em homens que não sabiam defender-se. Por causa dos teus amigos, tornaste-te esse género de pessoa. Eu percebo, estás zangado. O teu pai não está cá. A tua mãe quase não pára em casa. A vida é mais difícil do que antes. Mas nada disso justifica o que andas a fazer com aqueles gajos.

Nós não andamos sempre a fazer merda. Somos amigos...

Foda-se, eles não são teus amigos. Deixaram-te na praia. Vieram-se embora e deixaram-te lá com os pés e as mãos cortados, ao frio.

Ele encolheu os ombros. E eu podia ter dito tanta coisa, um discurso inteiro sobre o que são os verdadeiros amigos, quase uma tese, podia ter falado sobre nós, eu, tu e o Xavier, a confiança e o respeito e outras merdas do género. No entanto, resumi tudo com:

Filhos-da-puta.

Ele riu-se, um curto sopro que lhe saiu pelo nariz. E, após um instante de silêncio, disse:

Eles estão lixados comigo.

Porquê?

Eu tirei uma coisa que era deles... Eles descobriram.

Uma coisa? Que coisa?

Não interessa.

Claro que interessa. Que coisa?

Dinheiro.

Quanto dinheiro, Vasco?

Quase trezentos euros.

Trezentos euros? Pensei que eram teus amigos. Não podes roubar os teus amigos. Como é que roubaste trezentos euros?

Tirei-os da carteira de um gajo que vende pastilhas aos miúdos dos colégios.

Perfeito. A tua mãe vai adorar essa história. Já para não falar no teu pai.

Não. Não lhes podes contar.

Já vemos isso. E agora?

Agora ele quer o dinheiro de volta.

Foi por isso que te deixaram na praia?

Foi.

Vasco, dá-lhes o dinheiro e não voltes a meter-te com esses putos.

Não posso. Gastei-o.

Em quê?

Comprei um telemóvel e uma consola de jogos portátil.

Foda-se, a sério...? O País está a afundar-se depressa, estamos todos a tentar manter-nos à tona, uma luta diária, injusta para muitos. Mas tu apanhas-te com trezentos euros, que nem sequer são teus, e a primeira coisa que fazes é comprar um telemóvel. É por causa de tipos como tu que o mundo chegou a este momento tão triste da história. Sabes quanto tempo algumas pessoas conseguem viver com trezentos euros? Meses. A tua mãe poderia resolver vários problemas com esse dinheiro.

Ele não respondeu. Apenas olhou para mim, um ar de desamparo imenso no rosto.

Não posso ajudar-te, expliquei. Desculpa. Mesmo que quisesse. A minha vida também não anda fácil. Não tenho esse dinheiro.

Ele fez que sim com a cabeça. E eu acrescentei:

Vende o telemóvel e a consola. Na Internet. Na escola. Vende essas coisas depressa e devolve-lhes o dinheiro. E depois atina-te, concentra-te, a vida é mais importante do que julgas. Se o teu pai aqui estivesse…

Mas não está.

Pois não. Mas estou eu. E vais resolver esta merda, Vasco. Não quero tornar a saber que voltaste a fazer asneira. O mundo e as pessoas merecem mais respeito da tua parte.

Almodôvar, de repente, o teu filho pareceu-me pequeno, uma criança que mal andava. Não havia mais nada que eu pudesse dizer, ele teria de aprender sozinho a partir dali. Por isso calei-me e saí do quarto, dei-lhe espaço e tempo para que as minhas palavras assentassem na sua cabeça.

Por volta da uma da madrugada, ele teve outra vez febre. Dei-lhe os comprimidos, água, uma bolacha. Ele pediu-me que ficasse ali até adormecer. Fiquei.

Na manhã seguinte, a Clara apareceu cedo, ainda não eram oito horas, para ficar com o filho. Era segunda-feira mas pedira folga na clínica. Estava muito cansada, quase não falou. E, no entanto, a sua presença encheu a vossa casa de uma esperança que antes não estava lá.

Quando me despedi do Vasco, não lhe disse nada sobre a nossa conversa da noite anterior. Ele olhou para mim, um olhar irrequieto, quase envergonhado. Ficámos assim durante um instante. Depois fui-me embora.

Na sexta-feira seguinte, cumpridas as minhas quatro horas a fazer entregas para a farmácia, meti-me no carro e conduzi os quatrocentos quilómetros até Viana do Castelo. Foi uma extravagância, claro, a mesma viagem de comboio teria custado metade do que paguei em gasolina e portagens. Mas àquela hora já não havia comboios para Viana e eu não queria esperar mais uma noite. Queria que a Marta voltasse a acreditar em mim, que soubesse que eu estava a tentar fazer tudo por nós, que não os tinha largado da mão, ela e os miúdos eram ainda o mais importante. Durante a semana, não tínhamos falado sobre a possibilidade de os ir ver no fim-de-semana e só quando já me encontrava a uns cem quilómetros de Lisboa é que lhe enviei uma mensagem dizendo estar a caminho. Sabia que ela esperava alguma coisa de mim, uma palavra que resolvesse tudo, que a olhasse sem pressas e a ajudasse a encontrar nos meus olhos a certeza de que o mundo, o nosso mundo pelo menos, ainda tinha solução. Mas, Almodôvar, eu estava tão cansado. Eu não queria resolver nada. Eu só queria estar com eles, rir com eles, tocar-lhes, naquele momento isso era suficiente para me sentir outra vez normal.

Cheguei a Viana pouco depois da meia-noite. A Marta estava acordada à minha espera. Levou-me até à cozinha e beijou-me devagar na boca, como se tivesse ensaiado muito aquele momento. Acreditei que talvez já não estivesse zangada, a partir daquele beijo poderíamos construir-nos outra vez. O Mateus apareceu, os olhos meio fechados de sono. Tinha a cabeça rapada, não estava completamente careca, restava-lhe uma penugem áspera. Abraçou-me a cintura, a sua cara afundada no meu peito. Sem abrir a boca, sentou-se à mesa da cozinha e abriu o portátil. Usou o rato durante uns minutos sem tirar os olhos do ecrã. Depois disse:

Boa noite.

E voltou para a cama. A Marta explicou-me que havia várias semanas que ele jogava na Internet um jogo em tempo real. O jogo consistia em gerir um aviário virtual. De modo que, a qualquer hora do dia ou da noite, ele tinha de estar disponível para controlar uma população sempre crescente de galinhas, patos e perus, tomar conta da produção dos ovos e regatear a venda de aves e ovos, tudo para que o negócio funcionasse com a máxima eficiência. Por essa altura, ia em cerca de oitenta horas de jogo e, pela pontuação obtida até então, estava em décimo sexto lugar numa tabela de mais de cento e vinte mil jogadores; era dono de trinta e dois aviários e de mais de dois milhões de aves; tinha criado poderosas alianças com alguns dos jogadores mais fortes em competição e a sua produção começava a ditar o preço dos ovos no mercado virtual. Enquanto a Marta falava, senti o coração tremer, como se o meu filho tivesse acabado de saltar para um mar cheio de ondas gigantes.

De manhã, encontrei a Flor no pátio à frente da casa dos meus sogros, deitada numa espreguiçadeira a ler um livro, qualquer coisa no Palheiro. Riu-se para mim mas não se levantou, e eu baixei-me e beijei-lhe a testa. Sentei-me ao lado dela no chão. Conversámos: o meu trabalho na farmácia, o acidente de automóvel de seis viaturas em que a sua professora de Língua Portuguesa estivera envolvida, o seu novo corte de cabelo, as saudades que ela sentia do calor, o vento de Viana do Castelo, os bons amigos que fizera em tão pouco tempo: tudo somado parecia tanto. Depois apontei para o livro que ela tinha pousado no colo.

O que é que estás a ler?

É um romance.

E os jornais?

Já não leio jornais. Já não leio nada que seja real.

Porquê?

Já sei como acaba.

Como é que acaba?

Não acaba bem.

Almodôvar, era só uma miúda de treze anos a falar, mas foi isso mesmo que me assustou. Eu queria muito responder

157

qualquer coisa que arrasasse com aquela declaração da minha filha. Mas estar ali, com ela, a ouvir a sua voz, era demasiado bom, eu não queria perder isso. Mais tarde nesse dia, a Marta contou-me que, naquela última semana, a Flor quase não tinha aberto os livros da escola; o ano lectivo estava a terminar e era possível que os resultados dos exames finais não fossem os melhores. Quando falei com a Flor sobre o assunto, ela disse apenas:

Se é assim tão importante para vocês, então vou ter boas notas nos exames. Mas isso não vai mudar nada.

Era a resposta que eu queria ouvir. Só que ao mesmo tempo não era.

Depois do jantar, o Mateus ligou o computador e guiou-me numa visita exaustiva aos aviários. Havia um orgulho quase pedante na forma como me apontava todos os dados estatísticos do seu negócio milionário, as maiores transacções, os picos de produção. Passada quase uma hora, encostei a minha cara à cabeça dele. Disse-lhe:

Gosto do teu cabelo assim, a picar.

Ele largou o rato, olhou para mim.

Mas não é suficiente, suspirou.

Não é suficiente para quê?

Para ser budista. Para ser mais feliz.

O que é que falta?

Falta muito. Comecei a ler um blogue que fala sobre o assunto. É complicado. Quando souber mais, digo-te.

Combinado, respondi.

Mas não lhe disse o que pensava, que esquecesse o budismo e a felicidade, que era ainda uma criança e que as crianças não têm de pensar assim, só têm de viver cada dia como quem está sempre a nascer, e que tudo é bom, a felicidade e a tristeza, a ira e o amor. Tudo conta.

A Marta não voltou a beijar-me o resto do fim-de-semana. Não me pareceu que me quisesse evitar ou que continuasse zangada, mas a verdade é que não me deu outro beijo. No domingo à noite, estávamos deitados na cama, já com as luzes apagadas, e ela disse, como se estivesse a ler as palavras no escuro:

Não podemos continuar assim.

Eu deixei passar uns segundos, o ruído das nossas respirações encheu a escuridão, e então respondi:

Não. Não podemos.

Ficámos em silêncio. Pensei no que dizer a seguir, tinha de lhe dar alguma coisa, queria dar-lhe alguma coisa. Só que a Marta falou antes. Disse:

Não sei qual de nós errou. Mas deixou de fazer sentido. Eu pensei que podíamos ultrapassar esta situação, pensei que éramos mais fortes do que isto tudo, mas a verdade é que de repente já não faz sentido.

O que é que não faz sentido?

Nós. Eu e tu. Pelo menos assim, como estamos, eu aqui com os miúdos, tu em Lisboa, meses sem nos vermos.

Eu sei, tens razão. Mas não vai ser sempre assim. Quando encontrar um emprego decente, muda tudo. Compramos outra casa, ou alugamos, o que acharmos melhor, e vocês voltam para Lisboa, ficamos outra vez os quatro juntos. Quando eu encontrar emprego...

E quando é que isso vai acontecer, Daniel?

Não sei. É questão de esperar, as coisas estão a mudar.

As coisas não estão a mudar. Costumas assistir aos noticiários na televisão? Está tudo a ficar ainda pior.

Eu sei, mas não vou ficar desempregado para sempre. Eu era bom naquilo que fazia, alguém vai reparar nisso.

Podias vir para Viana. Procuravas trabalho aqui, ficávamos juntos aqui.

E, Almodôvar, eu senti o ar esgotar-se à nossa volta. Ela já não acreditava que era possível voltarmos a ter a vida que tínhamos antes.

Podia, respondi. Mas, se em Lisboa não há empregos para mim, aqui haverá ainda menos.

Podias procurar emprego noutra área.

Marta, o meu trabalho é aquilo que sou. E não tenho vontade de ser diferente.

Tu és estafeta de uma farmácia, Daniel.

Sabes bem que é temporário.

Desculpa. Mas então promete-me que vais pensar melhor no que te estou a dizer.

Eu disse que sim, não com a voz, mas com a cabeça. Não tenho a certeza se me percebeu. Depois abracei-a. Ela não se mexeu. Adormeceu quase imediatamente. Eu estive três horas acordado, sem mudar de posição, até que a Marta acordou. Fizemos amor. A escuridão da madrugada tornou tudo mais fácil.

No dia seguinte, depois de almoço, meti-me no carro e conduzi até Lisboa.

Almodôvar, eu não precisava de pensar. Aquilo que disse à Marta, sobre o meu trabalho ser aquilo que sou, era verdade, mas eu estava disposto a saltar por cima dessa premissa a qualquer momento só para poder ficar com ela e com os meus filhos.

Nesse caso, porque é que o prometeste, Daniel?

Para ela a solução era óbvia, ela já não acreditava. Mas eu, sim, a minha esperança continuava intacta. Queria que ela compreendesse isso. Queria que ela soubesse que, ao mudar-me para Viana, estaria a renunciar à minha esperança. Que aquilo que ela me pedia era um sacrifício tremendo.

Daniel, és um idiota. A tua esperança anda a lixar-te a vida há anos e tu ainda não te apercebeste.

A minha esperança, Almodôvar, é a única coisa que me impede de morrer. Mas, ainda assim, eu estava disposto a abandonar essa esperança para que a Marta pudesse recuperar a sua. Naquela segunda-feira, cheguei a Lisboa com um novo plano:

160

trabalhar na farmácia até ao final do mês e acertar contas com os Sacadura, meter tudo no carro, conduzir até Viana do Castelo e então começar a procurar emprego por lá. Era simples. Entretanto continuaria a dormir no escritório, passaria os dias em cafés, bibliotecas, jardins, hipermercados. Almodôvar, ainda não te contei sobre as horas que passava em hipermercados, a empurrar um carrinho, a enchê-lo com champôs, detergentes para todos os tipos de superfície, queijos importados, vinhos, enlatados, camarão congelado, como se tivesse uma casa de família para abastecer, ficava horas a olhar para as embalagens, a ler os rótulos, indeciso na escolha, a seleccionar as melhores peças de carne, o peixe mais fresco, a fruta mais madura, a fazer conversa fiada com os empregados, a sorrir para os outros clientes, e depois, de repente, entrava num corredor qualquer e encostava o carrinho a abarrotar, centenas de euros em compras, e afastava-me, saía do hipermercado de mãos vazias sem chegar a comprar nada. Enfim, o que um gajo se vê obrigado a fazer para se sentir normal.

Mas estava a dizer: tinha três semanas para rematar a vida em Lisboa e rumar a Viana do Castelo. Não fiz nenhuma promessa à Marta, nem sequer lhe contei que o havia decidido. Não queria criar-lhe essa expectativa. Mas a verdade é que estava decidido. Porém, depois aconteceu uma coisa que me obrigou a repensar a minha decisão.

Almodôvar, uns dias depois de ter chegado de Viana, recebi o telefonema de uma agência de emprego onde tinha deixado o meu CV quase um ano antes. Através deles havia conseguido quatro entrevistas de emprego, todas inconsequentes. A primeira coisa que a mulher do outro lado me perguntou foi se ainda estava à procura de emprego. Respondi que sim. E pensei: é agora. Ela começou a falar de um lugar que tinha ficado vago numa empresa que era sua cliente há mais de uma década, uma empresa na área do turismo que procurava alguém competitivo e motivado e dinâmico e que, em troca, oferecia um trabalho estimulante e um salário irrecusável; falou do meu perfil, das minhas habilitações e da minha experiência profissional, elogiou o facto de eu falar três línguas além do português e comentou as lacunas que existiam no meu currículo ao nível dos conhecimentos informáticos, fez-me três ou quatro perguntas acerca daquilo que eu gostaria de fazer em termos profissionais e no final adiantou qualquer coisa sobre a possibilidade real de eu ser um candidato ao lugar em causa. Perguntei qual era a empresa e ela apenas respondeu:

Nesta fase do processo de recrutamento, não posso dizer-lhe.

De seguida, enunciou resumidamente as funções do lugar: criação e implementação de pacotes turísticos, coordenação de uma equipa de comerciais, gestão de conteúdos *on-line*, participação, de forma consultiva, nas decisões estratégicas da empresa. Perguntou-me se estava interessado. Eu respondi:

Claro.

Então explicou que ia avaliar com mais atenção o meu perfil e que, no prazo de uma semana, dependendo do resultado dessa avaliação, me diria se passara ou não à fase seguinte do processo, que consistia numa entrevista com alguém dos recursos humanos da empresa em questão.

Uma notícia boa, finalmente.

Almodôvar, aquilo não era nada. Podia ser o início de alguma coisa, é verdade, mas naquele momento ainda não era nada. Além disso, já tinha acontecido antes. Tens ideia de quantos telefonemas parecidos com aquele recebi no ano anterior? Sabes quantas vezes tive de responder a perguntas sobre as minhas ambições profissionais?

Mas havia a possibilidade de uma entrevista na própria empresa. E eles estavam em processo de recrutamento. Era bom.

Almodôvar, estas empresas estão sempre em processo de recrutamento. Mesmo que não tenham qualquer vaga para preencher. Não lhes custa nada entrevistar candidatos, descobrir que tipo de pessoas há por aí à procura de emprego sem chegarem efectivamente a contratar alguém. Não é muito diferente daquilo que eu andava a fazer nos hipermercados.

Então não era importante?

Não.

Mas disseste que por causa disto repensaste a decisão de ir para Viana.

Não era importante, Almodôvar. Mas era alguma coisa. E eu, nos meus pensamentos, não era capaz de abdicar disso. Como é que podia abdicar disso? Não foi assim que nos ensinaram. Pensa: há quarenta anos, este país não era nada, a ditadura sufocou-nos tanto que quase parámos de respirar e o mundo deixou de dar conta de que ali estávamos, moribundos. Depois salvámo-nos, a vida tornou a fazer sentido, voltámos a fazer parte do mapa. Deram-nos a mão, puxaram por nós, apostaram em nós, disseram-nos que eramos capazes e nós acreditámos. Porque é que não haveríamos de acreditar? De repente estava tudo a acontecer, as palavras «formação», «investimento», «desenvolvimento», abundavam, o País encheu-se de uma riqueza inédita em vários séculos, é possível que não estivéssemos preparados para gerir essa riqueza, mas fez-nos sentir tão bem, tão confiantes. E eles disseram-nos que o futuro seria uma extensão daquele momento da nossa história, no futuro seríamos melhores. Não sabiam o que estavam a dizer, mas nós não sabíamos que eles não sabiam. Por isso aprendemos a acreditar, comprámos carros e casas, metemos os filhos nas universidades, trocámos o nosso dinheiro por acções e obrigações e outros títulos do género, construímos um país novo porque no futuro o velho não nos serviria de nada. O espírito humano é tão permeável, Almodôvar: quatro décadas bastaram para nos convencerem de que podemos sempre acreditar que o destino da humanidade é a evolução constante, que o futuro será sempre um lugar melhor do que o presente. Eu queria muito ter sido capaz de recusar a ideia de que aquele telefonema era o início de uma possibilidade concreta. Mas não fui capaz. Por

163

isso decidi sair de Lisboa apenas depois de saber se passara ou não à fase seguinte do processo de recrutamento.

Isso foi numa sexta-feira. Fiquei à espera de que ligassem da agência durante a semana seguinte. Não ligaram. Mesmo assim, anunciei na farmácia que me iria embora no final do mês. O velho Sacadura olhou para mim, evidentemente perturbado com a notícia, e exclamou:

Eu sabia que isto das entregas ia dar problemas.

E não voltou a falar-me bem até ao meu último dia de trabalho, como se lhe tivesse arruinado o negócio.

Arrumei as minhas coisas todas numa mala e num caixote, ficou de fora o essencial para as necessidades de todos os dias. E estava pronto para partir. Se recebesse o telefonema da agência, iria à entrevista e depois metia a mala e o caixote no carro e ia-me embora.

Como já disse, a mulher da agência não ligou nessa semana. Por outro lado, o Xavier telefonou-me. Não falávamos há mais de um mês mas, assim que atendi, disse-me:

Há uma pessoa que precisa de ajuda, Daniel.

Olá, Xavier.

Há uma pessoa que precisa de ajuda, Daniel.

Só uma?

Foda-se, Daniel. É uma mulher. Na Suíça.

Uma mulher na Suíça? Como é que sabes?

Ela escreveu no *site*.

No nosso *site?*

Ela precisa de ajuda para ir ver o irmão que está no hospital.

Calma, Xavier. Quando é que ela escreveu a pedir ajuda?

Há quatro dias. Mas só hoje é que me apercebi.

E não é a gozar?

Claro que não, Daniel. Porque é que a mulher haveria de gozar com uma coisa destas?

Não sei... Alguém respondeu?

Ninguém.

Quantas visualizações é que a mensagem teve?

Trinta e sete.

A mensagem é em português?

Em português e em francês.

Mas ela está na Suíça?

Quando se registou no *site* foi isso que escreveu no espaço da morada. E é o que diz no pedido de ajuda.

Há mais alguém registado no *site* com morada suíça?

Não há mais ninguém.

...

E agora?

E agora o quê?

Que fazemos?

Não fazemos nada, Xavier. Esperamos que alguém responda a oferecer-se para ajudar.

E se ninguém responder?

Vamos esperar...

A probabilidade de ninguém responder é muito alta, Daniel.

Se ninguém responder, não podemos fazer nada. Xavier, nós construímos esta ponte para que as pessoas se ajudem umas às outras, criámos um caminho que antes não existia. Mas, se as pessoas decidem não usar a ponte, não podemos obrigá-las.

E o que é que acontece a esta mulher?

Não sei. Mas pelo menos demos-lhe a possibilidade deste novo caminho.

Demos-lhe esperança de uma coisa que depois não vai acontecer.

Isso não sabes. Vamos esperar. Mas foda-se, Xavier, o mundo é assim.

...

Vamos esperar. Vamos esperar.

Assim que desligámos, liguei o computador e acedi ao *site*. A mensagem da mulher era o único sinal de actividade nos últimos dez dias. Dizia:

165

O meu nome é Doroteia Marques. Sou francesa, filha de pais portugueses. Tenho 68 anos, vivo em Genebra, na Suíça, desde os 33 e sou paraplégica há seis anos.

Tive uma vida boa. A memória que guardo da minha infância é uma força de felicidade, a nossa casa de dois andares nos arredores de Paris, os meus dois irmãos rapazes, um mais velho do que eu, o outro mais novo. Casei-me com um homem que gostava muito de mim, que sempre me tratou bem e que tomou conta de mim quando precisei; ele morreu cedo, mas de alguma maneira aprendi a viver no espaço que deixou tão vazio. Fui, durante quarenta anos, professora de Geografia, primeiro num liceu em Montpellier, depois num colégio aqui em Genebra. Estudei, aprendi línguas. Viajei pelo mundo várias vezes. Fui sempre muito reservada, fiz poucos amigos – ao contrário do meu marido, que criava amizades para o resto da vida na fila dos Correios – mas isso nunca foi razão para remorsos, pelo contrário, sempre considerei a solidão um sítio bom para se estar. Convivo bem com os meus mortos – os meus pais, o meu irmão mais novo, o meu marido, alguns amigos –, o que é fundamental na minha idade. A paraplegia deixou-me numa cadeira de rodas, sem poder sair de casa sozinha, porém, para sorte minha, tenho o espírito demasiado resiliente para perder o gosto de viver por causa disto. Tenho a Internet, os meus livros e os meus gatos. É suficiente.

Escrevo por causa do meu irmão. Ele vive em Marselha, com a mulher e o seu filho mais velho. É dono de um bar de *karaoke*. Na madrugada de 16 de Maio (há três dias), ele, a minha cunhada e o meu sobrinho fecharam o bar e meteram-se no carro para ir para casa. Tiveram um acidente, um automóvel conduzido por um homem embriagado embateu de frente no deles. O condutor do outro carro teve morte imediata. A minha cunhada também. O meu sobrinho morreu poucos minutos depois, já na ambulância. O meu irmão foi para o hospital. Ainda lá está. Os médicos dizem que é possível que morra também.

Eu quero ir vê-lo. Quero ir ver o meu irmão. Não sei se ele vai morrer, mas quero vê-lo antes de alguma coisa suceder. Mas não posso. Não sou capaz de ir sozinha, com a minha cadeira de rodas, de Genebra a Marselha. Preciso de ajuda. Se alguém puder ajudar-me, a minha gratidão será eterna e absoluta.

Almodôvar, ficas feliz? Afinal, havia alguém que usava o *site* para pedir ajuda, que seguia o seu propósito. Afinal, talvez a tua ideia fosse mesmo genial. A angústia desta mulher traz-te felicidade?

Não sejas parvo, Daniel. O que é que aconteceu? Alguém se ofereceu para a levar a ver o irmão?

Espera, Almodôvar. Há coisas que tenho de te contar antes disso. Porque, nessa semana, o Vasco também me ligou.

Estava aflito. Nos últimos dois dias, o puto a quem ele tinha roubado o dinheiro não parava de ligar para vossa casa: ameaças, silêncios, gritos. A Clara tinha regressado ao trabalho e por isso ainda não se havia apercebido, mas ia acabar por acontecer.

Já tens o dinheiro?, perguntei.

Tenho uma parte. É difícil sem sair de casa. Consegui vender o telemóvel. A consola ainda não.

Dá-lhe o que tens. Diz que pagas o resto depois.

Eu disse. Mas ele não quer saber. Quer o dinheiro todo já. Diz que vem cá, Daniel.

Vasco, ele não pode entrar em tua casa.

Eu sei. Mas diz que fica lá fora, na rua, à espera de que eu saia. E um dia eu vou ter de sair.

Foda-se. Quanto é que te falta?

Cento e oitenta.

Almodôvar, são instantes como este que nos podem lixar a vida sem sequer darmos conta. Queremos muito fazer o que acreditamos ser a coisa certa, sem nos importarmos de perder o pé por um momento. Eu não tinha cento e oitenta euros na minha conta, talvez não tivesse sequer metade. Mesmo assim disse-lhe:

Eu empresto-te o dinheiro.

A sério?

Mas prometes-me que não voltas a andar por aí com esses gajos.

Prometo.

E eu vou contigo. Quando fores devolver o dinheiro, eu quero ir contigo.

...

Vasco?

Está bem. Vens comigo.

Na manhã seguinte, falei com o doutor Sacadura, disse-lhe que tinha razão, que não podia continuar a conduzir o meu carro naquele estado deplorável, que estava disposto a fazer alguns arranjos imediatamente, mas que para isso precisava que me adiantasse parte do meu salário. Ele estava a conferir uma lista de encomendas e não olhou para mim. Disse:

Agora que se vai embora é que decide arranjar o carro.

Eu não respondi. Fiquei à espera. Ele continuou o que estava a fazer, em silêncio, durante quase um minuto. Depois, sem dizer mais nada, levantou-se e foi até à caixa registadora. Tirou de lá duzentos euros em notas de vinte e passou-mos para a mão como se eu estivesse a obrigá-lo a fazer aquilo, como se fosse um assalto.

O Vasco combinou com o puto encontrarem-se naquele mesmo dia depois do almoço. Fui buscá-lo a tua casa. Ainda tinha ligaduras nas mãos e ainda lhe custava caminhar – demorou muito tempo para fazer os vinte metros entre a porta do prédio e o meu carro. Mas parecia animado, parecia um miúdo outra vez, calções e boné e uma mochila pendurada ao ombro, a expressão no seu rosto cheia de força. Fingiu que ia entrar no carro pela janela com o vidro partido. E depois riu-se.

Como naquele filme, exclamou.

Sentou-se ao meu lado e tirou o boné da cabeça. Eu perguntei para onde devia conduzir. E então ele disse:

Lembras-te da rua onde me encontraste? Quando o teu carro começou a arder?

Como é que haveria de me esquecer?

É aí.

O que é que há aí?

Um apartamento no terceiro andar de um prédio.

Almodôvar, segundo o Vasco contou, a história é a seguinte:

O apartamento pertencera a uma alemã que viera para Portugal no início da década porque queria mais sol na sua vida. Ao que parece, há várias fotografias dentro de uma gaveta da cómoda do quarto que mostram uma mulher de quarenta e poucos anos, alta, de ossos largos, o cabelo preto muito curto, um sorriso pequenino e umas mamas gordas dentro de um amplo decote. Sabe-se que dava explicações de alemão em sua casa a alunos do liceu e da faculdade e que os rapazes gostavam dela por causa das mamas, que se roçavam nela quando ela se debruçava sobre eles para lhes corrigir os exercícios, que se levantavam a meio da lição para irem à casa de banho bater punhetas... Estás a ver a cena. E depois, um dia, um puto fez isso, pediu licença, a mão no bolso a esconder a erecção, e fechou-se na casa de banho. Quando voltou, a alemã estava caída no chão, imóvel, de olhos esbugalhados para o infinito, a cadeira tombada. Estava morta. Ataque de coração ou qualquer coisa do género, o Vasco não soube especificar. O puto chamou a Polícia e depois ligou para os pais. Mas queres saber o que fez enquanto esperava que alguém chegasse? Ajoelhou-se ao lado do cadáver, desabotoou-lhe a blusa, libertou-lhe as mamas do aperto do sutiã e bateu mais uma ali mesmo. Os putos têm cada uma. De seguida, meteu na mochila o par de chaves que abria as portas do prédio e do apartamento. A Polícia chegou. O puto prestou declarações, o cadáver foi levado e o apartamento ficou desabitado com todas as coisas da alemã lá dentro. Sabe-se que

169

o puto lá voltou, três meses depois, para se certificar de que a fechadura não fora mudada. E sabe-se que ofereceu a chave do apartamento a dois irmãos que viviam na sua rua em troca de um fato e de uma prancha de *surf*.

Segundo o Vasco, esses dois irmãos tinham entrado pela primeira vez no apartamento da alemã no ano anterior. No início, iam lá de vez em quando, depois das aulas, levavam as namoradas, alguns amigos, jogavam *PlayStation*, fumavam ganzas, bebiam cervejas, organizavam festas. Nunca ninguém apareceu para reclamar o imóvel, nenhum herdeiro da alemã, nenhum banco. Quando chegavam contas do apartamento para pagar, todos contribuíam e tratavam do assunto. E repara, Almodôvar, o prédio era antigo, os restantes apartamentos estavam quase todos vazios, a maior parte precisava de obras grandes, apenas no último andar morava um velhote, mas esse raramente saía de casa. Eles podiam entrar e sair quando lhes apetecesse, podiam fazer o barulho todo que quisessem, não havia ninguém para os controlar. Para qualquer puto de quinze anos, um lugar assim representava uma liberdade extraordinária. Só que para um miúdo como o Vasco, o pai na prisão, a mãe sempre a trabalhar, problemas na escola, aquilo deve ter parecido o último refúgio da Terra. Era nesse apartamento, Almodôvar, que o teu filho passava muitas tardes, até algumas noites. Era ali que tinha estado durante aquelas semanas em que andei às voltas pelo nosso bairro à sua procura.

Estacionámos no mesmo sítio onde o meu carro estava quando os putos atiraram o ramo a arder lá para dentro. Era uma rua pouco movimentada, poucas lojas, uma oficina no quarteirão seguinte, a drogaria mesmo ao lado do prédio da alemã, o homem sentado no banco à porta da drogaria a ler o jornal, o mesmo homem que apagara o fogo dentro do meu carro. E sobre nós as árvores, enormes e verdes. E sobre as árvores o céu muito azul da Primavera. Perguntei ao Vasco:

Como é que sabes que está alguém no apartamento?

Está sempre lá alguém.

Há algum esquema a acontecer lá em cima?

Que tipo de esquema?

Uma plantação. Tráfico.

Claro que não.

Claro que não porquê? Disseste que o dinheiro que rou-baste era da venda de pastilhas.

O gajo a quem roubei o dinheiro faz isso. Mas não aqui. Em discotecas.

Há armas?

Não estás a entender. É uma cena muito pacífica. Pessoal que quer curtir um bocado sem pais, sem professores, sem adultos a chatearem.

Uma cena pacífica?

O Vasco encolheu os ombros. Disse:

Deixa-me subir primeiro. Se não houver problema, dou um toque para o teu telemóvel e sobes também.

Nem penses. Vou contigo.

Eles vão ficar lixados.

Eles já estão lixados.

Entrámos no prédio. A humidade estava por todo o lado, no ar, no soalho amolecido das escadas, nas paredes a desfazerem--se. Subimos depressa, dois ou três degraus de cada vez, cala-dos, mesmo os nossos passos quase não produziam som. No patamar do terceiro andar havia duas bicicletas estacionadas ao lado de um *ficus* a definhar com a falta de luz solar. Além das bicicletas, não havia mais nada que denunciasse a presença de adolescentes num daqueles apartamentos.

O Vasco tocou à campainha e eu senti os ombros treme-rem. E, Almodôvar, até então não tinha percebido que estava com medo. Trinta segundos depois, a porta abriu-se. Do outro lado, havia um rapaz gordo, alto, uma franja comprida sobre os olhos, a cara escavacada pela acne, uma *T-shirt* com o desenho do Homer Simpson sentado no sofá de sua casa, em cuecas, com uma lata de cerveja na mão. Era grande, sozinho podia acabar comigo e com o teu filho em poucos minutos. Olhou para o Vasco e riu-se. Exclamou:

Estás tão fodido.

Depois, de repente, viu-me e parou de rir.

O que é que este gajo está aqui a fazer?, perguntou.

Puto, este é o Daniel. Daniel, este é o Puto, disse o Vasco.

Trouxeste o teu pai para aqui?

Não é o meu pai, respondeu o Vasco. Sai da frente.

Como se fosse dotado de uma força sobrenatural, com uma mão, afastou o Puto e entrou no apartamento. Eu passei também pelo espaço estreito entre o corpo do Puto e a ombreira da porta. Ele olhou para mim e sussurrou:

O Aníbal não vai gostar disto.

Almodôvar, aquele rapaz com corpo de bisonte era inofensivo, talvez não tivesse mais de catorze ou quinze anos.

A entrada do apartamento era um espaço exíguo cheio de roupa, *skates* partidos, um monitor velho, um carrinho de supermercado. Cheirava a marijuana, não como se alguém estivesse a fumar, era um odor mais fresco e suave, como se houvesse erva plantada em alguma das divisões. Talvez o Vasco tivesse mentido sobre isso. As paredes estavam pintadas, grafitis, frases de ordem, mensagens pessoais, palavras soltas, o estuque do tecto e o soalho do chão também, o apartamento era quase um livro. Havia música a tocar, baixinho, uma batida apressada sob uma sinfonia de sintetizadores.

És capaz, Almodôvar, de imaginar o teu filho num lugar assim?

Caminhei atrás do Vasco. O Puto veio atrás de mim. Entrámos numa sala. No meio do chão sobravam os restos de uma fogueira, cinza e carvão e bocados de madeira ainda por arder, o tecto por cima estava completamente negro. Os únicos móveis eram um sofá enorme e um louceiro sem portas. Havia um LCD pendurado com corda da roupa no varão dos cortinados. O ecrã estava aceso e dividido ao meio, um boneco de cada lado, ambos os bonecos de calções e tronco nu e luvas de boxe nas mãos. À frente do ecrã, dois putos, lado a lado, davam socos no ar a uma velocidade frenética. No jogo, os bonecos repetiam cada movimento, embora lhes faltasse a fúria e o ímpeto dos rapazes.

Eles estavam de costas para a porta e, quando entrámos, não se aperceberam. Nós permanecemos quietos atrás deles, em silêncio, até que o jogo terminou e um dos putos levantou os braços e urrou para celebrar a sua vitória, saltitando entre um pé e o outro como se fosse de facto um pugilista e acabasse de participar num combate de boxe. Foi no meio desse festejo que se voltou, nos viu e parou de repente, esforçando-se por recuperar depressa o fôlego. Era ele, Almodôvar, o puto que estava a mijar no Ávila naquele dia, no parque de estacionamento do centro. Ele também me reconheceu, nesse instante os olhos dele abriram-se um pouco mais. O outro puto também nos viu. Era um puto preto, um buço incipiente a crescer-lhe sobre o lábio superior e o maxilar demasiado proeminente. Estava curvado, as mãos apoiadas nos joelhos, a respirar como se fosse cuspir os pulmões. Mesmo assim, conseguiu dizer:

Foda-se... quem é... este... gajo?

O Vasco disse o meu nome. E depois acrescentou:

É meu amigo.

Os putos riram-se. Aquele que vencera o combate sentou-se no sofá e exclamou:

Se é teu amigo, então é nosso amigo.

Os outros riram-se outra vez.

Tenho o dinheiro, Aníbal, disse o Vasco.

Já lá vamos...

Vasco, interrompi, dá-lhe o dinheiro e vamos embora.

O Aníbal levantou um dedo na minha direcção.

Meu, não podes chegar aqui e começar a dar ordens. Não estás em tua casa, disse ele.

Eu levantei os braços para dizer que não queria arranjar problemas. O Aníbal pediu ao Vasco que se sentasse também no sofá. O Vasco sentou-se.

Almodôvar, na minha cabeça, o plano era entrar, cumprimentar toda a gente, deixar o dinheiro em cima da mesa e sair. Dois minutos, talvez menos. Eu fui ali acreditando que a minha presença – um adulto, um homem – seria temida por um bando de miúdos de liceu, por muito doidos que fossem, que o Vasco teria todos os caminhos livres diante de si só por me ter a seu lado. Estava enganado, Almodôvar.

Estas merdas acontecem, começou o Aníbal. Eu percebo, vês ali o dinheiro e o dinheiro olha para ti e é como se falasse, é como se fosse uma gaja a atirar-te piropos do outro lado da rua, e tu tens de ir lá falar com ela e, enquanto trocam uns beijinhos, só pensas em levá-la para casa e ficar com ela para sempre. Eu percebo. Foda-se, eu percebo. Acredita, já me aconteceu. Só que tens de ter cuidado, meu. Tens de ter cuidado, porque a gaja pode ter dono. E, se o dono descobre que a levaste para casa, então estás fodido. E depois, quando dás conta, é de noite e estás numa praia, sozinho, está escuro e frio e tens os pés todos retalhados, tens de te arrastar para sair dali, para não morreres gelado.

Ao meu lado, o Puto estava concentrado a fazer uma ganza e riu-se sem tirar os olhos da mortalha cheia de erva.

Estavas... tão maluco, balbuciou o miúdo preto. Estava de novo a dar socos no vazio entre ele e o LCD.

Foda-se, não voltas a tomar merdas sem saberes como se chamam e para que servem, exclamou o Puto.

O Aníbal riu-se. O Vasco também se riu.

Vasco, disse eu, deixa aí o dinheiro e vamos.

Eu percebo a tua cena, continuou o Aníbal. Mas tu também tens de perceber a minha.

Eu percebo, disse o Vasco.

Não sei se percebes.

174

Claro que percebo. E peço desculpa. Não devia ter feito o que fiz.

Almodôvar, não sei se estás a entender, mas, depois de tudo, o teu filho não queria que aqueles putos ficassem zangados com ele, queria continuar amigo deles.

Então se percebes a minha a cena, disse o Aníbal, sabes que vires aqui devolver o dinheiro não chega. Tens de dar mais.

Por um segundo, o Vasco olhou para mim. Não entendi se queria que o ajudasse a sair dali ou que me fosse embora e o deixasse ficar. De seguida, tirou da mochila um envelope e do envelope os trezentos euros que estava a dever ao Aníbal.

Está aí tudo. Mas não posso dar mais porque não tenho.

O Aníbal pegou no dinheiro e pôs um pé em cima do sofá. Então puxou as calças até ao joelho e guardou as notas na meia.

Eu sei que não tens mais. Se tivesses, não tinhas levado o meu. Mas podes contribuir de outra forma, não é?

Disse isto e olhou para mim, um sorriso conciliador no rosto, como se esperasse que eu o apoiasse naquilo que estava a dizer.

Anda, Vasco, vamos embora, disse eu.

O Vasco não se mexeu, ficou à espera.

Ajudas-me a vender as doses que me sobram na tua escola e não se fala mais no assunto.

Foda-se, exclamei. Já chega.

O Puto passou a ganza ao Aníbal, que segurou naquilo como se fosse uma caneta e se preparasse para escrever no ar com a ponta incandescente. Almodôvar, a minha presença naquele apartamento não produzia qualquer efeito, eles não tinham medo de mim, nem sequer tinham vergonha por eu ali estar a ouvir tudo. O Aníbal deu uma longa passa na ganza. Com o fumo dentro do peito, disse, aspirando cada palavra:

É da maneira que ganhas algum. E tu sabes que te faz falta.

O Vasco acenou com a cabeça. Eu puxei-o por um braço e ele ficou de pé.

Vamos embora, disse-lhe.

Não tens de responder agora. Pensa no assunto, adiantou o Aníbal, uma voz subitamente macia, quase musical. Ele não ia fazer-nos mal. Pelo menos, não naquele dia. Queria apenas apresentar a sua proposta. Eram negócios.

Havia uma nuvem de fumo à volta do Puto, dentro da nuvem o mundo não era o mesmo. Aliás, dentro daquele apartamento o mundo não era o mesmo. Ali naquela sala, as coisas mais incríveis pareciam possíveis. Havia um ímpeto em todos os movimentos daqueles rapazes que os tornava invencíveis. Rir parecia muito fácil. Talvez mesmo a felicidade fosse fácil. Porque para eles o tempo não existia, apenas o instante que estavam a viver contava. Para eles, a vida era um segundo de cada vez. O Vasco tinha todos os motivos para querer ficar ali.

Mesmo assim, quando saí da sala, o teu filho veio atrás de mim – talvez não quisesse desiludir-me, talvez estivesse a pensar voltar mais tarde. E foi quando nos dirigíamos para a porta do apartamento que, do outro lado do corredor, uma outra porta se abriu. E de uma casa de banho, ao som da descarga do autoclismo, saiu a cambalear um homem.

Era o Ávila, Almodôvar. Era o cabrão do Ávila, bêbado até ao tutano, a tentar abotoar as calças, os dedos tropeçando uns nos outros.

Viu-nos. Levantou uma mão para nos cumprimentar e com a outra apoiou-se na parede. As calças escorregaram até aos tornozelos. Ele ficou a olhar para os pés como se tentasse perceber o que lhe acontecera. Podia ser uma cena de comédia num daqueles filmes de adolescentes que passam na televisão aos domingos à tarde. Não era. Só que ao mesmo tempo também não era nenhuma tragédia. Está tudo na nossa cabeça, Almodôvar. Olhamos para o mundo e decidimos rir ou chorar com aquilo que vemos. O mundo só é bom ou mau quando estamos a olhar. Se não estiver ninguém a ver, o mundo é apenas o mundo. Por isso saímos dali.

Deixaste ficar o Ávila para trás?

Não. Ele é que se deixou ficar.

Estava bêbado. Com certeza os putos levaram-no para ali para lhe fazer alguma coisa.

Eu não posso ser responsabilizado por isso.

Podias ter feito alguma coisa.

Eu fiz. Naquele dia, no parque de estacionamento, deixei para trás um aspirador que me custou dinheiro e um emprego para salvar um homem que afinal não queria ser salvo.

Não foi suficiente.

Nunca será suficiente. Podemos sempre fazer mais. Sabemos que há pessoas a morrerem de fome, de doenças tratáveis com os medicamentos mais simples e banais, de frio, de calor, de angústia. Mas não fazemos nada. E eu digo-te: Porque é que não fazemos nada? Temos a nossa própria vida para viver. Isso não pode ser considerado uma coisa má.

Foda-se, Daniel. Pelo menos avisavas a Polícia.

E o Vasco, Almodôvar? Ainda não percebeste. Se os putos descobrissem que tinha falado com a Polícia sobre o apartamento, as coisas iam ficar feias para o lado dele. Já para não falar no facto de o teu filho aparecer em vários vídeos a bater em sem-abrigos.

...

Saí do apartamento e o Vasco veio comigo. Devias ficar feliz por isso.

Quando deixei o teu filho em casa, disse-lhe que não podia voltar a entrar naquele apartamento, e também não podia encontrar-se com aqueles rapazes outra vez. Ele fez que sim com a cabeça, mas havia pouca convicção no seu gesto, ainda era cedo para dizer se faria o que eu estava mandar. Ia sair do carro, mas agarrei-o.

E vende a consola depressa. Estás a dever-me dinheiro.

Ele riu-se. Eu ri-me.

Nessa noite, quando me deitei na minha cama debaixo da secretária, reconsiderei o meu grau de satisfação com a vida.

Pensei, apenas: não é 8,9, claro.

Depois pensei: 7,5? Não. Não.

Depois: 4,5? Podia ser. Mas ainda não.

O Xavier tinha razão: a felicidade é um cálculo com múltiplas parcelas cuja complexidade exige reflexão. Por isso pensei:

os meus filhos longe de mim;

a falta que a Marta me faz;

tu, preso, em silêncio;

os meus dias tão vazios;

as dezenas de currículos que enviei;

todas as entrevistas de emprego a que fui;

a minha casa no meu antigo escritório;

a minha cama debaixo da minha antiga secretária;

as quatro horas diárias a entregar medicamentos;

o dinheiro que já não tenho;

a vida que já não tenho;

a possibilidade de um telefonema da mulher da agência de emprego;

a decisão de ir embora para Viana tanto tempo adiada;

a minha esperança incondicional no futuro;

eu, tu e o Xavier e as memórias que nos ligam para sempre;

a certeza de que um dia o Xavier não aguentará mais;

as noites que não durmo;

as diferentes partes do meu corpo sempre a mudarem;

as minhas dores;

a força que preciso de fazer para me rir;

a minha morte, um dia;

a morte dos meus pais muito antes do tempo justo;

o mundo inteiro a ruir devagar;

a minha velhice ao lado da Marta;

os filhos dos meus filhos;

o meu sangue em constante viagem pelo meu corpo;

cada um dos meus trinta e oito anos;

o Vasco naqueles vídeos;

o desprezo da Flor pelas suas capacidades naturais;

o Mateus e o seu aviário virtual;

o Sol;

o corpo da Marta, nu, sobre o meu;

a vontade que tenho de fazer o que está certo;

todos os meus erros.

Havia mais, claro, a lista nunca será definitiva. Mas pareceu-me suficiente para começar. Atribuí valores e ponderadores a tudo. Somei todas as parcelas. O resultado era 5,7. O meu novo número era **5,7**. Não era um número que me agradasse, era demasiado baixo, não parecia representar-me. Refiz as contas, tentei perceber que valores poderiam ser alterados para que o resultado fosse mais elevado. Mas não me pareceu possível alterar grande coisa.

Liguei ao Xavier.

Ainda não há novidades, disse ele mal atendeu.

Novidades?

Da mulher na Suíça. Ainda ninguém lhe respondeu. Faz amanhã dez dias que o irmão dela está no hospital, Daniel. O tempo está a esgotar-se. Se calhar até já morreu e nós não sabemos. E eu não consigo deixar de pensar nela, todas as manhãs a ligar o computador e a descobrir que não há ninguém disposto a ajudá-la.

Xavier, a responsabilidade não é nossa.

Claro que é, Daniel. Ela não teria qualquer esperança de ir ver o irmão se o nosso *site* não existisse. A esperança desta mulher é responsabilidade nossa.

Como queiras, Xavier. Preciso de te pedir uma coisa.

O quê?

A tabela da felicidade. Podes enviar-ma?

Tens um novo valor para o teu grau de satisfação com a vida?

Não te interessa.

Estás mais próximo do dez?

Podes enviar-me a tabela ou não?

Três minutos depois, recebi um *e-mail* com a tabela. Passei o dedo pelos números no ecrã até encontrar o meu. Almodôvar, havia cinco países nos quais o valor médio de satisfação com a vida era igual a 5,7: Djibouti, Egipto, Mongólia, Nigéria, Portugal e Roménia. Percebes a ironia da situação? Portugal estava naquele grupo de países. A minha satisfação com a vida naquele momento era idêntica à média da satisfação com a vida do nosso país. Pensei nas pessoas que conheço, nos meus amigos, na Marta, nos meus filhos, tentei lembrar-me das pessoas que vejo todos os dias, nos seus rostos, nas palavras que trocamos. Essas pessoas estão apenas cinquenta e sete por cento satisfeitas com as suas vidas. É tão pouco. Elas terão pelo menos consciência de que é muito pouco? Sabem que a possibilidade de serem mais felizes existe, que é real? Estão a fazer alguma coisa para que isso aconteça? Têm um plano? Tem de haver um plano. Tenho a certeza de que sem grande esforço podíamos subir na tabela, chegar ao 6,0. E, se nos mantivéssemos focados, em poucos anos chegaríamos ao 7,0. Tenho a certeza. 7,0 já é um número digno. Mas 5,7? 5,7 não traduz o nosso grau de satisfação com a vida. 5,7 é o nosso grau de insatisfação com a vida.

No fim-de-semana, a Marta ligou. O Mateus e a Flor iam entrar de férias na semana seguinte e ela queria que eu ficasse com eles durante uma semana ou duas. Por causa do trabalho no café, nem ela nem os meus sogros podiam tomar conta dos miúdos.

Já estão crescidos, disse eu. Podem ficar sozinhos. A Flor é responsável.

Talvez. Mas não mais do que dois dias.

Eu também trabalho.

Tu trabalhas quatro horas por dia. Eles podem ficar sozinhos quatro horas por dia. E eles precisam de estar contigo, Daniel. Tu fazes-lhes muita falta.

Almodôvar, eu disse-lhe que sim. Porque, embora a Marta não o soubesse, o mais provável era na semana seguinte eu já estar em Viana. A agência de emprego ainda não tinha ligado e eu estava preparado para partir.

A mulher da agência ligou na segunda-feira. Disse:
Você passou à fase seguinte do processo de selecção.
Em que é que consiste a fase seguinte?
É uma entrevista aqui no escritório da agência com alguém dos recursos humanos da empresa que está a recrutar.
Quando?
Ainda não sabemos. Assim que tiver uma data, ligo-lhe.
Quando desligámos, pensei: ela acha que eu posso esperar, que estarei sempre disponível.

Recebi um *e-mail* do Xavier. Na verdade, o *e-mail* não era para mim mas para a Doroteia Marques, a francesa que precisava de ajuda para ir ver o irmão ao hospital. O Xavier enviou-o também para mim para me dar conhecimento do que estava a fazer. Era um *e-mail* curto, escrito num tom muito formal, no qual o Xavier se identificava como administrador do *site*, como se fosse um procedimento habitual sempre que alguém pede ajuda. Começava por felicitar a senhora pela coragem do seu pedido de auxílio; perguntava pelo irmão e desejava as suas melhoras, tudo numa única frase; e, por último, advertia para a possibilidade de ninguém responder ao pedido.
Liguei ao Xavier.
Porque é que fizeste isto?
Ela tem de saber que isto pode não dar em nada.
Ela sabe, Xavier, a vida é assim. Nem toda a gente tem o teu medo de viver. Além disso, não é suposto interferirmos a não ser que aconteça alguma coisa grave.
Isto é grave. Se não fosse o nosso *site*, ela estaria apenas a chorar pelo irmão. Assim está presa a isto. E quando finalmente perceber que ninguém vai ajudá-la será horrível.
A culpa não é nossa.

A culpa é toda nossa.

...

Podíamos ir ajudá-la.

Nós?

Nós.

Estás louco. Ela vive na Suíça. Queres ir à Suíça? Tu nem sequer atravessas a rua.

Mas, se eu fosse, vinhas comigo?

Não vamos ter esta conversa. Isso não vai acontecer.

Se viesses comigo, acho que ia.

Mesmo que quisesse, Xavier, não tenho dinheiro para ir à Suíça. Para falar verdade, nem sequer tenho um carro em condições para fazer uma viagem até à Suíça.

E se eu arranjar dinheiro? E um carro?

Foda-se, Xavier. Não te ponhas com ideias.

Desligámos.

Uma hora depois, a Doroteia Marques respondeu ao *e-mail*. Contava que o estado do irmão era grave mas estável, que ele havia sido um resistente a vida inteira, que não tinha razão para deixar de ter esperança de que alguém aparecesse para a levar até Marselha. As palavras dela eram simples, cheias de segurança, era capaz de a imaginar a escrevê-las de sorriso no rosto.

A mulher da agência de emprego ligou outra vez na quinta-feira.

Pode vir cá amanhã de manhã para a entrevista?, perguntou.

Antes de responder, preciso que me diga uma coisa, exclamei. A minha candidatura é mesmo a sério?

Mesmo a sério como?

A possibilidade de eu ficar com este emprego existe? Ou sou apenas um candidato sem quaisquer hipóteses que entra no processo para fazer brilhar os candidatos reais?

Almodôvar, eu sabia o que estava a perguntar, tinha lido tudo o que havia para ler sobre processos de recrutamento e entrevistas de emprego.

Ela respondeu:

Claro que é a sério.

Prove-me que é a sério.

Não estou a perceber.

Dê-me alguma garantia de que não sou apenas um fantoche a encher o palco entre os actores de verdade.

Ela ficou calada uns segundos, pensei que fosse desligar. Depois disse:

Você tem uma experiência considerável na concepção de pacotes turísticos, bem acima da média das outras candidaturas. E isso é um requisito fundamental para o desempenho das funções do trabalho que está em causa. Serve?

Serve.

Marcámos a entrevista para as dez da manhã do dia seguinte, ela deu-me a morada e depois desligámos.

Na sexta-feira, antes de sair para a entrevista, recebi um *e-mail* do Xavier. Dizia: Arranjei um carro e um condutor. As despesas da viagem são por minha conta. Podemos sair daqui a três dias.

Não respondi. Os meus filhos iam chegar no domingo à noite. Ainda não sabia o que fazer com eles. Acima de tudo, não sabia como explicar-lhes que a minha nova casa era o meu antigo escritório. A situação não estava fácil. Ir-me embora para a Suíça não era uma hipótese.

Apareci no escritório da agência de emprego cerca de meia hora antes da hora combinada. Havia mais quatro pessoas a aguardarem vez numa sala sem janelas, com cadeiras encostadas às paredes e uma mesa de meio metro de altura no centro cheia de revistas. Estava frio, como se não nos quisessem demasiado confortáveis. As quatro pessoas à espera eram três mulheres e um homem, todos vestidos como se fossem assinar um negócio de milhões de euros, todos a mexer nos seus telemóveis de ecrãs tácteis. Quando entrei, cumprimentaram-me, mas depois não voltaram a olhar para mim. Logo de seguida, uma das mulheres foi chamada, o homem desejou-lhe boa sorte, mas ela não respondeu. Foi pouco depois disso que adormeci, Almodôvar. Foi um sono bom, muito longo – pelo menos, pareceu-me muito longo. Não me lembro de ter sonhado. Foi quase como se tivesse desmaiado, todos os meus sentidos desligados de repente.

Quando acordei, não estava mais ninguém na sala. Havia uma rapariga a chamar por mim. Levantei-me e segui-a até uma pequena sala com uma mesa de reuniões que ocupava quase toda a divisão. Estavam três pessoas sentadas de um dos lados dessa mesa: uma mulher e dois homens. A mulher levantou-se para me receber, diligente e descontraída ao mesmo tempo, um sorriso incrível, bonito, franco e vivo. Era a mulher com quem tinha falado várias vezes ao telefone e não parecia possível que aquele sorriso coexistisse dentro dela com o tom tão formal que tinha usado nas nossas conversas. Sentei-me na cadeira que me apontou, de frente para os três.

A entrevista durou uns vinte minutos. Um dos homens – o mais novo, muito moreno, gel no cabelo – conduziu a conversa e o outro interveio apenas em duas ocasiões para me colocar questões que nada tinham que ver com o âmbito da minha profissão: os meus filhos, aquilo que faço nos meus tempos livres, a minha infância, a minha opinião sobre o estado do País. A mulher não disse nada durante toda a entrevista. Perguntaram-me acerca da minha experiência profissional e das várias funções que exercera na agência de viagens ao longo de mais de quinze anos, sobre o meu despedimento, sobre as minhas ambições, pediram-me para avaliar a minha carreira, pediram-me para enumerar as minhas melhores qualidades e os meus piores defeitos, pediram-me que escolhesse os três projectos mais relevantes nos quais havia estado envolvido e depois pediram-me que adiantasse as minhas expectativas em relação àquele processo de recrutamento. Foda-se, Almodôvar, eu já tinha respondido a todas aquelas perguntas antes, noutras entrevistas para outros empregos. As respostas que dei foram as mesmas que preparara mais de um ano antes, quando comecei a procurar emprego, trabalhadas palavra a palavra, quase como se fosse poesia. Eram as minhas melhores respostas, não conhecia uma forma mais eficiente de vender o meu trabalho, as minhas competências. Eles foram muito simpáticos – regra geral, são-no. No final, adiantaram alguns requisitos que a pessoa que fosse seleccionada para o emprego teria de apresentar: experiência na criação e desenvolvimento de produtos turísticos, capacidade de liderança, gestão de projectos, disponibilidade para viajar. No entanto, não adiantaram nada sobre que tipo de empresa era, nem sobre a remuneração que envolvia, e não especificaram o tipo de funções. E depois, de repente, levantaram-se os três ao mesmo tempo, uma sincronia irreal, e explicaram-me que durante a semana seguinte me dariam uma resposta definitiva. Pareciam entusiasmados.

Eu queria tanto dizer-lhes que não seria possível, que na semana seguinte já não estaria na cidade, que lamentava muito mas a minha vida seguiria noutro lugar. Não fui capaz, eu tinha de saber se aquelas pessoas acreditavam em mim. Precisava de saber que não me tinha enganado, que a minha decisão de ficar sozinho em Lisboa durante mais de um ano não fora absurda.

E depois, na tarde dessa sexta-feira, antes de ir para a farmácia, fui ao escritório trocar de roupa, tirar o fato que usava para ir às entrevistas, vestir qualquer coisa mais confortável. No último mês, deixara de me preocupar com a regra que me impusera de início de não entrar ali antes do anoitecer. Não foi nada pensado, foi gradual, aquele escritório tornara-se a minha

185

casa, não parecia errado entrar na minha casa à hora que me apetecesse.

Assim que saí do elevador, vi a porta do escritório aberta uns centímetros. E logo de seguida ouvi as vozes, o eco das vozes sobrepostas nos tectos altos do apartamento, uma conversa animada, gargalhadas colectivas. Almodôvar, havia gente na minha casa. Pensei em tudo o que tinha ali dentro. A mala e o caixote com a maior parte das minhas coisas estavam guardados numa despensa, bem escondidos no meio de outros caixotes. Mas ainda havia coisas de fora. Tentei lembrar-me se as tinha arrumado como desde o primeiro dia me acostumara a fazer antes de sair – embora não sempre, de vez em quando ia-me embora e deixava tudo como estava, as almofadas que me serviam de colchão no chão debaixo da secretária, a roupa em cima de uma cadeira, a escova de dentes dentro de um copo na casa de banho. Pensei se alguma dessas coisas teria ficado esquecida, à vista de quem quer que entrasse no gabinete onde eu dormia havia mais de dois meses. Pensei no que aconteceria se uma daquelas pessoas encontrasse uma meia ou uma lata de atum por encetar ou o corta-unhas.

Quem eram aquelas pessoas, Daniel?

Não sei. Talvez fossem os antigos donos, talvez fossem os novos. Talvez fossem pessoas como eu, sem casa, que precisavam de um lugar para dormir. Não sei. Não me aproximei para ouvir o que diziam. Não esperei que saíssem para ver as suas caras. Estive parado, diante da porta entreaberta, cerca de cinco segundos. Depois meti-me outra vez no elevador e fui-me embora.

Deixaste as tuas coisas para trás?

Não. Fui para a farmácia e fiz o meu trabalho. Era o meu último dia. No entanto, pareceu-me um dia como os outros. O velho Sacadura despediu-se de mim como se me fosse ver no dia seguinte. À meia-noite, quando saí, fiquei muito tempo na rua, perto do prédio do escritório, a olhar para as janelas do

186

quarto andar, à espera de ver aparecer alguém, qualquer movimento, uma luz. Não aconteceu nada. Por volta da uma e meia, entrei no prédio e subi, pelas escadas, até lá acima. Encostei o ouvido à porta do escritório. O silêncio era absoluto. Meti a chave na fechadura e abri-a. Depois estendi o braço na escuridão, procurei o interruptor da luz. Quando o corredor se iluminou, fiquei uns segundos à espera, preparado para fugir caso alguém saísse de repente de um dos gabinetes. Ninguém apareceu e eu entrei.

Não estive lá dentro mais de dez minutos. Fui buscar a mala e o caixote. Reuni a roupa e um par de sapatos, a bolsa de higiene, o caderno com o Plano, o edredão e a almofada, guardei a roupa na mala e o resto num saco desportivo que umas semanas antes encontrara num dos armários do gabinete ao lado daquele onde dormia. Meti tudo no elevador, deixei o caixote a impedir a porta de se fechar. Voltei ao escritório. Entrei nos gabinetes, na sala de reuniões, na cozinha, na casa de banho, certificando-me de que não me esquecera de nada. Quando terminei de passar revista a tudo, saí, tranquei a porta com todas as voltas possíveis e desci com as minhas coisas no elevador. Na rua, empilhei a mala e o saco desportivo em cima do caixote e caminhei até ao quarteirão seguinte, onde tinha deixado o carro. No caminho passei por um caixote do lixo. Pousei tudo no chão por um segundo, abri o caixote do lixo e atirei as chaves do escritório lá para dentro.

Passava pouco das duas, mas era Junho e o ar estava morno. De modo que conduzi até ao rio e estacionei o mais perto que consegui da água. Uma brisa morna entrou pela janela com o vidro partido. Nessa noite voltei a dormir no meu carro.

No dia seguinte, sábado, acordei cedo e fui à prisão onde vives. Pedi para falar contigo. Era uma coisa que fazia de vez em quando, sobretudo nos primeiros meses depois de teres sido preso. Aparecia sem qualquer aviso à hora da visita, pedia para te chamarem, esperava, poucos minutos depois vinham dizer-me que não me querias ver e eu ia-me embora. Fiz isso tantas vezes. Não era casmurrice. Eu percebi, quase imediatamente, que nunca irias receber-me. Mas essa era a única forma de saberes que eu continuava aqui, deste lado, que não te tinha abandonado... És um filho-da-puta, Almodôvar. Mas adiante. Nesse sábado, não sei porquê, fui aí acreditando que te veria, que falaríamos. Nesse dia, mais do que em qualquer outro dia desde que foste preso, ter-me-ia feito bem falar contigo. Como sempre, vieram dizer-me que não querias ver-me.

Repara, Almodôvar, eu estava pendurado entre a minha vida velha e a nova. Não tinha nada que me prendesse a Lisboa e, porém, continuava ali, à espera do telefonema de uma empresa que talvez estivesse interessada em dar-me emprego, embora eu não tivesse a certeza se estaria disposto a aceitá-lo. Era uma questão de dias. Eu tinha esperado tanto. Podia esperar mais um pouco. O meu único problema real eram os meus filhos, que chegariam na manhã seguinte.

Quando saí da prisão fui a casa do Xavier.

Abriu-me a porta, olhou para mim durante três segundos e depois sorriu. Estava a usar apenas uns calções feitos a partir de umas calças de ganga velhas e tinha o tronco nu, a pele coberta de tatuagens sobrepostas. Disse:

Então, alinhas?

Almodôvar, ele pensava que eu estava ali para ir com ele à Suíça ajudar aquela mulher.

Preciso de te pedir um favor, disse eu.

O quê?

Posso ficar com os meus filhos aqui em casa durante uns dias?

O que é que aconteceu à tua casa?

O banco ficou com ela.

A sério?

A sério. É só por uns dias, só até me ir embora para Viana do Castelo.

Também te vais embora?

As coisas aqui não estão a resultar, Xavier. E a Marta e os miúdos estão lá. Não há nenhuma razão para continuar aqui. Podemos ficar durante uns dias?

Ele não respondeu. Apenas fez sinal para que o seguisse pelo corredor até um quarto onde não havia nada senão um sofá branco cheio de nódoas e uma estante alta cujas prateleiras estavam vazias.

Serve?, perguntou o Xavier.

Serve, claro.

Espera aqui, disse ele. E saiu.

Sentei-me no sofá. A sensação de conforto era invulgar. E não era do sofá. Era de estar ali, com o Xavier. Pensei: porque é que não fiz isto antes?

O Xavier apareceu a arrastar um colchão de casal enorme, teve de o erguer na vertical para passar na porta. E depois deixou-o cair no chão à frente do sofá.

O Mateus e a Flor podem dormir aqui, disse. Onde é que eles estão?

Chegam amanhã.

O Xavier sentou-se ao meu lado no sofá. Ficámos calados durante uns minutos. Encostei a cabeça e fechei os olhos. Aquele silêncio, Almodôvar, aquele silêncio entre mim e o Xavier era tão poderoso, como um bálsamo, como uma memória que vai existir para sempre, mesmo depois da nossa morte, uma certeza de que aquilo que tínhamos sido muito tempo antes havia sido real, que, apesar de tudo, continuávamos os mesmos. Depois o Xavier falou:

Temos de ir à Suíça. Temos de ir ajudar aquela mulher.

Porquê, Xavier?, sussurrei sem abri os olhos.

Ela não tem culpa da nossa incompetência, Daniel. Por causa do nosso *site*, ela acredita na possibilidade de voltar a ver o irmão antes de ele morrer, sem saber que na realidade essa possibilidade não existe. O nosso *site* não funciona. Por algum motivo que desconheço, não funciona. Devíamos ter desligado o *site* há muito tempo. Mas não o fizemos e agora isto aconteceu. Temos de ir lá, Daniel. Eu podia ir sozinho. Mas não sou capaz. Tens de vir comigo.

Almodôvar, ele tinha razão, era a coisa certa a fazer. Por isso disse-lhe:

Está bem. Vamos.

E, assim que o disse, tudo me pareceu possível, de repente a vida fez tanto sentido. Era capaz de pressentir a onda de felicidade que se dirigia para mim a uma velocidade avassaladora, um instinto quase sobrenatural. E a certeza tão consoladora de que aquela viagem resolveria tudo, de que depois daquela viagem nada seria como antes.

Planeámos tudo ali mesmo, sentados no sofá, eu de olhos fechados, o Xavier a enrolar um cigarro. Todos os problemas que surgiam resolvíamo-los como se tudo estivesse ao alcance das palavras ditas em voz alta.

Por exemplo, eu dizia: Precisamos de dinheiro para gasolina, portagens, dormidas, comida.

E o Xavier respondia: Eu tenho dinheiro que recebi quando o meu avô morreu. Está guardado no banco há mais de dez anos, nunca lhe mexi, não tenho qualquer razão para lhe mexer. Não é muito, mas acho que dá para isso.

Depois eu perguntava: E o carro? Precisamos de um carro.

E o Xavier dizia: Já tratei disso. Lembras-te daquele tipo que escreveu no nosso *site* a oferecer uma carrinha de nove lugares? Falei com ele. Alinha, desde que seja ele a conduzir.

Assim, Almodôvar, como se o mundo afinal não fosse um lugar difícil.

Depois, o Xavier sugeriu que saíssemos no dia seguinte. No dia seguinte não era possível, no dia seguinte chegavam os meus filhos. O Xavier disse:

Então, na segunda-feira.

Fiquei uns minutos calado. O Mateus e a Flor iam chegar a Lisboa, eu não podia ir-me embora. Mas logo de seguida pensei: não é um problema, eles vêm connosco. Aliás, é essencial que eles assistam àquilo que vamos fazer. Esta mulher precisa da nossa ajuda, o irmão dela está a morrer, e nós vamos viajar dois mil e quinhentos quilómetros para a ajudar. Eles têm de vir.

E depois, como se estivesse a encaixar peças num quebra--cabeças, pensei: e o Vasco. Temos lugares na carrinha e ele também tem de ver isto.

6,0. Croácia, Estónia,
Coreia do Sul, Uzebequistão

Não conseguimos partir na segunda-feira. O teu filho precisava de uma autorização da Clara para sair do País comigo e ela só foi capaz de arranjar o documento na segunda depois de almoço. Não foi difícil convencê-la. Na verdade, creio que ficou aliviada por lhe levar o filho durante uns dias; ele ia entrar de férias e ela não sabia o que lhe fazer, tinha receio de que fizesse outra vez asneira. O Xavier queria ir sem o Vasco – tinha voltado a trocar *e-mails* com a Doroteia Marques e soube que o irmão ainda não tinha morrido, no entanto, podia acontecer a qualquer momento, era imperativo partirmos o mais depressa possível e o Vasco não era imprescindível para a viagem. Eu deixei-o falar e no fim expliquei-lhe que sem o teu filho não ia, tão simples quanto isso.

De modo que saímos na terça-feira, pouco antes das seis da manhã, eu, o Xavier, o Mateus, a Flor, o Vasco e, sentado ao volante, o dono da carrinha de nove lugares, que se chamava Alípio. E, Almodôvar, é verdade que continuava zangado contigo, no entanto, não consegui deixar de pensar que devias estar ali dentro daquela carrinha, connosco, naquela missão tão extraordinária. O *site* começou na tua cabeça, a ideia de ajudar pessoas a ajudarem outras pertence-te, a tua presença teria

193

dado mais sentido à viagem. Além disso, talvez tivesses sabido antever aquilo que se passou depois. Porque eu não soube.

Almodôvar, planeei bem aquela viagem como se estivesse de volta ao meu antigo emprego na agência. Calculei as distâncias, o consumo da carrinha e o preço da gasolina em cada país por onde passaríamos e tracei o itinerário de forma a evitarmos algumas estradas com portagens, enviei *e-mails* a reservar quartos em hotéis para as três noites que passaríamos na estrada e fiz uma lista com alguns pontos de interesse que, caso tivéssemos tempo, poderíamos ir espreitar. Repara, eu ia atento. Não sei explicar, mas de repente não havia mais nada na minha cabeça – talvez não houvesse mais nada na realidade também, talvez aquela missão, ajudar a Doroteia Marques a ver o irmão no hospital, fosse a única coisa que me restava para fazer na vida. Aquela excursão seria uma aprendizagem, no final teria adquirido os conhecimentos necessários para solucionar todos os problemas que surgissem.

Não sei dizer se os outros dentro da carrinha sentiam o mesmo. Talvez o Xavier o sentisse; porém, ia demasiado assustado, não é possível dizer o que lhe passava pela cabeça durante aquelas primeiras horas da viagem. Na noite anterior tentei explicar aos miúdos o que estávamos a fazer. A Flor perguntou por que razão tínhamos de ir nós à Suíça, porque não havia mais ninguém para o fazer. Eu disse-lhe que não sabia, mas que, se não havia mais ninguém, então nós mesmos teríamos de ajudar. Ela ficou calada, não parecia satisfeita com a minha resposta. O Mateus não fez muitas perguntas sobre a Doroteia Marques e o irmão; quis antes saber sobre a Suíça e a França e a distância entre cada ponto da viagem. Havia um pragmatismo nas suas questões que me assustou, sobretudo porque me pareceu que o herdara de mim.

O Vasco não disse nada. Depois de jantar, apanhou-me sozinho na cozinha e veio dar-me o dinheiro que me estava a dever. A minha vontade era perguntar-lhe como é que tinha vendido a consola e também se regressara ao apartamento da alemã, se voltara a encontrar-se com o Aníbal e os outros. Mas ao mesmo tempo eu queria que soubesse que a minha confiança nele permanecia intacta. Disse-lhe que devia estar orgulhoso daquilo que estava a fazer. Ele apenas sorriu. Então perguntou:

Já contaram ao meu pai sobre a mulher na Suíça?

Respondi-lhe que, mesmo que tivéssemos tentado, não nos terias recebido.

Ele ia gostar de saber, disse o Vasco.

É possível, Almodôvar, que na minha cabeça o Vasco ocupasse o teu lugar naquela carrinha. Não sei.

Seja como for, eu acreditava que quando eles conhecessem a Doroteia Marques, quando ela entrasse na carrinha e contasse a sua história, quando a vissem chegar ao hospital, talvez então percebessem a importância daquela viagem.

E depois o Alípio. Era um homem baixinho e gordo, sessenta e poucos anos, uma cigarrilha apagada sempre pendurada nos lábios e uma predisposição inacreditável para conversar sobre tudo. Mal saímos, começou a falar acerca de outras viagens de carro que fizera com a mulher nos anos imediatamente após o casamento, quase três décadas antes, Itália, Checoslováquia, Alemanha, Suécia, Bélgica, Irlanda, quando a Europa ainda era outra coisa. Eu ia sentado ao seu lado e, embora ele estivesse a falar para todos, é possível que fosse o único a prestar atenção.

Contou que fora contabilista numa fábrica de calçado nos arredores de Matosinhos durante quase quarenta anos. Depois a empresa fora comprada por um grupo alemão, a produção transferida para a Polónia, e a fábrica fechara. Mais de cem pessoas ficaram desempregadas, entre elas o Alípio. Segundo confessou, não foi o fim do mundo: encontrava-se a poucos anos da reforma, aquele descanso antecipado soubera-lhe bem. Além do mais, não ficara completamente parado. A mulher era auxiliar de cozinha num colégio do Porto e sugeriu-lhe que usasse a velha carrinha de nove lugares para começar um negócio de transporte de alunos. Era uma *Toyota* de 1984, quase duzentos e trinta mil quilómetros sob as rodas, mas, para falar a verdade, parecia acabadinha de sair do *stand*. O Alípio comprara-a quase nova a um amigo em apuros financeiros no início da década de 1990, mais para desenrascar o amigo do que por necessidade de um automóvel tão grande. A carrinha teve muito pouco uso nas mãos do Alípio, saídas ocasionais em fins-de-semana de bom tempo, férias. Além disso, estimou-a: revisões anuais, uma cobertura durante os longos períodos em que a deixava parada na rua, lavagens regulares, as mariquices todas.

O negócio de transporte de alunos deu certo durante três anos; na maior parte dos meses tinha a carrinha cheia de miúdos. E ele gostava daquilo, trabalhava hora e meia de manhã mais hora e meia à tarde, escutava as conversas das crianças, os seus risos, isso fazia-lhe bem. Depois as coisas ficaram más para todos, os pais dos alunos começaram a cortar nos serviços do Alípio, cerca de um ano mais tarde, sobravam-lhe duas ou três crianças que todos os dias levava de casa para o colégio e do colégio para casa, mas isso mal lhe dava para as despesas com a gasolina e a manutenção da carrinha... enfim, a história do Alípio é igual a muitas outras, não vale a pena continuar. Seja como for, ele e a mulher viviam com pouco, o ordenado dela, a curta reforma dele, cada euro contava.

Quando lhe perguntei como é que tinha ido parar ao nosso *site*, disse que não se lembrava, mas que com certeza havia sido uma daquelas magias da Internet. Depois perguntei-lhe por que razão estava ali, a conduzir cinco mil quilómetros para ajudar alguém que nunca tinha visto na vida.

Uma pessoa tem de se manter ocupada com qualquer coisa, respondeu.

Agradeci-lhe a disponibilidade, expliquei-lhe que era com pessoas como ele que contávamos quando decidíramos criar o *site*, que nessa altura não sabíamos que pessoas assim eram

196

raras e dei-lhe a entender que ele era uma pessoa extraordinária. Ele só respondeu:

Eu é que tenho de vos agradecer.

Assim que entrámos na carrinha, o Xavier tomou dois comprimidos – não percebi o que eram – que o adormeceram quase instantaneamente e só voltou a acordar sete ou oito horas mais tarde, já depois de passarmos ao largo de Valladolid. É possível que a sua intenção fosse dormir o tempo todo da viagem. Imagino que lhe tenha passado várias vezes pela cabeça desistir, ficar em Lisboa, no entanto não disse nada. O cabrão estava em pânico, eu compreendo isso. Mas eu tinha mais coisas a encherem-me a cabeça, as merdas do Xavier teriam de esperar, ele que tomasse os comprimidos todos da caixa. E, além do mais, a ideia tinha sido dele. Foda-se, um gajo tem de saber viver à altura das suas ideias.

A Flor e o Mateus iam sentados no último banco da carrinha. De vez em quando, voltava-me para trás, para os ver, tentando adivinhar-lhes os pensamentos. Eu queria saber se eles tinham alguma espécie de dúvidas em relação ao que estávamos a fazer, que tipo de questões arrastavam. A Flor levava os auscultadores nos ouvidos, tinha os pés em cima do banco e um livro aberto apoiado nos joelhos. Olhava para ela, e ela, sem tirar os olhos da página que estava a ler, deitava-me a língua de fora.

O Mateus levava o cotovelo apoiado na janela, o queixo sobre a curva do braço, os olhos no ponto mais longínquo da paisagem, como se não houvesse um único pensamento na sua cabeça. Manteve-se nessa posição muito tempo. Eu sabia o que ele estava a fazer. No dia anterior, contara-me que o verdadeiro budista é aquele que é capaz de eliminar do seu corpo qualquer tipo de desejo, seguindo a teoria de que é o desejo que nos torna infelizes. Eu disse-lhe que, por outro lado, é o desejo que faz de nós seres humanos. Ele respondeu:

Eu não quero ser um ser humano. Quero ser feliz.

De modo que havia uma guerra a acontecer dentro do meu filho: ele contra o desejo, sobretudo contra o desejo de jogar o seu jogo de gestão de aviários. Até então, tinha perdido várias batalhas. E, ao longo daquela viagem, haveria de perder muitas mais. Estávamos perto da fronteira com Espanha quando me pediu o portátil. Passei-lho e ele abriu-o sobre o colo. Havia uma curva de desgosto sobre os seus olhos, quase fúria. Foi calado uns minutos e de repente exclamou:

Este computador não tem Internet?

O Vasco ia sentado no banco do meio, ao lado do Xavier, a ler uma revista de música; riu-se mas não levantou a cabeça da revista.

Expliquei ao Mateus que, com aquele computador, só era possível aceder à Internet com uma ligação por cabo ou com uma ligação sem fios que dentro daquela carrinha não existia.

Não me disseste isso, gritou ele, como se eu o tivesse enganado de propósito.

Não pensei que fosse importante.

Alguém tem um telemóvel com ligação à Internet?

Ninguém tinha. O Mateus começou a chorar. Era um choro contido, silencioso, mesmo assim a sua aflição saturou o ar do carro. Ficámos calados, à espera. Por um segundo, o Alípio desviou os olhos da estrada e olhou para mim. Então o Vasco disse:

Se quiseres jogar consola, tenho aqui a minha.

E tirou da mochila uma consola que passou ao Mateus por cima do banco. O Mateus parou de chorar, um reflexo quase mecânico.

O Vasco voltou-se outra vez para a frente e eu olhei para ele, para dentro dos seus olhos, tentando perceber.

Pensei que tinhas vendido a consola, disse.

Não, respondeu.

Porquê?

Não foi preciso.

Onde é que arranjaste dinheiro?

Não interessa.

És um merdas, Vasco.

Pai, gritou a Flor.

Eu sentei-me de novo de frente para a estrada. O cabrão do teu filho enganou-me, Almodôvar.

Seja como for, o Mateus acalmou-se. Não vi o jogo que jogaram durante as três horas seguintes, passando a consola entre eles de um banco para o outro, mas, pelas poucas palavras que trocaram, sei que metia soldados americanos e chineses no contexto de uma hipotética Terceira Guerra Mundial, sei que o sangue espirrava sempre que alguém levava um tiro ou uma facada e sei que, em determinadas situações, era aceitável atingir civis que se atravessassem à frente da mira. Foram assim, imersos naquela outra realidade durante centenas de quilómetros, o desejo do Mateus temporariamente satisfeito.

Já em Espanha, parámos numa estação de serviço. Eram onze da manhã e o ar estava demasiado quente, dava a sensação de que o chão à nossa volta ia começar a arder de repente. O Xavier continuava a dormir. O Mateus não quis sair, tinham acabado de encontrar pela frente um pelotão de mercenários afegãos. O Alípio ficou a encher o depósito. Eu saí da carrinha e disse ao Vasco que saísse também. Caminhámos até à entrada da cafetaria.

Onde é que arranjaste o dinheiro?

Já disse: não te interessa.

Claro que me interessa. Eu estive naquele apartamento contigo, sei o que se passa lá. Andaste a vender drogas?

Daniel...

Andaste a vender drogas?

Não percebes... os gajos não iam largar-me enquanto não alinhasse...

Eu percebo, Vasco. É mais fácil fazeres batota do que jogares com as cartas que tens na mão. Foda-se.

199

Foi só desta vez, para os calar. Não volto a fazer isto.

Isso é uma mentira que tu contas a ti próprio.

Não é. Acredita em mim.

Desculpa, não acredito.

Almodôvar, disse aquilo e senti uma tristeza imensa. Como se estivesse a desistir do teu filho. Mas era verdade: parecia-me impossível que ele não voltasse a fazer a mesma asneira.

Entrei na cafetaria. O frio soprado pelo ar condicionado atravessou-me como uma dor boa. A Flor apareceu ao meu lado. Comprámos garrafas de água e sandes de presunto e queijo para todos e pedi um café para mim. Sentámo-nos numa mesa ao pé da janela, a luz do dia escorria no vidro, quase palpável. Olhei para ela, os gestos curtos, o rosto tão sincero. Perguntei-lhe se estava bem. Ela tirou o auscultador do ouvido esquerdo e respondeu:

Claro.

Estamos a fazer uma coisa boa, disse eu.

Eu sei.

Esta mulher na Suíça precisa de ajuda e nós vamos ajudá-la. É uma coisa boa.

Eu sei.

Foi por isto que críamos o *site*, continuei. Mas não havia mais ninguém.

Eu sei, disse outra vez a Flor e voltou a cara na direcção da janela, os olhos encolhidos por causa da claridade tão intensa. Ficou assim quase um minuto. Depois disse: E da próxima vez que uma pessoa pedir ajuda no *site*?

O que é que tem?

Vocês vão lá ajudar essa pessoa?

Não sei. Não podemos ajudar toda a gente.

Mas, se pudesses, ajudavas toda a gente?

Olhei para ela, Almodôvar. Era um daqueles momentos em que um pai tem de decidir: contar como o mundo é ou contar como o mundo devia ser.

200

Acho que não, respondi. Acho que de vez em quando tiraria umas férias para descansar. Ajudar pode ser muito cansativo.

Disse aquilo e ri-me. Ela riu-se também. Talvez tenha percebido o que eu queria dizer, mas não tenho a certeza.

Voltámos para a carrinha. O Alípio estava de novo sentado ao volante. O Vasco tinha saltado para o último banco e estava no lugar da Flor ao lado do Mateus. De modo que a Flor se sentou ao lado do Xavier. Perguntei ao Alípio se queria que eu conduzisse. Ele respondeu:

Nem pensar. Só eu é que conduzo esta carrinha.

E rodou a chave na ignição. Eu ri-me. Almodôvar, qualquer pessoa – mesmo as pessoas mais ponderadas e inteligentes – tem na cabeça, no meio de milhares de milhões de pensamentos e memórias, pelo menos uma ideia que as faz perder a sensatez. Pelos vistos, para o Alípio, esse foco de imprudência era a carrinha.

Vamos fazer quase cinco mil quilómetros em cinco dias, disse eu. Em algum momento da viagem vai ter de me deixar passar para o volante.

Eu gosto de conduzir.

Não se trata disso, Alípio.

Não se preocupe. Eu aguento.

São dez ou doze horas de condução por dia. Ninguém aguenta. É perigoso. E levamos aqui crianças.

Vocês sabiam que era essa a minha condição, disse ele. Fez uma pausa para sorrir e depois acrescentou: Expliquei tudo ao seu amigo pelo telefone.

Eu sei. Ele falou comigo. Mas não pensei que fosse uma regra inviolável. Numa viagem desta duração não é possível existir uma regra assim.

Nesta viagem existe.

E se sentir sono?

Não vou sentir sono.

Toda a gente sente sono.

Se eu sentir sono, paramos.

Eu não queria discutir com ele, Almodôvar. Ele estava a ajudar tanto. Sem ele, nunca poderíamos ter feito aquela viagem. Por isso deixei o assunto de lado temporariamente.

O saco de plástico com as sandes passou de mão em mão, cada um tirou uma, e no fim pousámos o saco com a sandes que sobrava no colo do Xavier. O Alípio anunciou que aquela era a melhor sanduíche que provara nos últimos vinte anos. Estava pronto para conversar sobre as virtudes do presunto espanhol. No entanto, ninguém lhe deu uma deixa para prosseguir. Comemos em silêncio e, quando terminámos, continuámos calados. Fizemos quase trezentos quilómetros assim, um silêncio bom, cómodo. A maior parte das auto-estradas não se pagava e o Alípio conduzia depressa, o ponteiro sempre acima dos cento e vinte. A certa altura apercebi-me de que o Xavier estava acordado quando o ouvi abrir o saco de plástico para retirar a sua sandes. Voltei-me e olhou para mim como se estivesse a afogar-se e ninguém pudesse fazer nada para o salvar. Ainda assim, pareceu-me um pavor controlado. Acabou de comer e tomou mais dois comprimidos. Quinze quilómetros adiante, estava outra vez a dormir.

Depois, de repente, o Mateus disse:

O que é que aconteceu?

Não tem bateria, respondeu o Vasco. Espera.

Puxou a mochila que tinha entre os pés e colocou-a no colo. Abriu o fecho e remexeu lá dentro durante dois minutos. Depois ouvi-o dizer, baixinho:

Merda.

O que foi?, perguntou o Mateus.

Espera.

O que foi? O que é que aconteceu?

Espera.

Tornou a mexer nas suas coisas, um restolhar ansioso.

Voltei-me para trás.

O que é que se passa?

Merda.

Vasco, pára com isso. Diz o que se passa.

O que é que aconteceu?, perguntou outra vez o Mateus.

A bateria suplente não está aqui. O cabo de alimentação também não.

O quê?, gritou o Mateus.

Lembras-te de pôr essas coisas na mochila?, perguntei.

Não sei. Acho que sim. Não tenho a certeza. Estava tudo numa bolsa encarnada. E a bolsa não está aqui.

Não é o fim do mundo, exclamei.

O Mateus começou a choramingar. A Flor voltou-se também para trás e segurou na mão do irmão.

Já viste bem?, perguntou ela ao Vasco.

Claro que vi bem, respondeu ele. E fez-lhe uma careta, grunhindo como se fosse um porco.

Posso emprestar-vos um livro, disse a Flor. Trouxe três.

Não sejas estúpida, disse o Vasco. E tornou a fazer a mesma careta.

Vasco, disse eu. Já chega.

O som dos pneus a rolarem no alcatrão tornou-se muito alto, uma espécie de surdez. Fomos assim cerca de cem quilómetros. De vez em quando olhava para trás, por cima do ombro. O Mateus ia muito sério, a Flor continuava a segurar-lhe na mão. O Vasco tinha a cabeça encostada ao banco, as mãos apertadas contra a testa, como se estivesse a tentar dobrar a linha do tempo. E eu pensei, de repente, que talvez não fôssemos capazes de chegar a tempo ao hospital em Marselha, que talvez o irmão da Doroteia Marques morresse antes de ela o ver uma última vez.

Já passava das sete quando entrámos em França. O dia começava a desaparecer atras de nós. Olhei para o Alípio, quase um vulto, o seu rosto cheio de sombras, as mãos pousadas com vigor

203

no volante como se fosse um instrumento musical. Perguntei-lhe se estava cansado.

Só de não vos ouvir falar, respondeu. Espero que amanhã seja mais animado.

Estávamos a viajar havia mais de treze horas. E, no entanto, tudo o que conhecíamos era o interior da carrinha e as casas de banho de quatro estações de serviço. Não tínhamos falado com ninguém, não tínhamos visto mais do que estrada e campos, montes, algumas vilas, mas isso podia ser qualquer lugar do mundo.

Senti uma mão tocar-me no ombro. Era o Xavier, estava outra vez acordado, parecia exausto, como se não dormisse havia semanas.

Temos de parar, disse. Já chega, Daniel.

Expliquei-lhe que tinha reservado três quartos num hotel perto de Bayonne, trinta ou quarenta quilómetros adiante.

Ele apertou os lábios e respirou pelo nariz com força.

Isto não está fácil, suspirou.

Tem calma, Xavier.

Isso não me serve de nada.

Então abre a porta e salta.

Pai, gritou a Flor. Não digas isso.

Olhei para ela, tinha a cabeça muito inclinada, os dentes a morderem o lábio inferior, não parecia indignada, parecia apenas triste, ou desiludida. E depois olhei para o fundo da carrinha, o Vasco tinha adormecido, o Mateus estava de joelhos no banco, voltado para trás, a olhar a estrada através do vidro traseiro.

A Flor apontou para o braço do Xavier – havia dezenas de tatuagens que se sobrepunham e complementavam, cobrindo completamente a pele, começavam nos nós dos dedos e subiam pelo braço até desaparecerem debaixo da manga da *T-shirt*. O dedo da Flor tocou no desenho de uma esfera avermelhada perto do cotovelo.

O que é isto?

O Xavier rodou o braço e ficou um instante a admirar a tatuagem da esfera, como se não olhasse para aquilo há muito tempo, como se já nem se lembrasse do que era. Depois respondeu:

É um planeta.

Que planeta?, quis saber a Flor.

Não sei o nome.

O que é que significa?

Sou eu, respondeu ele. Sou eu daqui a milhares de anos.

Acreditas nisto, Almodôvar? Já sei, o gajo é artista. Mas mesmo assim. Pensa bem: se todos tivéssemos a cabeça cheia do género de merdas em que o Xavier gasta os pensamentos, o mundo já tinha rebentado há muito tempo.

Durante os vinte minutos seguintes, a Flor e o Xavier falaram sobre as tatuagens no braço dele, o Xavier atribuiu-lhes significados indecifráveis. Por exemplo: uma pequena aranha preta dentro de um frasco desenhada na parte de baixo do pulso representava a imagem que a humanidade tem de si própria; uma árvore sem folhas em chamas era a primeira ideia do primeiro homem que existiu na Terra; um olho com o número 3 no lugar da íris era o desejo na sua forma mais primitiva; uma mulher nua embrulhada em si mesma era Deus se Deus existisse; um alfabeto que dava duas voltas ao antebraço representava o expoente da fraqueza dos homens.

Entretanto o Vasco acordara. Ele e o Mateus estavam debruçados sobre o banco e também ouviam as explicações do Xavier. O Mateus apontou para o olho com o número 3.

Ando a tentar não sentir qualquer tipo de desejo, disse.

O Xavier olhou para ele durante uns segundos. Depois levantou o braço e o Mateus bateu com a sua mão na mão aberta do Xavier, um entendimento absoluto entre os dois que eu invejei com todo o meu ímpeto.

O Xavier continuou a sua apresentação. Enquanto falava, a Flor murmurava interjeições harmoniosas, uma admiração quase exagerada.

E isto?, perguntou ela. O que é isto?

Espreitei para trás. O dedo dela estava a apontar para um pequeno círculo de pele no meio das tatuagens, uma espécie de ilha. Eu nunca tinha dado conta de que havia um espaço deixado em branco no braço do Xavier.

Isso é o futuro, respondeu ele.

Não há nada no futuro, afirmou a Flor.

Pois não, disse o Xavier. Não há nada.

Xavier, exclamei. Pára com essa conversa. Os miúdos não têm de ouvir os teus disparates.

O Xavier cruzou os braços à frente do peito e voltou a cara para a janela ao seu lado.

Deixa-o falar, pai, disse o Mateus. E essa foi a primeira coisa que me disse depois de quase seis horas de silêncio.

Chegámos, disse o Alípio.

Entrámos num parque de estacionamento, cimento a cobrir tudo e pequenos arbustos metidos em canteiros de pedra, quatro ou cinco carros estacionados longe uns dos outros. Ao fundo, num edifício de três andares com a tinta a descascar, ficava o hotel. O Alípio estacionou perto da entrada e saímos da carrinha. O chão parecia mover-se, como se estivéssemos em cima de uma jangada em alto-mar. Abri o porta-bagagens e cada um tirou a sua mala.

Na recepção do hotel, deram-nos as chaves dos nossos quartos – um para mim, para o Mateus e para a Flor; outro para o Xavier e para o Vasco; outro para o Alípio. Metemo-nos no elevador para o terceiro andar. O Vasco disse:

Quando voltarmos, vou fazer uma tatuagem.

Eu também, disse a Flor.

Eu também, disse o Mateus.

Eu também, disse o Alípio, embora fosse evidente que não estava a falar a sério.

Eu pensei: esta viagem foi um erro.

Eu e o Alípio metemo-nos na carrinha. Fizemos os cinco qui-lómetros até Bayonne, procurámos uma pizaria, comprámos três pizas familiares e regressámos ao hotel. No meu quarto, o Vasco e o Mateus estavam deitados de bruços numa das camas, o portátil à frente deles. O Vasco evitou os meus olhos.

Pai, disse devagar o Mateus. Aqui há Internet sem fios.

E, no entanto, parecia desfeito em angústia.

A Flor estava noutra cama, sentada de pernas cruzadas e encostada a um monte de almofadas, com o telemóvel na ore-lha. Quase não falava, apenas ria, como se do outro lado lhe estivessem a contar anedotas. Era a primeira vez que a ouvia rir desde Lisboa. Tive ciúmes da pessoa com quem estava a falar. Quando me viu, parou lentamente de rir e disse-me:

É a mãe. Quer falar contigo.

Peguei no telemóvel. Os ciúmes desapareceram. A voz da Marta soou muito alta, muito nítida.

Vocês estão bem?, perguntou.

Estamos. Acho que estamos. Apenas cansados. E tu?

Tenho estado o dia todo a pensar em vocês, aí tão longe.

Desculpa.

Não. Não é nada disso. Tenho pensado na vossa viagem, na-quilo que me contaste sobre a senhora na Suíça.

E?

Tenho pena de não estar aí convosco. O que vocês estão a fazer para ajudar essa mulher é incrível. Tenho muito orgulho em vocês.

Almodôvar, aquilo fez-me sentir outra vez inteiro, as pala-vras da Marta davam sentido a tudo. E, de repente, eu só queria resolver depressa o problema da Doroteia Marques e regressar a casa, à minha nova casa em Viana do Castelo, com a Marta e os miúdos.

Abrimos as caixas das pizas em cima da minha cama, come-mos sentados no chão. O Xavier não apareceu. O Alípio contou a história sobre a primeira vez que andara de avião, uma viagem para Luanda que lhe pareceu interminável, sentado ao lado de uma rapariga que estava convencida de que se fosse com atenção a olhar o céu pela janela poderia dar-se o caso de ver passar um anjo. O Mateus rebolou no chão a rir, era outra vez o meu filho.

Por volta das dez da noite, o Alípio e o Vasco foram para os seus quartos. Nós vestimos os pijamas e apagámos as luzes. Durante uns minutos, eu e a Flor fizemos ruídos sinistros com a boca para assustarmos o Mateus. Ele gritava que parássemos, que não tinha piada, e ao mesmo tempo ria, e ele próprio ciciava como uma cascavel. Depois, sem combinarmos, ficámos todos calados ao mesmo tempo, um silêncio que apagou o mundo inteiro. Eles adormeceram. Eu fiquei acordado, quieto, embalado pelos seus sonos tão profundos.

Na quarta-feira de manhã, saímos do hotel antes das sete. Eu disse ao Alípio:

Posso conduzir.

Ele deu uma gargalhada. Sacudiu uma mão na minha direcção, como se estivesse a enxotar-me, e entrou para o lugar do condutor.

Eu não disse mais nada. Estava a sentir-me bem. Tinha dormido mais de quatro horas, naquele momento parecia-me suficiente. Os rapazes encontravam-se de bom humor, embora continuassem sem conseguir ligar a consola. O Mateus parecia resignado. Tinha-me dito:

Assim não há tentação.

Pensei se ele era capaz de entender toda a amplitude da palavra «tentação». Era um optimismo forçado, talvez resultasse, mas não me parecia ser aquele o caminho.

As palavras da Marta da noite anterior tinham-me entrado para o sangue, andavam a circular pelas artérias. A força que exerciam no meu corpo era uma espécie de magia. Entrámos de novo na estrada e pensei: podíamos fazer isto o resto da vida, conduzir pelo mundo e ajudar pessoas. Era uma ideia impossível, mas ainda assim.

A primeira hora de viagem foi serena. Comemos queques e bebemos leite com chocolate de pacote que trouxéramos do pequeno-almoço do hotel. O Alípio, o Vasco e o Mateus falaram sobre futebol, sobre os campeonatos espanhol e francês. O Vasco pediu o mapa das estradas da Europa e abriu-o à sua frente. Ele e o Mateus consultaram-no durante uns minutos e depois sugeriram que no regresso fôssemos assistir a um jogo em Barcelona ou em Madrid. O Alípio acenou com a cabeça.

É boa ideia, sussurrou como se pensasse em voz alta.

O Xavier comeu em silêncio. Tinha a cara cheia de vincos dos lençóis, o cabelo despenteado. Quando lhe perguntei se tinha tido notícias do irmão da Doroteia Marques, respondeu:

Ainda não morreu.

Ele vai morrer?, quis saber o Mateus.

Talvez.

Não sabemos, exclamei.

Se ela o quer ver depressa, disse o Vasco, é porque vai morrer.

Ela quer vê-lo porque ele está no hospital. Se uma pessoa de quem gostas estivesse no hospital, também quererias vê-la.

Uns quilómetros adiante, o Alípio disse:

O facto de ele estar a morrer não é importante.

Não é?, perguntou o Mateus.

Para nós, não é. Ela pediu ajuda e nós vamos ajudá-la. Fim.

Isso não é verdade, disse a Flor. Não estaríamos aqui se ele estivesse no hospital só com uma perna partida.

Ou com hemorróidas, interrompeu o Vasco.

O que são hemorróidas?, quis saber o Mateus.

Borbulhas no cu, respondeu o Vasco.

O Mateus riu-se.

Se fosse isso, respondeu o Alípio, ela não pediria ajuda para o ir ver.

Mas se pedisse? Íamos fazer esta viagem tão grande só porque está ao nosso alcance ajudá-la?

Não sei. Talvez. Se alguém pede ajuda é porque precisa.

O Xavier tirou a caixa de comprimidos do bolso do casaco.

Não faças isso, disse a Flor.

Eu quero.

Fica acordado.

Não.

Podemos conversar.

Não é suficiente para me convenceres.

E se eu te ler umas páginas do meu livro?

Que livro é?

A Flor debruçou-se, tirou um livro da mochila e mostrou a capa ao Xavier.

São contos, disse. Se eu ler um conto, ficas acordado?

Voltei a cabeça para trás, o Xavier tinha o livro nas mãos, os olhos duros sobre a capa, uma batalha interior tremenda, não o virou para ler o texto da contracapa, não o folheou. Esteve assim dez segundos e depois passou o livro à Flor.

Está bem, disse, resignado.

Ela abriu-o, passou as páginas até encontrar o conto que queria e então começou a ler. Era a história de um rapaz que tinha um amigo insuflável. A voz da minha filha espraiou-se no ar da carrinha, uma sintonia perfeita com cada palavra do texto. Nenhum de nós se mexeu, ficámos a ouvir. Eu pensei: se ela quisesse, podia fazer coisas extraordinárias com aquela voz. Depois, na história, o miúdo insuflável foi perseguido por colegas com pedras e paus e eu adormeci.

Acordei. O meu telemóvel tocava. A Flor já não estava a ler o conto. Na verdade, quando espreitei para trás, percebi que já nem sequer tinha o livro nas mãos. Estavam todos calados. O Xavier olhou para mim, pareceu-me que queria sorrir, no entanto, não chegou a acontecer.

Atende, disse ele.

Atendi. Era um homem, apresentou-se, um nome e um apelido que não me chegaram para o identificar. Falou depressa sobre uma entrevista de emprego e eu demorei algum tempo a perceber que não se tratava de uma coisa nova. Era um dos homens que me entrevistaram na semana anterior. Anunciou-me que continuavam interessados em mim, naquilo que poderia oferecer à sua empresa. Perguntei que empresa era e ele respondeu:

Na próxima entrevista, dar-lhe-emos toda essa informação.

Ainda há mais entrevistas?

O processo está a terminar. Você foi seleccionado para passar à última fase.

E a última fase é outra entrevista?

Exactamente.

Quando é que será a próxima entrevista?, perguntei.

Amanhã. De preferência de manhã. Mas também pode ser da parte da tarde.

A vida é uma puta, Almodôvar.

Amanhã não consigo, expliquei. Houve uma emergência, tive de me ausentar do País.

Nesse caso, na sexta-feira. Mas nunca depois disso.

Só estarei de volta no domingo.

Ele riu-se. Disse:

No domingo não está cá ninguém.

Segunda, então.

Isso é impossível. O processo tem de ficar concluído esta semana. É uma pena.

...

É uma pena, repetiu.

Almodôvar, ele explicou-me que havia três pessoas a passarem à última fase do processo de recrutamento e que eu era uma delas. E a indecisão era grande, as minhas hipóteses eram reais. Aquela última entrevista serviria para desempatar tudo.

211

Por um instante ponderei a possibilidade de deixar o grupo na Suíça com a Doroteia Marques, pedir dinheiro emprestado ao Xavier e apanhar um avião para Lisboa. Mas isso não chegava sequer a ser uma possibilidade: não podia deixar os meus filhos e o teu com o Xavier e o Alípio. Repeti:

Segunda. Se quiserem esperar, consigo estar aí na segunda-feira às nove.

Ele só respondeu:

Fica registado.

Desligámos. Pensei imediatamente: voltamos para trás agora mesmo. Estamos em Lisboa amanhã à noite. Apareço para a entrevista na sexta de manhã. Almodôvar, a oportunidade era tão rara, eu estava a cair há muito tempo e de repente havia uma corda a baloiçar ao meu lado, apenas tinha de esticar a mão e agarrá-la.

Ela contava com a vossa ajuda.

Eu também precisava de ajuda.

Então, devias ter escrito para o nosso site.

És um cabrão.

Voltei-me para trás. Eles estavam a olhar para mim, esperavam que falasse.

Era uma entrevista de emprego, exclamei.

Não podemos voltar para trás, disse o Xavier.

Porquê?, quis saber o Mateus.

Ela está à nossa espera.

Mas é uma entrevista de emprego. E o meu pai precisa de um emprego, disse o meu filho.

Imagina, disse a Flor ao irmão, que precisas de ajuda e alguém te diz que te vai ajudar e tu ficas à espera, imagina a esperança a crescer dentro de ti como uma maré, o teu corpo inteiro carregado de uma energia que não te pertence, o futuro a construir-se nos teus pensamentos, a tornar-se uma certeza, imagina que depois ninguém aparece, que as horas passam e os dias passam e ninguém chega, imagina o vazio.

212

O Mateus acenou com a cabeça, não disse nada.

A Flor chegou-se à frente e abraçou-me o pescoço.

Olhei para o Alípio. Por um segundo, olhou para mim. Havia uma amplitude na sua expressão que me lembrou de ti. Ele era uma daquelas pessoas capazes de verem o mundo de todos os ângulos ao mesmo tempo e de os entenderem a todos. Para o Alípio, qualquer decisão que eu tomasse seria válida.

Voltei-me de novo para a frente: a estrada, as árvores e as casas na berma, as pessoas, tudo demasiado pequeno debaixo do céu enorme. E eu estava outra vez furioso. A Flor tinha dito aquilo e eu senti o corpo aquecer, o estômago e os pulmões em chamas, o ardor a subir-me pelo peito, como se fosse cuspir fogo. Havia tanta coisa para fazer, tantos lugares onde estar, tanta vontade para consolar, mas andamos a gastar os dias uns dos outros, porque não sabemos tomar conta de nós próprios, não sabemos fazer o que é exigido de nós e continuar em frente quando nos perdemos do caminho que seguíamos, e então contamos que alguém apareça, que nos dê a mão, ou o braço, ou a vida. Eu não quero ajudar ninguém. E também não quero ser ajudado.

Daniel, os seres humanos ajudam-se uns aos outros.

Que se fodam os seres humanos.

Vocês voltaram para trás.

Não, Almodôvar. Continuámos.

Duzentos quilómetros depois, o Alípio perguntou se podíamos parar.

Já não temos gasolina?, perguntei.

Não é isso.

Então?

Cãibras. Na perna direita, a do acelerador.

Estávamos numa estrada nacional, poucos carros, vinhas de ambos os lados a estenderem-se até ao horizonte. Havia um cheiro a queimado no ar, porém, não se avistava fumo em parte

213

nenhuma. O Alípio saiu da estrada e parou a carrinha num local onde a berma era mais larga, junto a uma paragem de camionetas. Saímos todos, menos o Xavier. O Alípio atravessou a estrada a coxear. A Flor sentou-se no banco da paragem. O Mateus e o Vasco saltaram a vedação e caminharam vinte ou trinta metros pelo vinhedo. Eu contornei a carrinha. O Xavier tinha aberto a janela, estava a fumar um cigarro.

Estás bem?, perguntei.

Não. E tu?

Aquela entrevista era importante.

Isto também. Se não fosse, não teria saído de casa.

Mas pelo menos tu sabes que, quando regressarmos, voltas a fechar-te em casa e ficas lá durante os próximos dez ou vinte anos.

Ninguém sabe o que vai acontecer daqui a dez ou vinte anos.

Eu sei que a minha entrevista não espera por mim.

Daniel, vai correr tudo bem.

Tu não acreditas nisso.

Mas tu acreditas.

Dois carros passaram a grande velocidade. O Alípio aproximou-se. Era evidente que lhe custava muito andar.

Eu conduzo, disse-lhe.

Ninguém toca no volante a não ser eu.

Você não está em condições de conduzir.

Eu consigo.

Você não consegue pôr o pé no chão, quanto mais guiar os quinhentos quilómetros que faltam.

Eu consigo.

Que disparate. Vai matar-nos a todos por causa de uma teima de miúdo.

Vocês sabiam...

A carrinha é sua, ninguém lha rouba.

Daniel, disse o Xavier. Pára.

Mas estás a ouvir este gajo, Xavier.

Pára. Vai-te embora. Sai daqui.

Atravessei a estrada. Saltei o muro e mijei contra o tronco de uma videira.

O Xavier apareceu dois minutos depois. Disse:

O gajo não tem seguro para a carrinha.

O quê?

Tu sabes. Está desempregado. O dinheiro não lhe chega para tudo e ele deixou de pagar o seguro há dois anos.

E agora é que nos diz?

Não. Ele tinha-me falado sobre isto. Eu é que não te contei.

Porquê?

Se te contasse, não vinhas...

Foda-se. Claro que não vinha, Xavier. Não podemos fazer cinco mil quilómetros numa carrinha sem seguro.

Porquê?

Xavier. Se a Polícia nos manda parar, acabou-se. Ainda por cima aqui, no meio da Europa. Os gajos aqui não brincam com merdas deste género. Porque é que ele não comprou um seguro antes de virmos?

Não estás a perceber? O Alípio está desempregado há quatro anos mas ainda não está reformado. Ele vive com quase nada.

Pagavas tu.

Eu não tenho assim tanto...

E a herança do teu avô?

Eu disse-te: não é muito dinheiro. E depois desta viagem – a gasolina, hotéis e comida para seis pessoas – não vai restar nada.

Foda-se. Devias ter falado comigo, Xavier.

Eu sei. Mas tu não vinhas. E, sem ti, eu não seria capaz.

Isto é uma loucura.

Agora já aqui estamos. Mais vale continuar.

O gajo não consegue continuar.

Ele consegue.

Pelo menos devia deixar-me conduzir.

Tem medo.

215

Tem medo do quê?

Se acontece alguma coisa à carrinha, ele tem de pagar o arranjo, porque não tem seguro.

Só acontece alguma coisa à carrinha se ele se sentar ao volante com a perna naquele estado.

Diz que prefere arriscar. Diz que não sabe como conduzes.

Prefere arriscar? Foda-se, Xavier, levamos três miúdos ali dentro.

A buzina da carrinha soou como a sereia de um navio e logo de seguida perdeu-se no ar sobre a estrada.

Vamos embora, gritou o Alípio sentado ao volante.

O Mateus, a Flor e o Vasco também já estavam nos seus lugares.

Fiquei um instante a olhar para a terra vermelha entre os meus pés. Depois saltei o muro, atravessei a estrada e entrei na carrinha.

Alípio, disse. À primeira asneira, eu passo para o volante.

Ele piscou um olho, como se fosse um jogo e estivéssemos a combinar uma batota qualquer.

Deixaste-o conduzir cheio de cãibras na perna?

Era isso ou ficarmos ali, naquele vinhedo no meio do nada, à espera de que recuperasse. E queríamos chegar a Genebra antes de anoitecer.

Tinhas os miúdos dentro da carrinha.

Não podia arriscar perder um dia de viagem.

Cabrão.

O que foi?

Cabrão.

...

Tu acreditavas que era possível a tua entrevista de emprego passar para segunda-feira.

O quê?

Por isso não podias perder um dia de viagem. Tu tinhas esperança.

Claro que tinha esperança, Almodôvar.

216

Foda-se, Daniel. O gajo tinha garantido que iam concluir o processo até sexta-feira, mas mesmo assim tu acreditavas que terias outra oportunidade na segunda e querias chegar a Lisboa no domingo. Por isso deixaste o Alípio conduzir com cãibras.

Da maneira como colocas as coisas, parece muito premeditado. Não foi.

Mesmo assim. És um merdas, Daniel.

Mas a verdade é que o Alípio se aguentou. Levava o ar condicionado ligado, muito quente para não deixar a perna arrefecer. De vez em quando queixava-se, um resmungar sem palavras definidas, mas em momento nenhum me apercebi de que não era capaz de manter uma condução segura. Acredita em mim.

Entrámos na Suíça por volta das cinco da tarde. Na fronteira, os guardas acenaram-nos mas não nos fizeram parar. Genebra era logo a seguir. Levava numa folha alguns factos sobre a cidade. Ia começar a enunciá-los quando o Xavier disse:

A média da satisfação com a vida da população suíça é de 8 em 10.

Olhei para ele. Almodôvar, o cabrão estava a gozar comigo.

O quê?, perguntou o Alípio.

O Xavier explicou a cena do Índice Médio de Felicidade, o questionário de uma só pergunta, a lista dos países. O Mateus gritou que conhecia a pergunta e que já tentara responder mas que continuava à procura do seu número.

Talvez nunca encontres a resposta certa, comentou o Xavier.

E aqui eles estão oitenta por cento satisfeitos com a vida?, quis saber o Alípio.

Em média, sim, respondeu o Xavier. E depois acrescentou: Pergunte ao Daniel. Ele queria viver aqui.

Muda de assunto, Xavier, disse eu.

Os suíços são budistas?, perguntou o Mateus.

O Vasco e a Flor riram-se.

Não, disse o Alípio. São uma coisa ainda melhor.

O quê?

217

Ricos.

Eu nunca poderia estar oitenta por cento satisfeita com a vida num país tão frio, confessou a Flor.

O Vasco disse:

Eu acho que os suíços só respondem assim porque não conhecem outra realidade. Estão convencidos de que isto é o paraíso.

Eles conhecem outra realidade, disse eu. Viajam, lêem livros, vêem televisão.

É só uma teoria.

O Alípio fez questão de parar numa estação de serviço para abastecer a carrinha, queria estar preparado para a viagem do dia seguinte. Saímos todos. O Xavier ficou mas passou-me o seu cartão de crédito e pediu-me que levantasse francos suíços. Na cafetaria, o Mateus abriu o computador. Disse-me, como se me devesse uma satisfação:

É só um minuto.

Depois usou a Internet sem fios para vender trinta mil frangos da sua produção virtual. Explicou-me que mais meia hora e teria perdido aquelas aves todas, um prejuízo considerável. O Alípio caminhou de um lado para o outro, a sorrir para os suíços à nossa volta, tentando recuperar a circulação na perna. A Flor pediu-me dinheiro para comprar o jornal.

Pensei que não lias o jornal, disse eu.

Não leio. Mas quero saber o número de vezes que algumas palavras aparecem na imprensa aqui.

Porque eles estão oitenta por cento satisfeitos com a vida? Sim.

Tu não sabes ler francês.

Não. Mas o Vasco sabe.

O Vasco estava ao lado dela; olhou para mim e encolheu os ombros, como se me pedisse desculpa por saber francês.

Dei-lhes uma nota de 10 francos. Depois olhei em redor. As pessoas que entravam e saíam daquela cafetaria pareciam apenas pessoas. Não pareciam oitenta por cento satisfeitas com a vida. Tentei imaginar as diferenças entre elas e nós que explicassem a discrepância das nossas respostas. Havia coisas más nas nossas vidas que não existiam nas suas. Da mesma forma que havia coisas boas nas vidas delas que faltavam nas nossas. O Alípio tinha razão: elas eram mais ricas. Mas não podia ser só isso, a vida é muito mais do que isso. Aquelas pessoas continuavam a ser pessoas: tinham medos, sofriam, o facto de serem suíças não as impedia de adoecer, de morrer, o amor que sentiam era o mesmo que nós sentíamos. Porque seriam mais felizes?

Levávamos um mapa de Genebra, que o Xavier imprimira antes de sairmos de Lisboa, com o percurso até à casa da Doroteia Marques pintado a vermelho. Atravessámos a cidade em silêncio, cada um olhando as ruas da sua janela. Havia uma ordem quase impossível em tudo, como se os edifícios, os parques, os monumentos, mesmo as montanhas, tivessem sido construídos para um filme, um cenário que depois nunca chegara a ser desmontado. Tentei calcular quantas pessoas eu ajudara a chegar ali, turistas, estudantes, empresários, imigrantes. Dezenas. Possivelmente centenas. O Alípio disse:

Acho que percebo a felicidade deles.

Eu continuava sem perceber, Almodôvar. No entanto, parecia-me compreensível que o Alípio percebesse.

A Doroteia Marques morava numa rua estreita afastada do centro, na margem Este do lago, perto da água. Estacionámos a carrinha mesmo à frente do seu prédio. Saímos. O ar era frio, apesar de Junho, apesar de o Sol ainda não ter desaparecido do céu. Ficámos um instante parados diante da porta. A Flor disse:

Vamos tocar?

Olhei para o Xavier. De alguma forma, pareceu-me que deveria ser ele a fazê-lo. Mas ele estava debruçado sobre o capô da carrinha, de olhos fechados, a fumar um cigarro.

Aproximei-me do intercomunicador e toquei para o apartamento da Doroteia Marques.

Passou um minuto.

Depois, escutámos uma voz, metalizada pelo empurrão da electricidade, falando em francês.

Daniel, de Portugal, respondi.

Ela soltou um gemido involuntário e, logo de seguida, a porta do prédio abriu-se. Entrámos os seis e subimos no elevador. No segundo andar, a Doroteia Marques estava à nossa espera, sentada numa cadeira de rodas eléctrica. Viu-nos aparecer e a cadeira recuou meio metro. Era óbvio que não esperava tanta gente e parecia receosa. Estiquei o braço. Por um segundo, hesitou se deveria apertar-me a mão. Apresentei-nos, primeiro eu e o Xavier, depois o Alípio, depois os miúdos, esforcei-me por explicar a presença de cada um ali. Ela respondeu, num português cheio de sotaque:

Tanta gente por minha causa. Que disparate.

E, repara, Almodôvar, ela tinha razão: era um disparate.

Ficou um instante a olhar para nós. De repente o medo desapareceu do seu rosto. Pediu-nos que a seguíssemos e entrámos na sua casa. Era um apartamento espaçoso, com pouca mobília, livros espalhados por todo o lado, grandes ampliações de fotografias de insectos e batráquios em todas as paredes. Pousámos as mochilas na entrada e ela conduziu-nos à cozinha onde pôs água a aquecer numa chaleira para preparar um chá. Sentámo-nos em bancos altos, bancos nos quais com certeza ela já não se sentava havia muito. Apareceram três gatos brancos, esguios, quase sem pêlo, que a um só tempo saltaram para cima da bancada e depois se deitaram, enroscados uns nos outros, junto à torradeira. O Alípio perguntou-lhe pelo irmão.

Está à nossa espera, respondeu. E sorriu um sorriso que lhe tomou o rosto inteiro e depois, lentamente, se estendeu pelo seu corpo.

Era uma mulher muito bonita, com todas as suas rugas e o cabelo cor de cinza, com as pernas mortas e a voz tão frágil: de alguma forma, todas essas coisas se tinham tornado parte da sua beleza. Usava uma saia vermelha e uma camisola de gola alta branca; tinha os lábios pintados de um rosa que parecia ter nascido com ela. E estava descalça – mais tarde, confessou-me que uma das vantagens de já não usar os pés para caminhar era poder andar descalça.

O Vasco desceu do seu banco e aproximou-se de um quadro ao lado do frigorífico: uma fotografia de um louva-a-deus com cerca de um metro e meio de altura. O insecto parecia pronto para saltar da moldura e atacar o Vasco.

O meu marido era fotógrafo de natureza, explicou a Doroteia Marques. Chegou a publicar trabalhos na *National Geographic*. Ofereceu-me essa fotografia quando fizemos dois anos de casados.

Disse-o como se se tratasse de um facto histórico que todos ali deveríamos guardar na memória.

Havia mais fotografias na cozinha e o Vasco caminhou devagar junto às paredes, admirando cada uma. Depois saiu para o corredor. A Flor e o Mateus seguiram-no. Um minuto depois, o Mateus regressou e, sem olhar para mim, perguntou à Doroteia Marques se naquela casa havia Internet sem fios. Ela respondeu-lhe que sim, que a palavra-chave estava na sala escrita num *post--it* colado no telefone. Perguntou ao Mateus se ele sabia o que era um *post-it*. O Mateus riu-se e saiu outra vez.

Logo de seguida, o Xavier perguntou onde era a casa de banho e saiu também. Durante uns minutos, o Alípio falou com a Doroteia Marques sobre o dia seguinte, a hora da partida, a viagem até Marselha, o hospital onde estava o irmão dela. Depois queixou-se da perna, pediu uma banana à dona da casa, falou das propriedades milagrosas do potássio. Eu senti um rasgo de vergonha: a forma como nos espalhámos pela casa dava a sensação de que éramos nós quem na realidade precisava de ajuda.

A Doroteia Marques quis saber qual de nós era o dono do *site*.

Sou eu e o Xavier, respondi apontando para a porta por onde o Xavier acabara de sair.

Que grande ideia, exclamou.

Não quis contrariá-la. Apenas disse: Não foi minha.

Não importa, é uma grande ideia, insistiu.

O Alípio anunciou que precisava de se sentar num sítio mais confortável para descansar a perna. A Doroteia Marques sugeriu a poltrona no escritório e ele retirou-se.

Tive vontade de dizer que precisava de sair também para poder estar em Lisboa para uma entrevista de emprego no dia seguinte. Só que em vez disso apontei para as suas pernas e perguntei:

O que é que aconteceu?

Ela olhou para mim, um instante de tristeza súbita no rosto. E de repente sorriu e levantou os braços, o gesto universal de rendição.

É justo, disse. Há seis anos, no final de uma aula de hidroginástica, estava a sair da piscina e escorreguei no piso molhado. Caí de costas. A lesão na espinal medula foi muito grave. A paralisia não é total, consigo mexer dois dedos do pé direito e sinto alguma coisa na perna desse lado.

Olhei para os seus pés descalços. Era verdade: havia dois dedos a sacudirem-se no pé direito, como se tentassem libertar-se da carne e dos ossos que os prendiam. A Doroteia Marques olhou também para o seu pé e depois para mim e de novo para o pé, divertida e provocadora, como se estivesse a mostrar-me uma magia e esperasse que eu adivinhasse o truque por detrás.

O seu marido ainda era vivo?

Deus! Não. Felizmente tinha morrido no ano anterior.

Felizmente?

O Jacques gostava muito de mim, nunca me deu razão para me queixar. Mas detestava ficar quieto. Andava sempre na rua, a passear, a escrever pelos cafés, a desenhar, a fotografar. Todos os meses, saía durante três ou quatro dias e ia para as montanhas. E, de vez em quando, fazia a mala e metia-se num avião para o outro lado do Planeta. Era assim que ele era. E eu gostava dele assim. Se ainda aqui estivesse, esta situação ia pô-lo maluco, a lutar contra a vontade de sair de casa só para não me deixar sozinha nesta cadeira.

Então, nunca sai de casa?

Só se for absolutamente necessário, disse com os olhos muito abertos. Tenho uma senhora que vem todas as manhãs, traz-me as compras do supermercado, limpa-me a casa, passa a roupa a ferro, esse tipo de coisas. Mas compro quase tudo o que preciso na Internet. Nos últimos cinco anos, saí três vezes. Eu gosto disto. Já antes era assim. Nunca fui de fazer muitas amizades, nunca gostei de andar por aí, sempre que o Jacques me pedia que o acompanhasse numa excursão qualquer, ainda não tinha saído de casa e já só pensava em voltar. Este silêncio, este sossego, mesmo esta solidão, são coisas que já antes faziam parte de mim. Tenho os meus livros e os meus gatos e a Internet. É suficiente. Os dias passam e eu nem dou por eles.

Almodôvar, não sei se estás a perceber, mas ela era feliz com a vida que lhe restava. Mesmo sem o marido, mesmo sem as pernas, mesmo sem mundo à sua volta. Habitualmente, os velhos queixam-se de que as suas horas se tornaram demasiado longas. Ela sentia o contrário. Não havia qualquer revolta ou angústia na sua voz, na maneira como falava das coisas, na tremura do seu olhar sempre que procurava algo do passado. Eu tinha-a imaginado uma mulher derrotada, mas isso havia sido um assombroso erro de avaliação. Não era sequer necessário tentar calcular o índice de felicidade daquela mulher. Ela estava ali à minha frente e a felicidade dela era uma evidência concreta. Como é que ela fazia aquilo? Senti uma inveja intensa. E nós estávamos ali para a ajudar. Milhares de milhões de pessoas no mundo e nós tínhamos feito quase dois mil quilómetros até à Suíça, onde o cidadão médio era oitenta por cento feliz, para ajudar uma mulher que, apesar de todas as contrariedades, era mais feliz do que qualquer de nós.

Ela precisava de ajuda.

Almodôvar, qualquer um de nós precisava mais de ajuda do que ela. O que é que estávamos ali a fazer?

Ela pediu ajuda e vocês foram.

Imagina que ela era o cidadão médio suíço, um índice de felicidade de oito em dez. Imagina que ninguém respondia ao seu pedido de ajuda e ela não conseguia ir ver o irmão a Marselha antes de morrer. Imagina os danos que isso provocaria no seu índice médio de felicidade. Algumas décimas? Um ponto inteiro? Dois? Não acredito que, depois de tudo o que ela vivera antes, chegasse a dois pontos. Talvez um ponto e meio. O seu novo valor seria 6,5. Foda-se, Almodôvar, nenhum de nós naquela carrinha podia gabar-se de um valor tão alto.

Não sabes.

Almodôvar, tu é que não sabes. Mas já lá iremos.

Pensei que acreditavas estarem a fazer uma coisa boa. Por isso levaste os miúdos convosco na carrinha.

Eu acreditava. Mas depois cheguei lá e vi-a, vi a sua casa e ouvi as suas histórias. Isso mudou tudo.

Levantei-me. Expliquei à Doroteia Marques que tínhamos quartos reservados num hotel não muito longe dali, que voltaríamos na manhã seguinte, por volta das sete, para a apanhar.

Nem pensem, exclamou. Esta noite serão meus hóspedes. É o mínimo que posso fazer.

Eu disse-lhe que não era necessário, éramos muitos e não queríamos dar trabalho. Ela sacudiu as mãos à frente da cara, como se tentasse impedir que as minhas palavras a alcançassem.

Está decidido e não se fala mais no assunto.

Eu não insisti. Estava exausto. Estávamos todos exaustos. Nenhum de nós tinha vontade de sair daquela casa.

Durante duas ou três horas, não aconteceu nada. A Flor e o Vasco estiveram sentados em frente da televisão a saltar entre os canais de música sem parar em nenhum mais de dez minutos, enquanto o Mateus, com o portátil no colo, se ria com vídeos de chineses vestidos com fatos extravagantes tentando ultrapassar obstáculos para não irem parar à lama. Eu e o Alípio acertámos o plano da viagem para o dia seguinte. O Xavier apareceu e pediu ao Alípio os documentos da carrinha. Olhou durante uns minutos para o papel do seguro caducado no ano anterior e por fim disse que iria tentar alterar a data, um 0 em vez de um 1 seria suficiente. Eu expliquei-lhe que, se a carrinha sofresse qualquer tipo de dano, aquela falsificação não serviria de nada. Ele respondeu que, mesmo assim, valia a pena fazer alguma coisa.

Anoiteceu depressa.

O Alípio encostou-se no sofá e adormeceu. Folheei os jornais que a Flor comprara, algumas páginas já cheias de palavras sublinhadas, *guerre*, *conflit*, *paix*, *mort*, *développement*, *crime*, *découverte*, *récession*, *fortuné*, *festivités*, *chômage*, *assaut*, *inflation*, *futur*, *crise*, números rabiscados nas margens. O Xavier terminou a tarefa. Não mostrou a ninguém o resultado final. Levantou-se, andou por ali sem rumo definido, admirou um grupo de oito fotografias de lagartos na parede atrás de um dos sofás e depois foi outra vez meter-se na casa de banho. Quando começámos a falar em jantar, a Doroteia Marques abriu uma gaveta, tirou de lá uma dúzia de panfletos de restaurantes com serviço de entrega ao domicílio e pediu-nos que escolhêssemos, ela pagava.

Não é preciso, disse o Alípio.

É o que faço todas as noites, explicou. E repetiu: Vocês são meus hóspedes.

Não foi possível chegar a uma escolha que agradasse a todos – o Mateus queria outra vez piza, a Flor e o Vasco queriam comida chinesa e o Alípio fazia questão de comer qualquer coisa

225

tradicional da Suíça. De modo que acabámos por encomendar jantar em três restaurantes diferentes. Enquanto comíamos, a Doroteia Marques falou sobre a Suíça, uma espécie de lição de história. Quando terminou, o Mateus perguntou-lhe se era verdade que os suíços estavam oitenta por cento satisfeitos com a vida que tinham. Ela respondeu que não fazia ideia, nunca havia escutado tal coisa.

Mas é possível?, insistiu o Mateus.

Ela voltou a cabeça para a janela, como se dali fosse capaz de observar o país inteiro. Depois respondeu:

Sim, é possível.

O que não dizia nada sobre o país, Almodôvar, mas muito sobre ela.

Terminámos de jantar, arrumámos tudo e fomos deitar-nos – eu e os miúdos num quarto de hóspedes com duas camas largas, o Xavier e o Alípio nos sofás da sala. Adormeci quase imediatamente. Acordei pouco antes das três. A casa estava toda em silêncio. Para além dos passos do Xavier a vaguear entre a cozinha e a sala, a casa estava toda em silêncio.

No dia seguinte, quinta-feira, eu e o Xavier levantámos a Doroteia Marques e ajudámo-la a subir para a carrinha. Ela sentou-se no banco da frente, entre mim e o Alípio. Depois metemos a cadeira de rodas na mala da carrinha, o que só foi possível rebatendo parte do último banco. Ainda não eram oito da manhã, o céu estava tão azul que parecia pintado.

Fizemos cerca de cinquenta quilómetros em silêncio. O Mateus ia sentado atrás de mim, zangado, uma expressão de enorme desconsolo no rosto. Estava há seis dias à espera de que três milhões de pintos do seu aviário virtual se tornassem adultos, para os vender e com o dinheiro comprar um sistema de incubação que duplicaria a velocidade da sua produção de ovos. A previsão era de que os frangos estivessem prontos a ser vendidos às 9:47. O Mateus teria então uma hora para tratar do negócio; depois disso, a cada minuto decorrido, o seu prejuízo seria exponencial. Só que o nosso plano era chegarmos a Marselha depois do meio-dia. De modo que o Mateus fez as contas ao tempo, calculou os prejuízos da catástrofe que iria abater-se sobre o seu aviário e encheu-se de uma fúria que nenhum de nós soube serenar.

A Flor e o Vasco iam a ler o mesmo livro, um romance qualquer sobre a Grande Depressão americana, as cabeças muito próximas: ele segurava o livro, ela virava as páginas.

Pouco depois de passarmos Grenoble, a Doroteia Marques anunciou ter reflectido sobre a questão da satisfação com a vida. E depois, sem qualquer explicação, anunciou-nos um número. Ninguém lhe perguntou como havia chegado àquele valor, que parcelas do seu mundo incluíra, que peso atribuíra a cada parcela.

Passaram alguns minutos. Então, a Flor, sem levantar a cabeça da leitura, disse também o seu número.

E depois o Alípio disse o seu.

E depois o Xavier.

E o Vasco.

E o Mateus.

E eu.

6,0, disse o Xavier. A média de felicidade dentro desta carrinha é **6,0**.

Aquele número pareceu-me impossível. É verdade que a Doroteia Marques tinha um grau de satisfação com a vida elevado, mas, mesmo assim, 6,0 parecia estar muito longe de nos representar.

Chegámos a Marselha perto da uma. O sol era uma explosão de luz sobre o mundo e o Mediterrâneo estava muito quieto, como se fosse possível caminhar sobre a água. Fomos directamente para o hospital. O Alípio encostou na berma, perto da porta das urgências, para nós sairmos e tirarmos a cadeira de rodas, e foi estacionar. Na recepção disseram-nos o número do quarto onde se encontrava o irmão da Doroteia Marques; o período das visitas tinha início às duas.

O Alípio encontrou-se connosco na cafetaria no átrio do hospital. Comemos pastéis de carne e bebemos refrigerantes. Eu li alguns factos sobre Marselha que levara de Lisboa: a segunda maior cidade de França, a mais antiga, cerca de 850 000 habitantes, um anfiteatro voltado para o Mediterrâneo, ao contrário do que se pensa, a *Marselhesa* não nasceu ali, mas foram os soldados federados marselheses que no final do século dezoito, durante a Revolução Francesa, a tornaram tão popular. Estiveram calados a ouvir-me, porém, ninguém pareceu muito interessado. A Doroteia Marques não tirou o olhar do prato, uma quietude sobre-humana no seu corpo, mas não chegou a tocar na comida. O Mateus abriu o portátil sobre a mesa. Ficou uns minutos a olhar para o ecrã, sem mexer no teclado, e por fim fechou-o.

Aqui não há Internet sem fios, disse.

Claro que não, exclamou o Vasco. Com os aparelhos eléctricos que eles têm nas salas de operação e as máquinas para ajudarem os pacientes a respirar, um sistema de Internet sem fios podia dar cabo de tudo. Podiam morrer pessoas.

O Mateus olhou para mim. Perguntou:

É verdade?

Eu não fazia ideia se era verdade. Respondi:

Faz sentido.

De repente, a Doroteia Marques afastou-se da mesa.

Está na hora, disse, sorrindo e acenando com a cabeça, como se fôssemos todos crianças e ela a professora preparada para dar início à aula. Parecia nervosa, uma ansiedade miudinha em todos os gestos.

Permanecemos nos lugares, a olhar para ela. E, como não se ia embora, o Alípio perguntou:

Quer que a acompanhe?

Ela sorriu de novo e o Alípio levantou-se. Afastaram-se os dois na direcção dos elevadores. Era por aquele momento que todos estávamos ali. E, contudo, pareceu faltar qualquer coisa.

Acabámos de comer e saímos do hospital. O Mateus queria conhecer a cidade. Mas era impossível, estávamos muito longe do centro, à volta do hospital havia apenas residências, armazéns e floresta. Ele insistiu, mesmo assim queria ver como era Marselha. De modo que caminhámos durante uns minutos, atravessámos uma estrada larga, três faixas de cada lado, passámos por um pequeno bairro de quarteirões idênticos, prédios de dois ou três andares, nenhum movimento nas ruas ou nas janelas. Um pouco adiante, num parque de árvores altas e copas frondosas, descobrimos um lago. Eu e o Xavier sentámo-nos num dos bancos de madeira. Os miúdos aproximaram-se do lago, o Mateus mergulhou a mão na água e deixou-a lá.

Foda-se, disse o Xavier.

Olhei para ele. Estava muito direito, as mãos debaixo do rabo, o olhar perdido num ponto do infinito à nossa frente. Tinha uma expressão de rendição absoluta, como se estivéssemos diante de um pelotão de fuzilamento.

Que se passa?, perguntei.

Não sei se aguento.

Não sabes se aguentas o quê?

Isto. Estar aqui.

Tu querias estar aqui.

Não queria. Mas não havia outra solução.

E agora?

Agora sinto que estou de cabeça para baixo e tenho o Planeta em cima das pernas.

Merda, Xavier. Relaxa.

Era muito bom que as coisas acontecessem só por as dizermos em voz alta. Mas não é assim.

Porque é que fazes isto?

229

Isto o quê?

Encontras sempre forma de te colocares no centro de tudo.

Isso não é verdade.

Claro que é. O teu medo, a tua aversão ao mundo e à vida, a tua tristeza, são maiores do que tu, enchem o ar ao teu redor e envolvem quem estiver por perto.

Não é essa a minha intenção.

Acredito que não seja. Mas estás tão concentrado em ti, em manter esse medo afastado, que não dás conta do que fazes.

Desculpa.

Isso não me serve de nada, Xavier. Aprende a viver e acaba com isso.

É muito difícil.

É muito difícil para toda a gente. Foda-se, tu não és diferente das outras pessoas.

Ele tinha os lábios apertados, os músculos à volta da boca duros. Havia uma angústia profunda nos seus olhos. Levantou uma mão e, devagar, disse:

Daniel, falamos disto depois. Agora não consigo.

A mão moveu-se no ar, marcando as pausas entre as palavras.

E eu pensei: ele não vai aguentar até ao fim. Um dia vai matar-se, como nós sempre soubemos. Talvez aconteça em breve. Talvez aconteça hoje.

Não estragues isto, Xavier, disse eu. Viemos até aqui, ela está lá em cima com o irmão, era aquilo que queríamos. E o Almodôvar vai ficar feliz quando souber.

Eu sei. Eu sei. Ele pediu-me tanto que viéssemos.

O Almodôvar? Quando é que o Almodôvar te pediu que viéssemos?

O Xavier mordeu o lábio inferior, os seus olhos irrequietos quase a saltarem das órbitas. Ele não queria falar. Mas nós sabemos a força que a verdade exerce dentro do seu corpo, para ele a mentira nunca é uma hipótese.

Xavier? Quando é que o Almodôvar te pediu que viéssemos?

Ele fechou os olhos, só por um segundo, e depois abriu-os e disse:

Na semana passada.

Foda-se, na semana passada? Foste visitá-lo à prisão e ele recebeu-te?

Escrevi-lhe a contar o que se estava a passar.

E o cabrão respondeu?

Eu não sabia se ele ia responder. Foi a primeira vez que lhe escrevi, achei que era importante ele saber da Doroteia Marques.

E respondeu, assim, sem mais nem menos, depois deste tempo todo de silêncio?

O Xavier encostou-se atrás no banco sem tirar as mãos de baixo do rabo.

Ele já tinha escrito antes, disse.

Foda-se, quando?

Cerca de uma vez por mês.

Uma vez por mês? Desde quando?

Desde o terceiro ou quarto mês na prisão.

Fiz as contas: eram mais de dez cartas. Almodôvar, a primeira coisa que me passou pela cabeça foi encher o Xavier de tareia. Só que isso não teria resolvido nada. Eu estava fodido contigo, não com ele.

Porque é que eu não soube?

Ele pediu-me para não contar a ninguém.

Xavier, mas estamos todos preocupados com ele há mais de um ano e ele não diz nada. A Clara e o Vasco têm de saber.

Ele pediu-me para não contar nada.

O que é que ele diz nas cartas?

Nada de mais. Fala sobre os dias lá dentro, as coisas difíceis que lhe acontecem, as conversas com outros reclusos, algumas memórias, planos para o futuro. Quase como um diário.

Ele fala sobre o que aconteceu?

Não.

E tu nunca lhe perguntaste?

Eu nunca lhe escrevi até agora.

Porque não?

Nunca tive nada para lhe dizer.

Foda-se, não tens nada para lhe dizer? Não tens perguntas?

Sobre o quê?

Sobre o que ele fez para ser preso. Sobre o seu silêncio.

Não.

E mesmo assim o gajo continuou a escrever-te estes meses todos? Porque é que não escreveu para mim?

Não sei. Se calhar sabia que eu não ia responder. Se calhar precisava de alguém assim.

E de repente percebi, Almodôvar.

A ideia desta viagem não foi tua, disse eu. Foi dele. Foi o Almodôvar que te disse para vires à Suíça ajudar a Doroteia Marques. Foi ele que te disse que me convencesses. Nós só estamos aqui porque ele pediu.

O Xavier ficou calado. Acenou com a cabeça, um movimento quase imperceptível.

Almodôvar, gostava de entender. Recusas receber-me, não falas comigo durante mais de um ano. Mas ao mesmo tempo escreves ao Xavier todos os meses, confessas-te, partilhas com ele as coisas que vives, que te acontecem. Por favor, explica-me porque é que fizeste isto.

Sabes que não posso fazer isso. Eu não sou mesmo o Almodôvar.

Eu sei.

Mas estás zangado?

Foda-se, eu não sou o gajo que ficou cá fora para te resolver os problemas. É o que parece, mas não sou. A minha vida é outra coisa.

É mesmo?

Vai-te foder.

Mas talvez o Xavier estivesse certo. Talvez eu apenas quisesse alguém a quem enviar as minhas cartas e que não respondesse.

Porquê?

Não sei. Medo. Cansaço. Vergonha.

Eu teria sabido ficar calado.

Não me parece, Daniel. Tu tens demasiadas perguntas. E precisas de respostas. Tu exiges demasiado das pessoas.

De onde é que isso vem agora?

Foste sempre assim. Tens na cabeça planos detalhados para aquilo que cada pessoa à tua volta deveria ser e não aceitas que ninguém se afaste um centímetro dessa imagem fabricada. Não aceitas que ninguém gaste mais mundo, mais tempo, mais vida, do que tu acreditas razoável. Mas ouve uma coisa, cabrão: o problema não é das pessoas, o problema é teu.

Lembras-te daquela noite, Daniel? Aquela noite em casa do Xavier, antes de eu ser preso? Eu pedi-te que fosses ter a casa dele porque tinha uma coisa importante para vos contar. E tu apareceste por volta das oito no teu fato de três peças, impecável como sempre, e antes mesmo de entrares perguntaste o que se passava, porque tinhas pressa, tinhas de ir para casa jantar com a Marta e com os teus filhos e depois querias trabalhar numa proposta que devias apresentar dois dias mais tarde. Mas eu apenas te mostrei a garrafa de vodka *que tinha numa mão e o copo de três dedos na outra e enchi o copo com o* vodka *e passei-to e disse: «Bebe.» E tu foste o gajo mais fixe desta terra e deixaste cair o teu ar sempre tão diligente e olhaste para mim como se te estivesse a propor uma loucura tremenda, pegaste no copo e emborcaste tudo num só trago. Como se isso não chegasse, esticaste o braço com o copo entre dois dedos e disseste: «Enche outra vez.» Eu enchi e voltaste a beber. Lembras-te?*

«Não se passa nada», disse eu. «Estamos aqui para celebrar.»

«Para celebrar o quê?»

«Nada. Para celebrar e pronto.»

E tu precisavas tanto daquilo, Daniel, sentir de novo essa ausência de peso na tua vida. Por isso ligaste para a Marta a dizer que estavas comigo e ficaste.

O Xavier não bebeu, andou horas com o seu copinho de um lado para o outro – o problema dele nunca foi tornar-se leve, mas precisamente

233

o contrário, ele tinha perdido densidade e não sabia recuperá-la. Mas acompanhou-nos nas conversas e riu-se, foda-se, fazia tanto tempo que não o ouvia rir-se assim. E tu a ficares bêbado depressa e a chateá-lo por ele pintar o cabelo de branco, que a sua convicção de se achar velho desde a adolescência era uma paranóia sem sentido. Até que ele explicou que já não pintava o cabelo há seis ou sete anos, que o branco se tornara na sua cor natural, como se o próprio corpo pactuasse com as ideias negras que lhe atravessavam a mente.

E depois fumámos aquela ganza que ele enrolou e passámos definitivamente para outro estado das coisas. Foi por essa altura que o Xavier começou a falar do medo que o mundo lhe metia e do céu, o gajo a dizer que o céu lhe parecia o lugar certo para alguém como ele, não o céu do paraíso, o céu das nuvens e do vento, e nós deitados no chão a rirmos à gargalhada com aquelas teorias de dona de casa espiritualista. Lembras-te?

Tu levantaste-te ainda a rir e foste à casa de banho e quando voltaste tinhas na cara uma expressão de iluminado. Nós a perguntarmos: «O que foi? O que se passa?» E tu ajoelhaste-te no chão à frente do Xavier e, muito devagar, disseste:

«Vamos sair.»

«Agora?», perguntei eu.

«Agora. Xavier, vem comigo lá a baixo.»

Cabrão, tu bebes e ficas assim: perdes o respeito pelo mundo e pelas pessoas.

«Não sejas estúpido, Daniel», disse eu.

«Ele é capaz. Atravessamos a rua e voltamos a subir. Só isso.»

Nós a discutirmos e o Xavier a olhar para ti, como se te estivesse a ver pela primeira vez. Até que disse, baixinho:

«Não posso. Desculpa.»

E começou a chorar.

Não sei se alguma vez te apercebeste, mas ele esforçava-se tanto por te agradar, para que tu o aceitasses, para que o compreendesses. A tua aprovação era muito importante. Mas tu nem olhaste para ele. Esticaste o braço para pegar na garrafa que eu tinha na mão e voltaste a encher o copo.

Para que ele parasse de chorar, perguntei-lhe se me fazia uma tatua-gem. Lembras-te? Há anos que ele nos pedia que o deixássemos tatuar qualquer coisa.

Ele olhou para mim durante alguns segundos e depois limpou as lágrimas com as costas da mão.

«Posso desenhar o que eu quiser?», perguntou.

«O que tu quiseres. Com duas condições. Um, não pode ter mais do que três centímetros. Dois, tem de ser numa parte do meu corpo que eu não veja.»

Ele tatuou-me três pontos – ... – atrás da orelha, só isso, não demo-rou mais de um minuto.

De seguida, mudou a agulha à máquina e tatuou os mesmos três pon-tos – ... – na parte de baixo do seu pulso esquerdo, mesmo sobre as veias. Então voltou-se para ti e disse:

«Agora tu, Daniel.»

«Vai-te foder, Xavier», exclamaste a rir.

«Isto só faz sentido se tu também tiveres o mesmo tatuado.»

«O problema não é meu. Nunca disse que te deixava tatuares-me fosse o que fosse.»

«És um idiota de merda, Daniel.»

«Somos todos, Xavier.»

Lembras-te do silêncio? Como se o prédio fosse implodir a qualquer momento. O Xavier começou a limpar tudo, deitou fora as agulhas, arrumou a máquina no estojo, e então tu disseste:

«Está bem.»

Ele ficou à espera, já sabia que contigo as coisas nunca eram assim tão fáceis. Tu continuaste:

«Deixo que me faças a tatuagem. Mas só depois de ires comigo lá a baixo à rua.»

«Foda-se. Pára com isso, Daniel.»

«Não te metas, Almodôvar.»

O Xavier levantou-se da cadeira e caminhou pela sala, as mãos na cabeça, os dedos todos a amachucarem o cabelo branco, uma batalha

235

medonha a acontecer dentro dele. Depois parou e começou a vestir o rou-
pão por cima do pijama.

«Vamos», disse, dirigindo-se para a porta.

«Não, Xavier», disse eu. «Não vais fazer isso.»

Mas tu puseste-te à minha frente, os teus olhos dilatados como se fos-
sem sair das órbitas, e exclamaste:

«Isto é uma coisa boa, Almodôvar. Estamos a ajudá-lo.»

Eu empurrei-te. Tu encheste o corpo de força e durante uns segundos
resististe como um rochedo cravado fundo na terra. Podia ter sido o iní-
cio de uma luta. Podia ter acabado mal. Lembras-te da última vez que
lutámos? Tínhamos onze anos; o meu cão tinha acabado de morrer e tu
disseste que era melhor assim porque o cabrão do animal só sabia mor-
der em toda a gente.

Adiante. De repente, deixaste que os meus braços te afastassem.

Lembras-te, Daniel? Ainda acreditas que estavas a ajudá-lo?

Saímos do apartamento, eu e tu aos gritos, o Xavier calado como um
condenado à morte. Tu chamaste o elevador.

Eu disse: «Não precisas de fazer isto, Xavier.»

Ele olhou para mim, pânico líquido a inundar-lhe os olhos, e, sem
nenhuma convicção, respondeu:

«Eu sei. Mas não há problema.»

Tu colocaste um braço à volta dos ombros dele. Disseste:

«Vamos lá abaixo, fumamos um cigarro e voltamos para cima.»

O elevador chegou e nós entrámos. O Xavier encostou-se a uma das
paredes do elevador e escorregou devagar até ficar encolhido, agarrado às
pernas, no chão. Quando começámos a descer, começou a chorar. Olhei
para ti através do espelho. Tu inclinaste a cabeça e piscaste-me o olho,
como se tivéssemos planeado aquilo os dois.

Chegámos ao rés-do-chão. Eu e tu saímos, o Xavier levantou-se mas
ficou parado onde estava.

«Anda, Xavier», disseste segurando a porta aberta.

«Eu vou. Eu vou.»

E ficou ali, um minuto, dois minutos, imobilizado pelo pavor, a
engolir em seco. Até que tu largaste a porta e ela se fechou na sua cara.

Um instante depois o elevador começou a subir. Tu apertaste-me a mão, deste-me as boas-noites e foste-te embora.

Eram quase três da manhã.

Duas horas mais tarde, fui apanhado a assaltar a estação de serviço.

Lembras-te?

Lembras-te?

Claro que me lembro, Almodôvar. Mas estás enganado: eu não fiz aquilo por não respeitar o Xavier. É ao contrário: ele é um ser humano e eu acredito que todos os seres humanos têm dentro de si uma força que transcende toda a nossa imaginação e são capazes de qualquer coisa. Eu acredito que o impossível é apenas uma ideia que nós criámos para lidarmos com as nossas frustrações, pensarmos que algumas coisas são inalcançáveis torna tudo mais fácil. O Xavier crê que perdeu essa força, mas eu sei que não é verdade, essa força existirá dentro dele enquanto o seu coração bater. Eu só estava a tentar mostrar-lhe isso. E o que tu não sabes é que voltei lá. Umas semanas depois, não me lembro se já tinhas sido julgado, voltei a casa do Xavier e deixei-o fazer-me a tatuagem. Ele pintou os três pontos – ... – mesmo no meio das minhas costas.

Fico feliz por saber isso.

Pois. Agora cala-te e deixa-me contar o resto.

Levantei-me do banco. Dei três passos para me afastar do Xavier. O parque estava tão sossegado, era como se aquele lugar fosse um segredo. As árvores abanavam levemente, pareciam penduradas do céu. Havia uma mulher sentada num banco oposto ao nosso com um carrinho de bebé ao lado. Havia dois velhos que caminhavam à volta do lago com passos de escassos centímetros. Havia pombos pousados sobre a estátua de uma sereia que saía da água, quase como se fossem parte da estátua. O Mateus, a Flor e o Vasco já não estavam junto ao lago. Não estavam em parte nenhuma. Voltei para junto do Xavier.

Viste os miúdos?

Ele tinha a cara voltada para o sol, os olhos fechados. Demorou um instante a abri-los. Depois apontou para a margem do lago.

Estavam ali, murmurou.

Eu sei que estavam ali, Xavier. Mas para onde é que foram?

Não sei.

Espera aqui, disse-lhe.

E atravessei o parque. Quando cheguei ao outro lado, percebi que não terminava ali, havia uma ligeira inclinação e o arvoredo prolongava-se, menos denso, flores amarelas por todo o lado. Havia várias pessoas a correrem pelos caminhos de terra. Continuei mais uns cem metros. E então vi-os, dentro de um parque infantil. A Flor estava sentada num baloiço, as pontas dos pés tocando levemente o chão, as mãos segurando as correntes. O Vasco tinha encontrado espaço entre as pernas dela e tinha as mãos sobre as dela. Estavam a beijar-se, um beijo que parecia durar há muito tempo. Não vi o Mateus em parte nenhuma.

Almodôvar, lembras-te de quando eram pequenos? Sempre juntos, a correrem atrás um do outro. Ainda mal falavam e nós já brincávamos que havia ali promessa de namoro certo. E felicitávamo-nos um ao outro, futuros compadres, futuros avôs de um mesmo neto. Não me lembro se falávamos a sério. Mas aquele beijo poderia ter sido o início de tudo isso. E repara que nunca fui um pai demasiado protector, a ideia de um rapaz de quinze anos beijar a minha filha, bonita como são todas as raparigas aos treze anos, nunca me preocupou. Pelo contrário, sabia que isso seria importante. Só que aquele beijo, Almodôvar, deixou-me sem chão, a navegar num pânico líquido. Como se o teu filho pudesse contaminar a Flor através daquele beijo. Como se a vida do Vasco, os vídeos com os sem-abrigo, os amigos dele, aquele apartamento, as drogas, as mentiras, a falta que tu lhe fazes, o valor tão baixo que horas antes ele atribuíra ao seu índice de felicidade, como se tudo isso pudesse passar para a Flor e consumi-la até não restar nada daquilo que ela é.

Aproximei-me. Eles não deram logo conta, o beijo continuou. Eu disse:

Flor.

O Vasco largou-a, deu um passo atrás e ficou encostado à parede. A Flor manteve-se no mesmo lugar e sorriu para mim quase sem mexer a boca. O Vasco exclamou:

Daniel, desculpa.

E então passou-me pela cabeça deixá-lo ali, voltar para Portugal sem ele, salvar a Flor. No entanto, disse:

Falamos mais tarde. Flor, onde é que está o teu irmão?

Não sei. Pensei que estivesse contigo.

Não está. Ele não veio para aqui convosco?

Não.

Voltámos para junto do Xavier. Sentada ao lado dele no banco, uma mulher tinha esmigalhado uma bolacha na palma da mão e havia uma pomba pousada no seu pulso a bicar as migalhas. O Mateus não estava lá.

Esperem aqui, disse eu.

Do outro lado, o parque terminava logo a seguir. Corri para atravessar a rua entre dois automóveis. Ao longo do passeio, havia duas ou três lojas, um café com uma esplanada de três mesas, um quiosque de jornais no fim do quarteirão. Entrei nas lojas e no café e não vi o meu filho. Falei com o homem que estava dentro do quiosque, ele abanou a cabeça, não tenho a certeza de que tenha percebido o meu francês. Atravessei outra rua e fiz o mesmo no quarteirão seguinte e depois no seguinte. Senti o estômago contorcer-se, o preâmbulo de uma tristeza que se aproximava depressa.

Regressei ao parque.

Temos de nos separar, disse.

Pedi ao Xavier que fosse para o hospital, talvez o Mateus tivesse voltado para lá. Ele afastou-se arrastando os pés, como se efectivamente tivesse o mundo inteiro em cima das pernas. Não estava bem, Almodôvar, mas eu não podia fazer nada por

239

ele naquele momento. Disse à Flor e ao Vasco que ficassem no parque, para o caso de o Mateus regressar. E corri, atravessei o parque e cheguei a um estacionamento que pertencia ao hospital, duas ou três plataformas de betão sobrepostas com a área de um campo de futebol e sem paredes. Caminhei por entre as fileiras de carros do piso térreo, à procura. Não havia qualquer movimento, como se todos aqueles automóveis tivessem sido abandonados. Pensei na Marta, nas palavras que teria de lhe dizer para explicar que perdera o nosso filho em França. Essas palavras não existiam. Almodôvar, aquela viagem era tudo menos a coisa certa a fazer.

Subi ao primeiro piso, andei pelo meio dos carros, gritei o nome do Mateus. Ninguém respondeu. Depois fiz o mesmo no segundo piso. Depois no terceiro, a céu aberto. Nada, ele não estava ali.

Liguei ao Xavier. Tinha acabado de chegar ao hospital. Não tinha encontrado o Mateus.

Saí do estacionamento e avancei por uma rua de armazéns. Já passava das três da tarde. Percorri dezenas de ruas paralelas e perpendiculares, como se fosse um jogo. Numa rua de maior movimento, entrei nas lojas, nos restaurantes, nas padarias, nas cafetarias, numa casa de banho pública, num prédio de escritórios, num centro de massagens onde três mulheres me ajudaram a despir o casaco sem perceberem que o meu problema não era assim tão fácil de resolver. A correr, sempre a correr.

Olhei para o telemóvel. Não havia registo de chamadas não atendidas. Liguei para o Vasco; eles continuavam no parque, o Mateus não tinha aparecido. Liguei para o Xavier; a única coisa que ele disse foi:

Este hospital é interminável.

Liguei para o Alípio, contei-lhe o que se passava. Ele e a Doroteia Marques continuavam com o irmão dela. Ela estava a contar-lhe histórias de quando eram miúdos, a rir como se ela própria as estivesse a ouvir pela primeira vez. O irmão, preso

240

no seu coma profundo, mexera o mindinho da mão esquerda três ou quatro vezes. O Alípio deixou-a e foi também procurar o Mateus dentro do hospital.

Numa rua mais movimentada, vi um autocarro parar durante um minuto na paragem, alguns passageiros entraram, outros saíram. Imaginei o Mateus a entrar num autocarro idêntico, a ser levado para um destino escrito numa língua que ele não sabia decifrar. Era uma ideia absurda, porém parecia-me tão possível. De modo que entrei no autocarro seguinte. Paguei o bilhete e fiquei ali de pé, ao lado do motorista, para poder ver a estrada pelo vidro da frente. Ele pediu-me que avançasse para a retaguarda do autocarro. Permaneci no mesmo lugar. A rua parecia não ter fim. Nos passeios havia gente, alguns miúdos, mas nenhum era o meu filho. O motorista tornou a pedir que saísse dali. Eu recusei. Ele falou alto e eu falei alto, sobre o Mateus e sobre o significado de perder um filho, lugares-comuns sobretudo, tudo muito longe do verdadeiro significado de perder um filho. Ele parou o autocarro e abriu a porta para que descesse. Eu saí porque já não queria acreditar na possibilidade de o Mateus se ter afastado tanto.

Voltei a ligar para o Xavier, que não atendeu. E depois para o Vasco e para o Alípio, que não tinham novidades.

Voltei para trás, a correr, cerca de dois quilómetros, pelos meus cálculos. Senti o fôlego terminar depressa, os pulmões cheios de brasas que se atiçavam cada vez que entrava oxigénio. Perto do parque, descobri um hipermercado. Entrei. Durante meia hora, percorri corredor após corredor, à procura do meu filho. Entrei nas casas de banho, lembrei-me da história do Ávila, daquilo que ele fazia nas casas de banho dos centros comerciais. E depois lembrei-me das histórias que lemos todos os dias nos jornais, sobre miúdos desparecidos, sobre redes de tráfico de crianças, sobre as merdas que acontecem através da Internet. E se o Mateus tivesse dito a alguém na Internet que ia viajar para a Suíça e depois para França? E se tivesse revelado

241

detalhes de datas e horas e locais? Almodôvar, era o mundo a engolir o meu filho. A tristeza encheu-me por inteiro.

E depois pensei: ele não sabe o meu número. Se ele estivesse perdido e procurasse um telefone público para me ligar, não saberia o meu número. Mas talvez soubesse o da Marta. Por isso liguei-lhe. Ela perguntou:

Está tudo bem?

Está, menti. E por aí?

Tudo na mesma. Posso falar com os miúdos?

Não estão aqui.

Ela não fez mais perguntas, mas sabia, claro, que alguma coisa estava mal. Antes de desligar apenas disse:

Liga-me quando estiveres outra vez com eles.

Depois percebi que dentro do hipermercado havia quatro salas de cinema. Comprei bilhetes para todas. Em cada uma coloquei-me à frente do ecrã e gritei o nome do Mateus para a escuridão que escondia os espectadores. Em todas, a única resposta foram alguns palavrões em francês.

Saí do hipermercado. Eram quase sete da tarde, o Sol começava a cair atrás dos prédios, mas o ar ainda estava morno. Pensei, pela primeira vez, em ir à Polícia. Essa opção era demasiado assustadora.

Liguei ao Alípio. Disse-me que se encontrava na rua, num bairro situado atrás do hospital, à procura.

Corri para o parque com o lago. A Flor e o Vasco continuavam no mesmo banco. Não estavam a beijar-se. A Flor chorava e, quando me viu, abraçou-me e pediu-me desculpa. E eu pensei: não, ela não tem de pedir de desculpa, eu é que tenho.

Mandei-os regressarem ao hospital e esperarem na cafetaria, talvez o Mateus se lembrasse de voltar para lá, ou talvez até já lá estivesse.

E sentei-me, à espera. Almodôvar, eu não sabia o que fazer a seguir. Essa falta de opções meteu-me um medo tremendo, como se fosse anoitecer e nunca mais amanhecesse. Talvez o

Mateus voltasse ali. Havia crianças a correrem de um lado para o outro. Os dois velhos tinham voltado e estavam outra vez a caminhar, ombro com ombro, duas tartarugas centenárias. Fiquei uns dez minutos parado, a olhar para tudo o que se movia, as crianças, os pombos, os velhos, as árvores, a água, as nuvens, o mundo inteiro estava tão vivo e inquieto e, no entanto, apesar de toda a minha aflição, eu sentia-me como se fosse de granito. Queria tanto voltar a fazer parte daquele desassossego, só precisava de encontrar o meu filho e nunca mais largaria mão do alvoroço do mundo.

Quando o Sol desapareceu, o céu tornou-se vermelho e lilás, uma espécie de sonho. Foi nesse momento que o meu telemóvel tocou. Era o Alípio.

Encontrei-o, disse ele.

O Mateus?

Sim.

O Alípio começou a explicar o que acontecera. Almodôvar, durante aquelas horas em que andámos à sua procura, o Mateus esteve num *cyber café*, a cerca de meio quilómetro do hospital. Quando o Alípio deu com ele, estava prestes a conseguir os créditos necessários para subir de nível e começar a incubar dez milhões de ovos de cada vez. O tempo da nossa realidade tinha deixado de existir na sua cabeça.

E, enquanto o Alípio falava, a gravidade pesou-me sobre os ombros como se fosse cimento. A fadiga nos meus músculos tornou-se real.

Liguei ao Vasco, contei-lhe. Ele gritou, como se estivesse a ver um jogo de futebol e a sua equipa acabasse de marcar um golo. A Flor também gritou. Desliguei. Então comecei a chorar, uma alegria indescritível, absoluta.

Só que não deveria ser assim, Almodôvar, não deveríamos precisar de dias maus para dar valor aos bons, essa alegria deveria existir sempre, não apenas nos momentos de alívio. Mas estamos condenados por esta obsessão em relativizar tudo.

Aqui e agora nunca são suficientes, travamos uma luta contínua, impossível de resolver, porque não aceitamos menos, porque queremos sempre mais.

Fiquei ali muito tempo, o céu escureceu, as pessoas foram-se embora e o parque ficou vazio. Quando me levantei para voltar para o hospital, senti uma pena imensa de deixar aquele parque, como se tivesse vivido ali muitos anos.

O Vasco e a Flor continuavam sentados a uma mesa na cafetaria do hospital. Estavam a rir, um deles tinha dito qualquer coisa que os fizera desmancharem-se em gargalhadas. E eu pensei: talvez os dois, juntos, não seja uma coisa má, talvez de alguma forma seja precisamente o contrário.

A Flor levantou-se e abraçou-me. Apertou-me o corpo como se quisesse entrar para dentro de mim. O Vasco sorriu, um sorriso igual ao teu quando eras da idade dele. E isso era uma coisa boa.

Almodôvar, uns minutos depois, o Alípio chegou com o Mateus. Eu queria muito abraçá-lo, senti-lo inteiro nas minhas mãos, mas ao mesmo tempo não queria que ele pressentisse a angústia que ainda pudesse restar daquela tarde. Por isso, não fiz nada. Ele sentou-se ao meu lado, as mãos nos bolsos, o olhar sobre a mesa.

Não voltes a fazer isto, disse-lhe.

Ele acenou com a cabeça mas continuou calado.

Olhei para o Alípio. Abri muito os olhos para lhe perguntar o que se passava. Ele respondeu:

É aquela história de eliminar o desejo.

Olhei outra vez para o Mateus. A euforia das suas últimas cinco horas havia desparecido e o meu filho estava a viver apertado por um paradoxo: queria eliminar o desejo que sentia porque desejava ser mais feliz. E eu só queria ajudá-lo. Queria tanto ajudá-lo, Almodôvar. É possível que, se uma pessoa eliminar o desejo que sente, se torne mais feliz. É uma teoria.

244

Mas que pessoa é essa, capaz de eliminar o desejo que sente? Eu não queria que o meu filho fosse essa pessoa. A felicidade não deveria exigir tal sacrifício. Pelo menos não para um miúdo de dez anos. Acocorei-me à frente dele, as minhas mãos agarraram os seus tornozelos, para lhe dizer que esquecesse aquela teoria, que estava errada porque a sua premissa era errada: a felicidade nunca pode ser um fim. Se achas que a felicidade é um fim, enlouqueces depressa. Porém, não disse nada. Isso seria apenas combater uma teoria com outra teoria. O Mateus tinha dez anos, não precisava de teorias, ele só precisava de ser um miúdo.

O telemóvel do Alípio tocou. Era a Doroteia Marques a pedir que alguém a fosse buscar, o horário das visitas terminara. O Alípio levantou-se e disse:

Volto já.

E foi na direcção dos elevadores.

Sentei-me e olhei para os meus filhos, para o teu filho, os três diante de mim, tanta incerteza nos seus rostos, à espera de que eu falasse, que os repreendesse por todas as asneiras que andavam a fazer. Mas eu não me sentia melhor do que eles, a diferença nas nossas idades parecia-me irrelevante, eu não me sentia no direito de lhes dizer como é que as coisas são.

Onde é que está o Xavier?, perguntou a Flor.

Não o viram? Ele veio para aqui antes de vocês.

A Flor e o Vasco fizeram que não com as cabeças.

Levantei-me. Mas a Flor agarrou-me a mão.

Fica aqui, disse ela. Eu e o Vasco vamos procurá-lo.

Não fui capaz de contrariá-la e fiquei a vê-los saírem da cafetaria e atravessarem o átrio do hospital. Voltei a sentar-me, desta vez ao lado do Mateus. Fechei os olhos. Senti o meu corpo latejar como um músculo no limite das suas capacidades. Estive assim um minuto. Depois abri os olhos. Ao meu lado, o Mateus parecia muito pequeno. Tentei imaginar aquele mesmo momento se ele continuasse desaparecido. Não fui capaz. Envolvi-o com um braço e puxei-o para mim. Ele deixou--se abraçar, o cabelo dele encheu-me o rosto, o tempo dilatou. Não há nada no mundo parecido com um momento daqueles, Almodôvar.

E depois a Flor apareceu à nossa frente como uma onda. Estava a chorar, as mãos dela pareciam tentar agarrar bocados de ar à sua volta.

Tens de vir, clamou tropeçando em todas as sílabas. O Xavier não acorda.

E, sem esperar que me levantasse, deu meia-volta e saiu outra vez da cafetaria. Eu e o Mateus fomos atrás dela.

Percorremos um longo corredor, os passos da Flor resolutos à nossa frente. Depois subimos umas escadas até ao primeiro andar e metemos por outro corredor. Passaram por nós um enfermeiro e uma mulher com a cara cheia de sangue, caminhando como se fossem namorados. No fim desse corredor, havia uma sala de espera. À entrada estava escrito RHUMATO-LOGIE. Vinte ou trinta pessoas, sobretudo velhos, esperavam que as chamassem, uma expressão de enfado nos seus rostos. Ao fundo havia duas portas para as casas de banho. A Flor atravessou a sala e entrou na das mulheres. Nós seguimo-la e entrámos também, e ninguém ligou ao que estávamos a fazer.

A minha filha estava de pé diante de um dos cubículos, já não estava a chorar, como se a minha presença ali resolvesse tudo. Aproximei-me e espreitei. Sentado na sanita, com cabeça apoiada na parede atrás de si e os olhos fechados, estava o Xavier.

Xavier, chamei.

Ele não se moveu. Pareceu-me impossível que fosse capaz de dormir assim, preso naquela quietude. Debrucei-me e coloquei uma mão sobre o seu ombro. Sacudi-o devagarinho. Então a cabeça dele tombou para o lado e o peso da cabeça arrastou o resto do corpo, que resvalou na sanita para o chão. Eu segurei-o, por dois segundos aguentei o fardo nos braços.

E depois larguei-o, o corpo tão comprido do Xavier parecia pesar como se houvesse pedras dentro dele. Caiu no chão, um braço torcido ao lado da cabeça, uma perna encolhida debaixo da outra. Não acordou e nenhuma parte do seu corpo reagiu.

Atrás de mim, a Flor assustou-se e largou um grito curto e desafinado.

Ajoelhei-me ao lado dele. Fiquei um momento à espera. Ele não se mexeu. Ele estava morto. Essa ideia pareceu-me tão absurda. Havíamos conduzido três mil quilómetros para chegar ali, a Doroteia Marques tinha visto o irmão, o Mateus estava bem, a Flor e o Vasco tinham-se beijado, o pior já passara; ele não podia morrer. De alguma forma evidente mas impossível de colocar em palavras, a sua morte tiraria todo o sentido àquela viagem. O que é que eu ia dizer aos miúdos? Não haveria maneira de desassociar os dois acontecimentos – a nossa viagem e a morte do Xavier ficariam nas nossas memórias como um único acontecimento. E de repente eu estava tão fodido com ele, Almodôvar, eu próprio me assustei com a ira que se espalhou tão depressa pelo meu corpo todo naquele momento. E dei-lhe uma bofetada, com força, a minha mão bem aberta a encher-lhe a face, e o som, como o de uma chicotada, fez estremecer a Flor.

Não faças isto, cabrão, sussurrei quase sem mexer os lábios.

Passou um instante e bati-lhe na cara com as costas da mão.

A Flor começou outra vez a chorar.

Não aconteceu nada.

Bati-lhe de novo.

Pai, disse o Mateus atrás de mim.

Não faças isto, disse eu. Estamos todos aqui. Não é altura de fazeres isto.

Segurei-o pelo casaco e sacudi-o com força, os seus braços bambolearam em todas as direcções. Ele estava morto, Almodôvar.

Pai, repetiu o Mateus também a chorar.

247

Acorda, cabrão, gritei.

Ia bater-lhe outra vez.

E então o Xavier abriu os olhos. O seu peito subiu quando o ar lhe insuflou os pulmões. Como se na minha voz eu tivesse o poder de ressuscitá-lo.

Ele viu-me, o medo que ainda restava nos meus olhos, ele sabia o que eu estivera a pensar um instante antes.

Electricidade no meu sangue
e a cabeça cheia de palavras,
todas as palavras

Significa que ainda há esperança, disse o Alípio.

Não, explicou a Doroteia Marques. Os médicos não disseram exactamente isso.

Não compreendo. Ele mexeu os dedos. Ele estava a ouvi-la e mexeu os dedos.

Os médicos dizem que é normal, acontece muito. São impulsos nervosos, reacções involuntárias... Não sei qual é o termo certo.

Estavam a falar baixinho no escuro da carrinha, ele sentado ao volante, ela ao lado. Eu ia no banco atrás deles, entre o Mateus e a Flor, e, quando abria os olhos, era capaz de distinguir as suas silhuetas, as cabeças voltadas para o clarão dos faróis sobre a estrada, pequenos movimentos dos seus ombros provocados pelo ímpeto das palavras. E fora da carrinha a noite estava em tudo. Era uma sensação boa, Almodôvar, viajar dentro daquela carrinha, como se o mundo fosse todo feito de escuridão. A luz exige demasiado de nós.

Eu tinha dormitado durante a primeira meia hora de auto-estrada, mas depois ouvi-os falar e fiquei quieto a ouvi-los. O Mateus, a Flor, o Vasco e o Xavier iam a dormir. Ou talvez não.

Talvez também apenas fingissem dormir e estivessem a ouvir tudo. Fosse como fosse, eu já não sabia dizer o que era melhor.

Por alguns segundos o Alípio levantou o pé do acelerador, o motor estremeceu, a carrinha perdeu velocidade. O Alípio soltou um ronco, um queixume contido. Estava outra vez com dores na perna. Voltou a pousar o pé no pedal e, passado um momento de silêncio, sussurrou:

Os médicos dizem-lhe isso para não lhe dar esperança. Ainda há coisas que podem correr mal. E dúvidas. Com certeza, haverá muitas dúvidas. Mas, caramba, há muitas pessoas que regressam depois de um coma de vários dias ou semanas.

Os médicos disseram apenas que queriam esperar, na próxima semana vão fazer mais exames e análises. E depois decidem se devemos desligar a máquina.

Ele mexeu os dedos. Ele mexeu os dedos. Tem de querer dizer alguma coisa.

Não. Não tem.

Tenha esperança.

Eu não quero ter esperança.

Mas porquê?

Eu queria vê-lo uma última vez e dizer-lhe adeus. Era muito importante para mim. Sinto-me em paz, agora. E a esperança já não me faz falta.

A esperança faz sempre falta.

Não sempre. Por causa da esperança ficamos com a vida cheia de pontas soltas. Não é bom acordar todos os dias com a vida cheia de pontas soltas.

Então não acredita na possibilidade de o seu irmão recuperar?

Não. Se acontecer, ficarei feliz. Mas já não é isso que espero.

Calaram-se durante alguns minutos. O preto da noite entrou-me pelos olhos e invadiu-me primeiro a cabeça, depois o resto do corpo. Então a Doroteia Marques disse:

Tenho pensado muito sobre isto que vocês fizeram – seis pessoas atravessarem meio continente para me ajudarem a ver o meu irmão. E não sou capaz de encontrar uma explicação que faça sentido. Não tem explicação. É quase uma fantasia. Sei que nunca poderei pagar-vos o que fizeram. Mas a minha felicidade é real e por isso agradeço-vos com tudo o que sou.

Eu estava à espera daquelas palavras, Almodôvar. Até àquele instante não tinha percebido isso. Só que ela disse aquilo e eu senti uma enorme vontade de a abraçar, de lhe agradecer também. Porque as palavras dela davam significado àquela viagem e, de alguma forma, um sentido novo à vida que ainda tínhamos pela frente.

Tentei perceber se os miúdos e o Xavier estavam acordados. Queria tanto que eles tivessem escutado também aquilo. Sem aquelas palavras, era possível que nunca compreendessem verdadeiramente o que tínhamos ido ali fazer. Mas ninguém se moveu, as respirações deles permaneceram serenas, constantes.

Chegámos a Genebra por voltas das duas da manhã. Eu queria ir dormir ao hotel onde reservara três quartos. Mas a Doroteia Marques voltou a insistir em que ficássemos na casa dela. Era muito tarde e eu não encontrei forças para a contrariar.

O Alípio saiu da carrinha a coxear. Olhou para mim e tentou sorrir, mas não foi capaz. O Xavier parecia um fantasma. Antes de sairmos de Marselha, eu tinha-o proibido de tomar mais comprimidos e, por causa disso, começavam a surgir no seu rosto as marcas de uma ressaca furiosa. A Flor e o Vasco ampararam o Mateus, que não chegou a acordar, até ao elevador e, depois, até à cama. Eu empurrei a cadeira da Doroteia Marques, embora estivesse exausto. Almodôvar, éramos um bando de soldados depois de uma batalha, sem sabermos se havíamos perdido ou vencido.

Acordei. Havia um silêncio profundo, bom, não no mundo, antes dentro da minha cabeça. Era cedo, passava pouco das sete. A Flor, o Mateus e o Vasco ainda dormiam. Eu saí da cama, sentei-me no chão e abri o portátil sobre o colo. Abri uma

251

página de Internet e entrei no *site* do jogo dos aviários. Depois criei uma conta de utilizador.

Meia hora depois, o Vasco acordou e veio sentar-se ao meu lado. Olhou para o ecrã e depois para mim e perguntou:

O que estás a fazer?

Vou criar galinhas, respondi.

Ele deixou escapar uma pequena interjeição, quase uma gargalhada. Mas não fez qualquer comentário.

Estivemos ali quase uma hora, a encher um terreno virtual, primeiro capoeiras, depois complexos para milhares de aves, uma incubadora de ovos, uma garagem para as carrinhas que levavam os pintos e os frangos, e o Mateus a ensinar-me tudo, passo por passo, um entusiasmo crescente na sua voz. Olhei para ele por duas ou três vezes: parecia apenas o meu filho. Não fui capaz de perceber se compreendia o que estava a tentar dizer-lhe.

Ela abraçou-me. Não disse nada. Ficámos assim alguns segundos, eu curvado sobre a cadeira onde ela estava sentada, os seus braços à volta do meu pescoço. Quando me largou, fez o mesmo com cada um dos outros, o Alípio, o Xavier, os miúdos.

Nós não lhe tínhamos contado o que acontecera, com o Mateus, com o Xavier. Ela acreditava que éramos seres extraordinários, nos nossos corações cabia o mundo inteiro.

Entrámos todos na carrinha. Eram quase onze horas. O céu estava carregado de nuvens, todos os tons de cinzento possíveis na natureza.

O Alípio rodou o volante e a carrinha saiu da auto-estrada na direcção de uma estação de serviço. Não tínhamos feito mais de cinquenta ou sessenta quilómetros.

O que se passa?, perguntei.

Não aguento. A perna dói-me como se tivesse uma faca cravada no músculo.

Quer esperar aqui até que passe?

252

Não vai passar.

Então?

Vamos trocar. Você guia.

Não adiantou qualquer explicação para o que estava a fazer. Mas só posso presumir que também ele queria regressar depressa.

Almodôvar, assim que passei para o volante, tive a sensação de que a carrinha não era mais do que uma extensão do meu próprio corpo. A minha vontade e os meus movimentos seriam suficientes para nos levar outra vez para casa.

Conduzi durante nove horas apenas interrompidas por duas curtas paragens para comermos e reabastecermos o depósito da carrinha. Ninguém falou muito, nem mesmo o Alípio. E, na minha cabeça, o silêncio daquela manhã perdurava, como se não restasse um único pensamento em mim. Imagina, Almodôvar, o alívio em avançar em piloto automático, todas as decisões tomadas por instinto, executadas por impulsos mecânicos. Havia apenas a estrada. Atravessámos a França e entrámos em Espanha perto das sete da tarde, o Sol a baixar depressa no céu à nossa frente. Se fôssemos mais velozes, poderíamos acompanhá-lo à volta do planeta, um dia interminável.

Parámos num motel perto de Vitória. Conversámos um pouco enquanto jantávamos num bar de tapas ao lado do motel. Depois fomos dormir. O silêncio não me largou durante o sono, os meus sonhos foram mudos, eu não tinha palavras para continuar.

A nossa vontade de chegar a casa era tudo. Antes das sete da manhã já estávamos todos dentro da carrinha outra vez. O Alípio pediu-me que conduzisse de novo. Eu aceitei, embora me sentisse exausto.

Tínhamos feito cerca de cem quilómetros quando uma brigada de trânsito na beira da estrada nos fez sinal para encostarmos.

Eu encostei.

Um polícia contornou a carrinha e aproximou-se da minha janela.

Olhei para o Alípio, ao meu lado. Estava a dormir. Voltei-me no banco e olhei para trás. O Xavier e os miúdos estavam também a dormir.

Baixei o vidro.

O polícia cumprimentou-me encostando à testa os dedos da mão direita. Tinha uma barba preta muito cerrada. Espreitou para dentro da carrinha, depois pediu-me os documentos.

A carteira do Alípio estava num compartimento por baixo do rádio. Abri-a e procurei os documentos da carrinha. Passei-os ao polícia. Depois entreguei também a minha carta de condução.

O polícia recebeu tudo sem olhar para mim.

Passou os papéis e os cartões de uma mão para a outra detendo-se em cada um por alguns segundos, a minha carta de condução, o livrete, o registo de propriedade, o seguro falsificado pelo Xavier. Eu sabia que ele ia descobrir o 1 por baixo do 0. Teríamos de deixar ali a carrinha até pagarmos a multa com dinheiro que nenhum de nós tinha. Não tive medo. Acho que começava a habituar-me a levar tareia da vida e do mundo sem protestos, sem ripostar. Era uma alternativa, continuar assim, de braços caídos. Mas depois o Polícia reuniu tudo, devolveu-me os documentos e mandou-me seguir.

Não sei dizer o que se passou, Almodôvar. Mais tarde olhei para o seguro: a falsificação do Xavier era tão imperfeita. Como é que o gajo não viu aquilo?

Eu pensei: somos invencíveis. Desde que continuemos a acreditar, somos invencíveis e coisas incríveis podem acontecer. E de repente senti **electricidade no meu sangue e a cabeça cheia de palavras, todas as palavras**. O silêncio daquele dia sumiu-se na torrente de pensamentos. Era tão absurdo, Almodôvar, por causa de um momento tão fortuito havia tanta força no meu corpo.

Olhei pelo retrovisor. Eles continuavam a dormir. Não pareciam bem, estavam demasiado cansados, demasiado perdidos, como se não tivessem a certeza da realidade em redor. Mas eles estavam a tentar, Almodôvar. Eles não tinham desistido. Eu acreditava nisso com todas as minhas células. Mesmo o Xavier. De repente, a possibilidade de o Xavier sobreviver fechado em casa até à sua velhice pareceu-me monumental. Mesmo o Vasco. Repara, Almodôvar, eu estava errado. O Vasco não estava a contaminar a Flor com a sua história tão perversa, com o seu valor tão baixo para a satisfação com a vida. Era ao contrário: a Flor é que estava a corromper o Vasco com a sua humanidade. Ele tornar-se-á uma pessoa mais completa porque isto lhe aconteceu. Eles beijar-se-ão outra vez, muitas vezes, e todos seremos melhores por causa deles. Eu acredito nisso como acredito naquilo que os meus olhos vêem.

O futuro encheu-me a cabeça, Almodôvar. Talvez não o futuro real, mas um futuro possível. E isso é tudo o que precisamos. Eu, em Viana, com a Marta e os miúdos. O corpo da Marta junto ao meu até ao fim, a sua voz será um farol, nunca deixará que me afaste daquilo que somos. Um emprego qualquer, na recepção de um hotel, a servir às mesas, guia turístico, qualquer coisa. E, nesse futuro, os meus filhos serão felizes. A minha certeza nessa premissa é inabalável, porque sei que sou capaz de os ensinar. A Flor tem o mundo inteiro dentro de si, será maior e melhor do que qualquer de nós. O Mateus nunca precisará de se preocupar com a felicidade, para onde quer que caminhe, a força do seu sorriso será tremenda, eu posso ajudá-lo a compreender isso, criaremos galinhas os dois durante muito tempo, se for necessário eu próprio rapo o cabelo. E, quero que saibas, enquanto aí estiveres, sempre que o Vasco precisar, eu vou. Ele nunca estará sozinho.

É um plano.

É um Plano.

E é aqui que estamos, Almodôvar, dentro desta carrinha, a caminho de Lisboa. É aqui, sentado ao volante, a auto-estrada estendida diante de mim, que te conto tudo. Para que saibas que continuamos cá e que podes juntar-te a nós quando quiseres. E não tenho medo, Almodôvar, continuo a acreditar, a vida ainda é como sempre foi. Apesar de tudo, os dias deste mundo ainda são feitos de luz e o escuro da noite continua a meter medo. E nós ainda aqui estamos, Almodôvar.